臨床真理

柚月裕子

角川文庫
21804

目次

プロローグ

夕刻から降りだした雨が、霙《みぞれ》に変わった。

フロントガラスに張りつく氷の粒を、ワイパーがせわしなく振り払っている。

「前の車、左に避《よ》けなさい。進路をゆずりなさい」

助手席の新田《にった》はマイクに向かい、さきほどから同じ指示を繰り返している。しかし、車は五分前から、交差点をふたつしか進んでいない。新田は冷静に呼びかけているつもりのようだが、声がとがり苛《いら》立っているのがわかる。

師走《しわす》の繁華街は渋滞していた。どの車もスリップしやすいシャーベット状の路面に苦戦している。車を寄せようにも、路肩は立ち往生している車で埋まっている。

「まったく、いつになったら抜けられるんだよ。これじゃあ、朝になっちまう」

新田が毒づく。運転機関員の土居《どい》は、新田の毒を肯定も否定もせず、無言でハンドルを握っている。

梶山《かじやま》は車中の壁に取りつけられている時計を見た。零時五十分。現場を出てからすでに一時間が過ぎている。やっと見つけた搬送先の病院は、現場からふた駅先にある救急病院で、通常なら三十分ほどで着ける場所だった。それなのに、今日は倍の時間が過ぎても到着しない。梶山は目の前に横たわる少女を見た。

水野《みずの》彩《あや》、十六歳。左手首切創による失血状態を起こしている。意識はない。病的なほど細身の体軀《たいく》が、幅の狭いストレッチャーの上に余裕でおさまっている。手首に巻かれている血で滲《にじ》んだ包帯より、枯れ木のような腕に刺さっている点滴の針のほうが痛々しい。

消防署に通信指令室から通報が入ったのは、仮眠時間になってすぐのことだった。梶山は昨夜、来週行なわれる救急セミナーのレジュメを作っていた。思いのほか苦戦し、寝たのは二時を回っていた。今夜は出場がないことを、心の底から願っていた。しかし、その願いはとどかず、無情にも通信台が鳴った。

ブザーが鳴ったとたん、身体が反応した。頭より身体が先に動くのは、救急隊員歴十年の間に染みついた習慣だった。

車の後方部に乗り込むと、助手席に座った新田が無線のスイッチをいれた。無線から指令室課の女性職員の声がした。

「救急隊出場、現場は、勢多《せた》町にある知的障害者入所更生施設公誠《こうせい》学園、傷病者は出血がある模様」

新田が意識や呼吸の有無などの情報を求める。しかし、それ以上の情報は得られなかった。通報者の動揺が激しく、現段階ではこれ以上の情報は得られていないとの返答だった。

サイレンを鳴らし、出場する。

土居と新田は、今までに何どもチームを組んだことのあるメンバーだった。やはり慣れている相手がメンバーだと安心感がある。

公誠学園のある勢多町は、街の中心部から車で二十分ほど離れたところにある町だった。坂が多いため道路拡張が難しく、市の環境整備事業から取り残されている地域だ。

公誠学園は、町の外れの奥まった場所にあった。

小さい学校の校庭ほどの敷地に、コンクリートで造られた建物が二棟ある。正門から向かって右側が二階建てで、左側が三階建て。土居は灯《あか》りがついている二階建ての建物の前に車を乗りつけた。

「現場に到着しました」

土居がサイドブレーキをかけた。

梶山は携帯酸素を持った。傷病人がどのような状態なのかわからない場合、思いつく限りの状況を想定し医療機材を準備する。

後方部のハッチを開けて車を降りた。痛いくらい冷たい夜気と雨粒が顔を刺す。

建物の入り口から中に入る。

コンクリートのたたきの横に、下足箱がある。学校の職員玄関のような造りだ。

玄関から建物の奥に向かって、長い廊下が伸びている。廊下の奥に灯りが見える。救急資機材を肩にかけた新田が、灯りに向かって叫んだ。

「救急隊です。誰かいませんか」

返事はない。

新田が、さらに大きな声を張り上げる。

「救急隊の者です。こちらに怪我人がいるという通報があり伺いました」

静まり返った廊下に、新田の声だけが響く。誰も出てくる気配はない。

梶山の頭の中に、悪戯《いたずら》という文字が浮かぶ。梶山が勤務している市の消防本部管内では、一日に二十回ほど救急車が出場する。そのうち、本当に救急車が必要なケースはわずか数件で、あとは軽い擦り傷や悪戯、ひどいものになると酔っ払いがタクシー代わりに呼ぶ場合があった。今回もそのケースだろうか。

新田が指示を仰ぐように、梶山を見た。梶山は、もう一度叫べというように、あごで通路の奥を指した。新田が軽く咳《せき》払いをして口を開きかけたとき、通路の奥に人の気配がした。ぱたぱたと、リノリウムの床を駆けてくる足音が聞こえる。

廊下の奥から姿を現したのは、年配の男性だった。グレーのジャージの上下に、チェックのベストを着ている。履いているスリッパもチェックだ。贅肉《ぜいにく》がついた腹が乱れた息で大きく波打っている。暗がりでもわかる男性の青ざめた表情に、梶山は通報が悪戯でないことを悟った。

「患者はどこですか」

梶山は男性を見た。

「この奥に。呼んだんですが起きなくて、血も出てて」

動揺が激しく、要領がつかめない。

「現場に向かいます」

靴を脱いだ新田が、通路の奥に向かって駆けだす。梶山も急いで靴を脱ぎ、後を追う。

非常灯だけが点《とも》る廊下を走っていくと、突き当たりに部屋があった。半分だけ開いているドアの隙間《すきま》から灯りが漏れている。新田が乱暴にドアを開けて中に入る。梶山も後に続く。

そこは脱衣所だった。

十畳ほどの部屋の中には、脱いだ衣服を収める木製の棚と、学校の保健室にあるような古い型の体重計があった。壁には入浴時間が記されたプレートが貼ってある。

中にひとりの青年が立っていた。こちらに背を向け、脱衣所の奥にある風呂場《ふろば》のほうを見ている。仕事から帰ったばかりなのだろうか。作業用の青いつなぎを着ている。

「君、患者はどこにいるの」

背後から新田が話しかける。しかし、青年は何も言わず突っ立っている。

何かある。直感だった。

梶山はその場に立ち尽くしている青年の肩を摑《つか》むと、風呂場を覗《のぞ》いた。

風呂場は脱衣所の倍ほどの広さで、床はタイル張りになっていた。床の上に毛布が広げられている。毛布の裾《すそ》から、人間の足が出ているのが見えた。

「新田隊員、傷病者発見！」

新田が息をのむ気配がする。新田は棒立ちになっている青年を押しのけて、中に入ろうとした。

慌てて手で止める。

「馬鹿、床をよく見ろ」

風呂場の床は、傷病者の血液で赤く染まっていた。血液は赤い筋をつくり排水溝へと続いていた。

新田は持って来た救急鞄《かばん》から、血液付着防止用のビニールカバーを取り出した。足に履き、傷病者のそばに駆け寄る。

新田が床に膝《ひざ》をつき毛布をはがした。そこにはひとりの少女が横たわっていた。仰向《あおむ》けのまま、両手を身体の横に行儀よく揃《そろ》えている。顔面やパジャマから出ている手足が、真っ白だ。極度の失血状態を起こしている。

新田が傷病者のバイタルサインをとりはじめる。そのあいだに梶山は、側にいた青年に、氏名と年齢、それから目の前に横たわっている少女との関係を尋《たず》ねた。しかし、青年は壁に寄りかかったまま何も答えようとしない。うつろな目で少女を見下ろしているだけだ。動揺を通りこし放心している。

今は何を訊《き》いても無駄だ、と悟った梶山は、青年に事情を訊くのは後回しにして、遅れて部屋に入ってきた先ほどの男性に同じ質問をした。

男性の名前は安藤守雄《あんどうもりお》、ここの施設長を務めている。青年と少女はこの施設の入所者で、お互い顔見知りとのことだった。安藤は今日、当直のため宿直室で休んでいた。ウトウトしかけた頃、少女の名前を叫ぶ青年の声で目を覚ました。声がした風呂場に行ってみると、そこには手首から血を流し横たわっている少女と、少女の身体を揺すりながら名前を呼んでいる青年がいたという。

「もう驚いて。とにかく、救急車を呼ばなければと思いまして」

生え際が後退しかけている額に手を当てて、安藤は首を横に振った。

「梶山隊長」

新田が呼んだ。梶山は足にカバーを履くと、風呂場に入った。

「どうだ」

「血圧五十五、脈拍三十七、呼吸あり。しかし、微弱。意識なし。左手首切創あり。長さ五センチ、深さおよそ二センチ以上。動脈性の出血あり。現在、止血処置をしていますが、傷が深く止まりません。サチュレーション七十六と低く、かなりの出血があると思われます。それから……」

新田が梶山の耳元に口を寄せた。

「今回の傷の横に、古い傷跡があります。以前にも、何度か手首を切ってますね。おそらく今回も、自傷かと……」

梶山は新田の視線を追って浴槽を見た。浴槽は床に半分埋まっているタイプのもので、家庭用のものよりふた回りほど大きいものだった。張られている風呂水が、赤く染まっている。それは相当量の血が、少女の体内から流れ出ていることを物語っていた。

梶山はベストの内ポケットから無線を取り出すと、車にいる土居に指示を出した。

「サブストレッチャー用意。現場は、玄関を入って突き当たりの浴室。止血処置終了後、車へ搬送する」

一分とかからないで、ストレッチャーが運ばれてきた。土居が手際よくストレッチャーを組み立てる。梶山は少女を軽々と抱き上げると、脱衣所にあるストレッチャーの上に乗せた。

「急げ」

通路を駆け抜け玄関を出る。そのとき、ひとりの女性とすれ違った。慌てた様子で中に飛び込んでいく。ここの職員のようだ。安藤から呼び出されたのだろう。安藤は、自分は少女に付き添って救急車に乗っていくから、あとを頼むというようなことを言っている。

車の後方部からストレッチャーを車内に運び入れ、壁に取り付けてある簡易ベッドに金具で固定する。土居と新田が車両前方部に乗り込み、梶山と安藤が車両後方部に乗り込んだ。

「病院に向かいます」

土居がエンジンをかける。車が走り出す。しかし、土居はすぐにブレーキを踏んだ。

「どうした」

梶山は叫んだ。事は一刻を争う。もたもたしている暇《ひま》はない。

「いえ、ですが」

土居はフロントガラスの前方を見つめている。

何かいるのか。

梶山はストレッチャーの横のサイドシートから身を乗り出し、土居の視線を追った。車の前方に、ひとりの青年がいた。脱衣所で放心したまま少女を見下ろしていた青年だ。両手を横に広げて、車の前に立ちふさがっている。

「おれも乗せろ、彩と一緒に行く！」

土居は後ろを振り返り、梶山の指示を仰いだ。本来、付き添いはひとりと決まっている。それ以外の関係者は自分の車、もしくはタクシーで後をついてくるか、搬送先の病院へ直接向かうことになっている。青年にもそう説明するべきなのはわかっている。しかし、それは無駄だと梶山は察した。青年の食らいつくような形相から、彼はこの車に乗せないかぎりいつまでも車の前から動かないだろう。説得している時間はない。

梶山は後方部のハッチを開けた。

「乗りなさい、急いで」

土居が何か言いたげに振り返る。梶山は有無を言わさぬ強い視線で、土居の口を封じた。青年はハッチから車内に入ると、梶山の隣にいる安藤の横に座った。車はこんどこそ病院に向かって走り出した。

霙《みぞれ》が次第にひどくなってきた。

土居がワイパーの動きを速めた。

梶山は横目で、安藤の隣に座っている青年を見た。青年は車に乗り込んだときからひと言も話をしない。

安藤も同じだ。ふたりはお互い会話を交わすこともなく、無言で少女を見つめている。車の中は、新田が前方の車に指示を出す声とサイレンの音のほかは、少女の脈波を映している生命監視モニターの音しか聞こえない。

梶山は視線を、青年からモニターに移した。小さな白い点が、右から左に尾を引き流れていく。その波は、今にも途切れそうなくらい弱々しい。運転している土居の背中に叫ぶ。

「渋滞は抜けないか」

「まだです」

土居が無情に答える。

梶山はこんなとき、人の命はほんの些細《ささい》なタイミングにより保たれているものなのだ、とつくづく思う。梶山は救急救命士という仕事について今年で十年になる。その間、いくつもの生死の際《きわ》に立ち会ってきた。助かるはずの命が、小さな不運により失われたケースもあったし、その逆もあった。そんな場面に遭遇するたび、救急救命士を目指して通っていた大学で教え込まれた救命技術や医療に携わる者の精神論など、なんの役にも立たないのではないかと思った。人間の小手先の努力など、寿命と呼ばれている目に見えない大きな力の前では無力であり、人間が命をどうにかしようと思うことなど、おこがましいとさえ思えてくる。

目の前の少女にしてもそうだ。もし今夜、霙が降らなかったら、もし今が師走《しわす》の週末じゃなかったら、車はスムーズに病院に到着し、少女は今頃、医師のもとで適切な処置をうけていたはずだ。

梶山は膝の上に置いた拳《こぶし》を強く握った。

突然、モニターが甲高い電子音を発した。

はっとしてモニターを見る。血圧が五十を切っている。サチュレーションも七十を割ろうとしていた。これ以上の血圧低下はまずい。脳が酸欠状態になり、身体が回復しても何かしらの後遺症が残る可能性が出てくる。

搬入先の病院に、携帯で連絡を取る。すぐに搬送先の医師と繋《つな》がった。少女の状態を報告する。

「血圧低下、現在四十六。サチュレーション、現在七十一。出血は止まりません。はい、静脈ルートはとっています。現在、乳酸加リンゲルを静注《じょうちゅう》しています」

携帯の向こうから、高張《こうちょう》食塩水投与の指示が出た。高張食塩水投与は、酸素運搬量と心拍出量の増加に効果がある。一過性のものだが、今は病院までもてばいい。

薬液が入った合成樹脂バッグを天井のフックにセットし、輸液ポンプの速度を通常より速く設定する。

静注を開始する。

点滴のチューブに取り付けられている速度調整用のダイヤルを指で回すと、合成樹脂バッグの中の薬液が、見る間に少女の腕に注がれはじめた。

監視モニターを食い入るように見る。

しばらくすると、わずかに、血圧の上昇がはじまった。サチュレーションも七十台を保っている。

このまま病院までもってほしい。

梶山は少女を見た。取り付けられた酸素マスクの中で、白い唇がわずかに震えている。今までまったく感じられなかった吐息が、わずかに強くなっていた。

梶山は目を見張った。血圧の上昇で、意識が覚醒《かくせい》しかかっているのかもしれない。

少女に呼びかけようと、ストレッチャーに身を乗り出す。しかし、それは突然横から割り込んできた青年に阻まれた。青年は席から立ち上がり少女を覗《のぞ》き込むと、少女の名前を叫んだ。

「彩、彩！」

青年は少女の肩を摑《つか》み、強く揺さぶる。

慌てて青年と少女の間に割って入る。

「動かさないで。手を離しなさい！」

急な刺激は、身体の安定を崩しかねない。しかし、青年は少女の肩から手を離さない。

少女から離されまいと必死にしがみつく。

狭い車中でもつれあう梶山の耳に、今にも消え入りそうな声が聞こえた。

「死にたい……」

少女の声だった。

直後、モニターが異常な電子音を発した。

梶山は、はっとしてモニター画面を見た。心電図の波形が乱れている。大小さまざまな波が入り乱れ、P波もQRS波もT波も区別が出来ない。

心室細動。心停止において見られる波形だ。

「どいて」

青年を力いっぱい押しのける。

酸素マスクを外し、口元に耳を当てる。

息をしていない。

胸ポケットからペンライトを取り出す。少女の瞼《まぶた》を開き、光を当てる。瞳孔《どうこう》が固定している。対光反射もない。脳が反応しない。脳死状態だ。

モニター音が平坦《へいたん》になった。

少女の心臓が動きを止めた。

梶山は叫んだ。

「心肺停止。気道を確保し胸骨圧迫をする」

「車、止めますか」

土居が問う。車の振動を止めて心肺蘇生《そせい》を優先するか、と聞きたいのだ。

「そのまま走行」

即座に返答する。今、車を止めている時間はない。一秒でも早く病院に搬送するべきだ。

少女の顎《あご》を上にあげ、気管内チューブを挿入する。喉《のど》の奥にチューブを入れられても、少女は呻《うめ》きもしない。無反応だ。

手のひらを重ねて、少女の胸の中央に置く。強く押す。離す。押す。離す。

梶山の手の動きに合わせて、心電図の波が跳ね上がる。しかし、梶山が手を止めると平坦になる。少女の心臓は自ら動こうとはしない。

蘇生を施す梶山の額に、汗が滲《にじ》んでくる。

深い昏睡《こんすい》、自発的呼吸の消失、肺機能の停止、瞳孔の固定、脳幹反射の消失。医学上の死だ。

心肺停止の原因は、心疾患や外傷によるもの、感電、窒息などいくつかある。心筋梗《しんきんこう》塞《そく》や心筋炎など、心原性のもので救命率は約十パーセント。外傷となると、一・五パーセントまで下がる。救命の可能性はほとんどない。

腐乱や胴体切断など、誰の目から見ても明らかに死亡していると判断できる社会死を除き、死亡判断は医師しかできない。

しかし、長い現場の経験から、梶山には少女は助からないとわかる。

——少女は死んだ

そのとき、土居の甲高い声が車中に響いた。

「渋滞抜けました」

車のスピードが一気にあがる。

「信号よし！　右よし！　左よし！　進入よし！」

車の揺れが強くなる。

梶山の頭に、いまさら、という四文字が浮かぶ。

今さら渋滞が途切れても、もう意味はない。少女は死んだ。すべてが遅すぎた。

梶山は、睨《にら》みつけるように少女を見た。

この仕事を続けていて、一番怒りを覚えるのは、自殺者の救命を行なうときだった。生を渇望しながらも死んでいかなければいけない人間がいる。それを思うと自ら死を選ぶ人間に激しい怒りを覚える。死を望む人間に、税金を使ってまで救命措置を行なう必要があるのだろうか、という疑問さえ抱く。

しかし。

梶山は奥歯を噛《か》んだ。

自分は救命救急士だ。命の尊厳を説く宗教家でも、死亡診断が出来る医師でもない。出来る限りの救命措置をし、病院に運ぶことが仕事だ。

梶山は新田に向かって叫んだ。

「新田隊員、AEDだ」

はじかれたように、新田が振り返る。

「はい」

梶山はさらに手に力を込めた。その耳に、青年のつぶやきが聞こえた。

「死んだ……」

顔を上げる。うつむいて椅子《いす》に座っている安藤の横で、青年が全身を震わせながら立っていた。

「死んだ。彩は死んだ。死んでしまった。彩――!」

車中に、青年の絶叫が響く。

青年は安藤のガウンの胸元をいきなり掴みあげると、激しく揺さぶった。

「お前が彩を殺したんだ! 言え! いったい、彩に何をした! 言え、人殺し!」

半狂乱になって、青年は叫ぶ。安藤は悲鳴をあげて、梶山に取り縋《すが》った。

「君、落ち着きなさい。まもなく、病院に着くから」

梶山は安藤をかばうために、青年の腕を掴んだ。そのとたん、いきなり頭に強い衝撃を受けた。あまりの強さに、身体が持っていかれる。助手席の背に身体をぶつけ、床に膝《ひざ》から落ちた。

「どうしました！」

新田が叫ぶ。

何が起こったのかわからない。立ち上がろうとするが、頭が朦朧《もうろう》として身体が動かない。軽い脳震盪《のうしんとう》を起こしているようだ。きつく目を閉じて頭を振り再び目を開けると、少女を見下ろしたまま立ち尽くしている青年が見えた。強く握られている拳《こぶし》に、ようやく自分は青年に殴られたのだと理解した。

青年は泣いていた。

「彩……、どうして」

突然、青年はそばにあった医療用のハサミを手にとった。そのハサミを安藤に向かって大きく振りあげる。

まずい。

梶山は全身に力を込めて立ち上がると、怯《おび》えて動けないでいる安藤に力いっぱい飛びかかった。反動で、安藤が横に倒れる。ハサミの切っ先は、安藤の心臓をそれて右腕をかすった。

安藤が悲鳴をあげて、床にうずくまる。

梶山は青年に摑みかかり、手からハサミを奪い取った。

ハサミを失った青年は、点滴のバッグをフックから抜き取ると、梶山に向かって投げつけた。チューブが輸液ポンプから引きちぎられ、薬液があたりに飛び散る。

「お前、いったい何してるんだ！」

助手席の新田が、後部座席へ移動しようとする。それを見た青年は、車中に取り付けられている機材を壁から引きちぎり、こんどは新田に向かって投げつけた。

「彩、彩――！」

青年は少女の名前を呼びながら、あたりの機材をところかまわず投げつける。監視モニターやファックスが音をたてて壊れ、チューブやガーゼなどの備品が車内に氾濫《はんらん》する。

青年は極度の錯乱状態に陥っている。

梶山は隙をついて、青年を後ろから羽交い締めにした。

「落ち着け！　いったい何をしているんだ！　彼女を助けたくないのか！」

青年の動きが止まる。ゆっくりと梶山を振り返る。青年の顔は涙とも鼻水ともつかない液体で、ぐちゃぐちゃになっていた。

青年の目に、一瞬、正気が戻った。

「彩は、死んだ。もう、生き返らない……」

梶山は不思議な感じを覚えた。

青年はなぜ少女が死んだことがわかるのだろう。社会死の条件を満たしていない人間を、素人が状況だけで死亡判断が出来るはずがない。しかし、青年の目には、親しい者を永遠に失った人間だけが持つ悲しみがあった。青年は明らかに少女の死を認識している。

なぜだ。

突然、金切り声のようなブレーキ音がした。同時に梶山を、青年に殴られたとき以上の衝撃が襲った。

身体が宙に浮き、その直後ものすごい勢いで運転席のシートにぶつかった。

車が左に大きく傾く。身体のバランスを崩し倒れると思った瞬間、布が引き裂かれるような音がした。左の頰《ほお》に焼けるような熱さを感じる。

誰のものかわからない悲鳴と激しいブレーキ音が混ざり合う。上下の感覚がわからなくなるくらいの凄《すさ》まじい衝撃が身体を襲う。

どのくらい時間が経ったのだろう。

あたりに静けさが戻り目を開けると、天井があるべき場所に窓があった。横を見ると、点滴をぶら下げるフックがある。車が横倒しになっている。

目の前が赤い。右手で目を擦《こす》ろうとした。しかし、動かない。腕が変な方向に折れ曲がっている。

左手に力を込める。こんどは動いた。手の甲で目を擦る。しかし、赤い色は取れない。眼底出血を起こしているのかもしれない。

わずかに頭を動かした。ぐらりと視界が揺れた。脳が揺れている。頭を強く打ったようだ。

遠くでサイレンの音が聞こえる。

この車のものなのか、駆けつけた別の救急車のものなのかわからない。聞き慣れた音が、次第に耳の奥にこもっていく。

梶山は閉じてくる瞼《まぶた》を必死に開けた。視界に青年が映る。壊れた機材の中でうずくまり、少女を抱きしめている。肩が震えている。泣いているのか。少女は抱かれたまま、ぴくりとも動かない。

「どうして……」

梶山は、つぶやいた。

なぜ青年は、安藤が少女を殺したと言うのだろう。二人の間に何があったのだろう。

なぜ青年は少女が死んだとわかったのだろう。

視界が、赤から黒に変わっていく。

まずい。意識を失う。

梶山は何かに縋りつくように、左手を伸ばした。しかし、手は空を切った。

——どうして
同じ言葉を頭の中で繰り返し、梶山は闇《やみ》に落ちた。

一

佐久間美帆《さくまみほ》は、机を挟んで座る青年を見た。

パイプ椅子に浅く腰かけ、背もたれに身を預けている。顔色は良くないが、そうひどくはない。彼が病的に見えるのは、異常にこけた頬のせいだ。

手元の健康診断書を、改めて確認する。氏名、藤木司《ふじきつかさ》。身長、百七十八センチ。体重、四十九キロ。入院時の三ヶ月前から、十キロも体重が落ちている。拒食症の疑いありと診断され、食欲増進効果がある薬を服用しているが、食べてもそれ以上にもどしていた。痩《や》せて当然だ。

美帆は後ろでひとつに束ねている長い髪をわざと結び直した。時間をかけて、司を上から下までじっくり観察する。

髪は手入れがしやすいように短く刈りあげ、爪もきちんと切っている。身につけている病棟着も汚れていないし、履いている白いスニーカーも踵《かかと》を履きつぶしていない。衛生面は清潔に保たれている。規律の面でも問題なさそうだ。しかし、容貌《ようぼう》は医師の診断書を吟味するまでもなく、彼が正常な状態ではないことを物語っていた。

眼窩《がんか》は大きく落ち窪《くぼ》み、目の下にはひどい隈《くま》ができていた。高い鼻は痩せすぎで鼻梁《びりょう》が目立ち、薄い唇は色褪《あ》せてかさついている。首は血管が浮き出るほど筋張り、膝の上に置かれた手は骨の形がわかるほど肉がなかった。

第一印象は、減量の限界に挑むボクサー、といったものだった。

書類に記載されているデータから、かなりの痩躯《そうく》だとはわかっていたけれど、正直ここまで痩せこけているとは思わなかった。健康体重であれば、長身で怜悧《れいり》な顔立ちだろうと思う。

美帆は司の背後の壁にかけられている時計を見た。十一時三分。面接予定は三十分間だ。

書類を捲《めく》りながら、ここ数日間に何どもシミュレーションした内容を、頭の中で繰り返す。今回の面接は美帆にとって、研修以外で行なうはじめてのカウンセリングだった。

大丈夫、きっとうまくいく。自分にそう言い聞かせて深く息を吸う。部屋に入ってからはじめて司に話しかけた。

「はじめまして。今日から君の担当になる佐久間美帆です。よろしく」

声がしっかり出ている。その声のトーンを意識しながら、話を進める。

「これから君と、いろいろな話をしていくけれど、最初に決めておきたいことがあるの。それはね、呼びかた。君は私になんて呼んでもらいたいかな。藤木くん、それとも司くん、どちらがいいかしら」

返事を待つ。司は下を向き、目を閉じたまま何の反応も示さない。初回面接で答えが返らないのは、めずらしいことではない。問いかけに返事がないのは想定内だ。落ち着いて面接を続ける。

「じゃあ、下の名前で呼ばせてもらおうかしら。ここの人はみんな君のことを、苗字《みょうじ》で呼んでるでしょう。ひとりくらい、名前で呼ぶ人間がいてもいいよね。嫌なら言って。すぐ変えるから。私のことはどう呼んでもいいわ。好きなように呼んで」

スムーズに言葉が出る。いい感じだ。シミュレーションどおり、次のステップに入る。

「気分はどう。朝食は残さずに食べたのかしら」

やはり、司は何も応《こた》えない。

「いち日の中で、好きな時間は？」

またしても無言の返礼。

「夜はよく眠れているの？」

これにも司は、下を向いたままだった。

面接は美帆の一方的な問いかけで進む。

質問内容は何も知らない人間が聞いたら、他愛《たわい》もない話にしか聞こえないものだろう。だが、面接時における雑談には、大切な意味がある。

クライアントがカウンセラーを自分の担当者として認めるか否かは、面接の初回時でほぼ決まるといわれている。初回面接の一番の目的は、患者にカウンセラーは自分の味方であると認識させ、警戒心を取り除くことにある。

精神の病は触診やレントゲンと違い、患部がすぐ確認できない。病巣がはっきりしないうちから、迂闊《うかつ》に質問をしてはいけない。傷口をえぐってしまう場合がある。ゆっくりと時間をかけて、目に見えない患部を探り出していかなければならない。

時として目に見えない傷の断片が、他愛もない雑談から見えてくる場合がある。カウンセラーは常に、なにげない患者のひと言に耳を傾け、わずかな仕草のなかに原因の欠《かけ》片《ら》がないか気を配る。患者の口調に合わせ、時にうなずき、ほどほどに口を挟む。目が合ったときは、患者へのいたわりと理解を示すために、できるだけ自然な微笑みを浮かべる。この面接技法は患者の病気の程度にかかわらず、すべての精神病患者に共通して言えることだった。

精神科医と臨床心理士は、似ているようでまったく違う。医師は患者を診て診断を下し、手術や投薬という方法で治療をするが、医師免許をもたない臨床心理士は、病名の診断や投薬といった医療行為が出来ない。医師が下した病名をもとに患者とのカウンセリングから、患者がもつ傷の原因を手探りで引きだしていく役割を担っている。

医師が患者に起きている病状の緩和や抑制の担当者とするならば、心理士や精神カウンセラーは、その症状を起こしている原因を突き止め、精神分析学の観点から医学では補えない部分をカバーするのが仕事だ。

美帆は壁の時計を見た。面接開始から七分が過ぎている。司はひと言も、口を利かない。

　ウォーミングアップは終わりだ。ここからが本番だ。美帆は、一歩踏みこんだ質問に変えた。

「ここでの生活は、司くんにとって、どう？」

　この質問は、これから司とカウンセリングを続けていくうえで、重要なキーとなるものだった。ここでの生活が辛《つら》いかどうかが問題ではない。入院する前と後の生活を比較した情報が欲しかった。過去の情報を手に入れることは、患者が持つ傷を探るうえで必要不可欠なことだ。現在と過去を比較することで、心の扉を開くきっかけを摑《つか》めるかもしれない。

「私に教えてくれるかな」

　部屋の中に、沈黙が広がる。

　十秒、二十秒。秒針が進んでいく。

　日常では一瞬ともいえる時間だが、沈黙の時間に置きかえるととても長い。

　しかし、沈黙を恐れてはいけない。クライアントは無言の間、質問の答えを必死に考えている。沈黙が長く続けば続くほど、クライアントは自分で答えを探さなければいけないと思うようになる。沈黙はむしろ尊重すべきだ。と、美帆が通っていた大学の指導教授は口ぐせのように言っていた。

　美帆は、我慢強く答えを待った。

二分が過ぎた。三分も過ぎようとしている。美帆はあせりを感じはじめていた。手のひらに、じっとりと汗をかいてくる。

美帆が動揺しているのは、沈黙が長いからではなかった。沈黙が続いた場合の対処法は知っている。このようなケースのとき、カウンセラーはクライアントの非言語行動に注目する。クライアントは言葉では伝えられない自分の意思を、うなだれたり、ため息をついたり、わずかに微笑んだりという行動で伝えようとする。カウンセラーはそのシグナルを察知し、クライアントが自分の気持ちを口にするように誘導すればいい。

しかし、司にはその対処法が、まったく当てはまらなかった。司はこの部屋に入ってから、一度も美帆を見ない。美帆だけではない。壁も窓の外も見ない。目を開けないのだ。目を瞑《つぶ》ったまま、同じ姿勢でぴくりとも動かない。たとえ経験豊富なカウンセラーでも、今の彼の感情は欠片もくみ取れないだろう。

「ええっと、じゃあ」

沈黙に耐えかねて、美帆は口を開いた。しかし、あとが出てこない。いくつかの質問が頭に浮かぶが、どれも、司の心を探る効果があるとは思えないものだった。ここまで司が心を閉ざしているとは、予想外だった。

それまで部屋の隅で様子を窺《うかが》っていた看護師が、見かねたように口を挟んだ。

「藤木くん、何か言ったらどうかね」

美帆はあわてて看護師を止めた。

「待ってください。いいんです」

「しかし」

看護師は眉間《みけん》に皺《しわ》を寄せた。看護師といっても、ただの看護師ではない。患者の監視役を兼任している特別看護師だ。背は高く体格がいい。患者が暴れたときのために、護身術も身につけている。

美帆はもう一度、きっぱりと言った。

「本当にいいんです。大丈夫。このまま続けます」

いま美帆は、傷害事件を起こした犯罪者を尋問しているのではない。指定入院医療機関の国立病院に入院している精神病患者の、カウンセリングを行なっているのだ。クライアントの口を無理やり開かせて、強制的に情報を引き出してはいけない。

看護師は何か言いかけたが、司を一瞥《いちべつ》すると口を閉じた。

美帆は司に向き直った。

司の口を無理やり開かせようとする看護師を制したはいいが、これ以上の沈黙は司にとっても自分にとっても、確かに良くはない。こちら側の戸惑いを、司に悟られてはいけない。司がこちらの動揺を察してしまったら、彼は美帆から拒絶されたと思い心を開かなくなる可能性が出てくる。

予定より早いけれど、今日はここまでにする。

美帆はあらかじめ用意してきた締めの言葉を、いくつか頭に思い浮かべた。面接は終わりが肝心だ。内容はともかく、形だけでもきれいに終わらせなければ次の面接へしこりを残してしまう。次回へ気まずさを残す終わり方をしてはいけない。

美帆は精一杯の笑顔をつくった。

「今日は、ここまでにしましょう。長い時間、話を聞いてくれてありがとう。人の話を聞くって、けっこう大変なのよね。偉かったわ」

面接を終えるとき、カウンセラーがクライアントを褒めることは大切なルールだった。褒めて患者に、カウンセラーは自分を受け入れてくれる人間なんだと思わせるためだ。

締めは済んだ。テーブルの脇に置いていた書類を手早く揃える。

椅子から立ち上がりかけたとき、司がうつむいていた顔をわずかに上げた。

司と視線が合う。落ち窪《くぼ》んだ眼窩《がんか》の中で、うつろな目が美帆を捉《とら》えている。

美帆はとっさに笑みを浮かべた。

笑顔には自信があった。もともと目がアーモンド形なので、ほんの少し目を細めて口端をあげるだけで自然な笑みになる。美帆は机に身を乗り出して、司の目を見つめた。

「そんなに痩《や》せて。辛いでしょう。私、どうしたら司くんの役に立てるのか考えてみる。だから、これから司くんのこといろいろ教えて」

司は探るような目でじっと美帆を見ている。息苦しい。しかし、患者から目を逸《そ》らしてはいけない。美帆も司の目をじっと見る。

ふと、司が口を開いた。

「あか」

「あか？」

美帆は聞き返した。あか、と聞こえたような気がする。あか、とは何を意味するのか。

「司くん。あかって……」

意味を訊《き》こうと司に身を乗りだす。すると、司の口から、ぐうっ、という獣の唸《うな》り声のような声がした。と同時に、司は胃の中のものを吐き出した。

美帆は思わず退いた。

「藤木！」

看護師が司に駆け寄る。

室内に鼻をつく異臭が広がる。司は込みあげてくるものを喉《のど》の奥に押し込めようと、手で口を押さえるが、一度、込みあげた胃の内容物はもとに戻らず、細い指の隙間から床に落ちた。

看護師は、大きく波打っている司の背を擦《さす》りながら美帆を見上げた。

「面接は終わりにしていいでしょうか。病室につれていきます」

美帆は、ただ頷《うなず》くことしか出来なかった。

病棟から管理棟に戻った美帆は、医務課のドアを開けると、崩れるように自席に腰を下ろした。

部屋の中には、数人の医師がいるだけだった。他のスタッフは午前の診療に出払っているらしい。

美帆は机に肘《ひじ》をつくと、手で顔を覆った。頭の中に、先ほどの面接の一部始終が蘇《よみがえ》ってくる。

大事な初回の面接を、中断という最悪の終わり方にしてしまった。司が吐いたのは、自分が追いつめた所為《せい》だ。そこまではわかる。しかし、自分の何が彼を追いつめたのかが、まったくわからない。何か彼の傷に触れるようなことを言ったのだろうか。

美帆は机の引き出しから、一冊のファイルを取りだした。司の担当が決まったときに前任から引き継いだものだ。中には、司の家族構成や生活歴、事件の概要などが綴《つづ》られている。内容はすべて頭の中に入っていた。だが、縋《すが》る思いでもう一度ファイルを捲《めく》った。

改めて、最初から目を通す。

氏名、藤木司。性別、男性。年齢、二十歳。地域の知的障害者入所更生施設公誠学園に入所している。両親は当人が十二歳のときに離婚。母親が当人を引き取るが、一年後、子供の育成と将来への不安を苦に自殺。福祉課は父親に連絡をとるが消息がつかめず、公誠学園に入所することになる。兄弟はいない。

本人は幼少期の頃から、意味不明なことを口走り急に嘔吐《おうと》するなど、精神的に不安定なところがあった。入所した公誠学園でもその症状は治まらず、周囲から孤立していた。

それは、学校生活でも同じで、中学時代は不登校を繰り返し、高校は一年で中退。その後、施設で暮らしながらいろいろなアルバイトをし、自立の道を目指していた。

今回の事件は、そんな矢先に起こっている。

今から四ヶ月前、司がひとり暮らしをはじめようとしていたとき、施設でひとりの少女が手首を切った。名前は水野彩、当時十六歳。司と同じ施設で暮らしていた少女で、軽い精神遅滞と失語症のほか、精神疾患の一種である適応障害を患っていた。

風呂場《ふろば》に倒れている少女を発見したのは司本人で、その後、施設長の安藤が駆けつけ救急に通報している。救急隊が現場に到着したのは、通報があった十分後の二十三時二十分。そのときすでに少女は、大量出血によるショック状態を起こしていた。

止血措置を施し、救急車で病院に搬送する際、司が車の前に立ちはだかり、同乗させろと要求。本来、付き添いはひとりのところ、一刻をあらそう事態を考慮し、救急救命士が同乗を許可した。

車中で懸命な救急措置が行なわれるが、少女が「死にたい」とつぶやいた直後、司がいきなり暴れだし、隣にいた施設長の安藤を医療用のハサミで切りつけた。車後方部にいた救急救命士が司を取り押さえようとするが、抵抗が激しく車内でもみ合いになる。

混乱した運転機関員がハンドル操作を誤り、車は反対車線に飛び出し対向車と衝突。少女の救命措置を行なっていた救急救命士を含む救急隊員二人が、重傷を負い、少女は搬送先の病院で死亡が確認された。司本人も、左足首に軽傷を負っている。

司はその場で警察に身柄を拘束され、拘置所に収容された。問われた罪状は公務執行妨害および傷害、器物損壊。検察は司に、刑事責任能力の有無を調べる起訴前鑑定を行なった。

検察官の判断は、心神耗弱《こうじゃく》。自分がやっていることの善悪を認識する能力がまったくない心神喪失状態ではなく、善悪を識別する能力が著しく欠けている心神耗弱状態にあった、とし、医療観察法の処遇審判を地裁に申し立てた。

鑑定判断を受けた地裁は、司を鑑定入院させた。鑑定入院とは、対象者を治療しながら刑事責任の能力の有無を判断するために、鑑定入院医療機関に入院させる措置のことだ。

入院先での司は、他の患者との対人トラブルをはじめ、自分の起こした事件に関する無罪を訴えたり、主治医や看護師に被害妄想からくる暴言を吐いたりと、症状の改善が見られなかった。

その結果、地裁から司の鑑定依頼を受けた鑑定医が司に下した病名は、統合失調症。地裁は司を医療観察法の処遇が必要と決定し、指定入院機関への入院を決定した。そして司は、この国立病院機構東高原《ひがしたかはら》病院に入院した。

ここに来てからの司は、意味不明の言動や他人との衝突は少なくなったものの、突然の嘔吐は治らず繰り返している。入院して半月後には集中治療が必要と診断され、六人部屋から個室に移された。ひとりでいる分には嘔吐などの症状は表出せず、点滴や投薬などの医療行為をおとなしく受けている。しかし、心身ともに衰弱が激しく、入院してから現在に至るまで無気力状態や食欲がない症状が続いている。

美帆は椅子の背もたれに身を預け、ファイルを閉じた。

ファイルには、実際に起きている事柄や、生い立ちといった事実しか記載されていない。司と少女の関係や司が安藤をハサミで切りつけた動機など、司の内面的な情報がいっさい書かれていなかった。前任の心理士に、事件当時の司の心理状態がわかるような情報はないのかと尋ねたが、警察から渡された情報はこれしかなかった。

美帆はファイルを机の上に投げ出すと、椅子に大きく背を反らし目を閉じた。

ここにある情報だけで、司の内面を探っていかなければいけないなんて、羅針盤も渡されず、だだっ広い海原を航海させられるようなものだった。

「美帆さん」

急に名前を呼ばれ、驚いて目を開ける。視線の先には、自分を逆さに覗《のぞ》き込んでいる湯守遥《ゆもりはるか》がいた。慌てて身を起こし、椅子ごと振り返る。

「お疲れのようですね」

遥は看護服のパンツのポケットに両手を入れたまま首を傾《かし》げた。ふたつに束ねた髪の毛先が、軽やかに跳ねた。

遥はここに勤めて二年になる看護師だった。歳は美帆より五歳下。今年二十四歳になる。しかし、はじめて会ったときに「趣味は合コンです」と笑った顔は、実年齢よりずっと若く見えた。

「いったいどこから入ってきたの」

美帆は尋ねた。

医務課は、各科の医師や医師をサポートする臨床心理士、作業療法士たちの席が置いてある部屋で、看護師は、現場である病棟のナースセンターに詰めている。この部屋に遥の席はない。美帆のあとに、誰かこの部屋に入ってきた気配はない。遥はいったい、いつからこの部屋にいたのだろうか。

不思議そうにしている美帆を見ながら、遥は後ろを指差した。

医務課の隣には続きの部屋がある。医師の仮眠室だ。医療行為が出来ない美帆は朝から夕方までの勤務だが、医師や看護師は二十四時間交代で勤務にあたっている。仮眠室には簡易ベッドがふたつ置かれていて、夜勤明けのまま勤務になった医師が、そこでときどき仮眠をとっていた。どうやら遥はそこで休んでいたようだ。しかし、そこは看護師が使う場所ではない。看護師には看護師専用の仮眠室がある。

美帆はわざと怒ったように、遥を睨《にら》んだ。遥は肩をすくめて笑った。

「だって、あっちで寝てると、三十分もしないうちに内田《うちだ》主任が起こしに来るんだもん。ここだと頭から毛布を被《かぶ》って寝てれば、誰にも気づかれずにゆっくり眠れますからね」

「勤務中の看護師が現場を離れるなんて、救急患者が入ったら大変じゃないの」

美帆が突っ込むと、遥は看護服の胸ポケットを軽く叩《たた》いた。

「大丈夫。院内用の携帯がありますから。呼び出しにはいつでも対応できます」

道理の通らない言い訳をあっけらかんとする遥に呆《あき》れる。どんな問題が起きても、遥はこの調子で乗り越えていくのだろう。彼女の楽天的でどこか強さを感じさせる性格を羨《うらや》ましく思う。

「何を見てたんですか」

遥は机の上のファイルを覗き込んだ。遥にファイルを差し出す。遥はファイルを受け取るとぱらぱらと捲り、ああ、と納得したように頷いた。

「そっか。今日、藤木さんのはじめての面接でしたものね。うまくいきました？」

美帆は、おおげさに肩を落とした。

「この顔見ればわかるでしょ。もう、散々」

「そっか、それは大変でしたね」

そっか、というのは遥の口癖だ。遥は口癖をもう二回繰り返し、美帆の隣の空いている席に座った。

「そんなにへこむことないですよ。藤木さんは誰と話しても吐くんだから。私なんか、ひどいもんですよ。ひと言、ふた言話しただけで、げぇげぇ、ですもん」

遥は手を口元に当てて、吐く真似をした。

「確かに藤木さんは、厄介ですよね。美帆さんが藤木さんの担当って聞いたときに、ちょっとそれはまずいんじゃないの、って思いましたもん。Ｓｚでしかも犯罪者の担当でしょ。初心者には荷が重過ぎるんじゃないのって」

Ｓｚとは、統合失調症を示す略語だった。統合失調症は、妄想型、破瓜《はか》型、緊張型などに分類されるが、司は幻覚や幻聴を伴う妄想型、もしくは、まとまりのない言動をとり自閉傾向が強い破瓜型と診断されていた。

美帆を司の担当にすると決めたのは、高城《たかぎ》だった。高城はベテランの精神科医で、美帆の上司にあたる。

美帆が勤めている東高原病院精神科では、チーム医療を用いている。医師、看護師、臨床心理士、作業療法士など多職種でチームを組み、それぞれが見解を持ちより話し合う。そして、最終的に医師の判断のうえ、個別の治療計画が立てられる。美帆の役割は、患者が入院に至ったプロセスを理解したうえで患者の内面を探り出し、担当医である高城に報告するというものだった。

「それにしても覚えてます？　美帆さんが藤木さんの担当だって聞いたときの、内田主任の顔。すごかったですよね」

おかしそうに遥が笑う。

内田は病院の看護師主任で、この道三十年のベテランだ。内田の厳しさは院内でも評判で、医師でさえなかなか頭が上がらない。背は美帆よりも低く痩《や》せている。しかし、身体から滲《にじ》みでる迫力は、人を圧倒し黙らせた。

内田は中でも美帆に辛《つら》くあたっていた。理由はわからない。美帆が司の担当だと決まったときは目を吊《つ》り上げて、佐久間さんにはまだ早いんじゃないでしょうか、と高城に猛反対していた。

内田に言われるまでもなく、この春、大学院を卒業し資格を取ったばかりの自分には荷が重いと思った、そして、今日の面接で、やはり重すぎた、と実感した。

美帆の気持ちを察したのか、遥は美帆を励ますように明るく言った。

「そんなに気にすることないですよ。内田主任って、藤木さんにも厳しいじゃないですか。同僚の子から聞いたんだけど、藤木さんが入所していた施設の施設長と内田主任って、遠い親戚《しんせき》なんですって。藤木さん、その施設長を救急車の中で傷つけてるじゃないですか。自分の親戚を殺人者呼ばわりしたうえに傷を負わせた藤木さんに、個人的な恨みを持っているんですよ。だから、藤木さんの担当の美帆さんにも辛くあたるんです。それだけのことですよ」

「そうだったの」

意外だった。内田と施設長の安藤が遠縁だとは知らなかった。しかしそれ以上に、遥が持っている情報量の多さに驚いた。

遥は院内で起きた些細《ささい》な出来事から、誰と誰が付き合っているかという身近なもの、さらには院内政治の派閥問題にまで詳しかった。院内のことで遥が知らないことはないのではないかと思う。

遥は黙り込んだ美帆の肩を、軽く叩いた。

「まっ、焦らずやることだよ、君」

高城の口真似をする遥に、思わずふき出す。

遥の軽口を笑顔でいなし、美帆は司の初回面接の報告書をつくるために、パソコンの画面を立ち上げた。そのとき、入り口のドアが開いてひとりの男性が入ってきた。

高城だった。

右手を白衣のポケットに入れ、左手に書類の束を持っている。

今年で五十になる高城は、年齢に相応《ふさわ》しい落ち着きと威厳を備えていた。角ばった輪郭は意志の強さを思わせ、長身と広い背中からは、患者の問題を真っ向から受けとめる逞《たくま》しさを感じる。

新人歓迎会の夜に遥から聞いた高城の経歴は、医学を目指すものなら、一度は思い描いてみるようなものだった。国内でも有数の権威ある医大を卒業後、大学付属病院に入局。現場を多く経験した後、三年間、ドイツの国立病院に客員医師としてよばれて留学している。帰国したあとは地域の病院の医師として勤務し、今から一年前、この東高原病院の精神科医となった。

勤務初日の挨拶《あいさつ》で高城は、現在の精神医療の問題点や医療現場の実情を語り、精神という見えないものの根本的な救済には、医療機器や投薬ではなく同じ精神というものを持っている人間の存在は必要不可欠だと語った。今の医療現場では、精神科医と心理カウンセラー双方からの治療が望ましく、もっと精神カウンセラーの重要性を見直すべきだと熱弁をふるった。あのときの高城の熱を帯びた目を、美帆は今でも覚えている。

高城は組織ならどこにでもある内部の派閥や、誰がどこの病院長になったなどという出世話にも無関心で、あまり人付き合いをしないほうだった。高城が誰かと雑談めいたことで楽しく話し込んでいる光景を見たことがないし、院内の恒例行事に参加したこともない。それでも、現場の人間から信頼がおかれているのは、高城の医療に対する真摯《しんし》な向き合い方が認められているからだろう。

高城は美帆と遥など目に入らないといったように、窓際に歩いていく。高城が自席につくと同時に、ひとりの女性が部屋に入ってきた。内田だった。高城に駆け寄ろうとした内田は遥を見つけると、吊り目がちの目をさらに吊り上げた。

「湯守さん、あなたさっき隣の病棟に行くと言っていましたよね。それっきり戻ってこないと思ったら、いったい何をしているんですか。ここに用はないはずでしょう」

遥はうろたえるでもなく落ち着いた様子で答えた。

「佐久間先生が、三〇二号室に新しく入った木原《きはら》さんの病状を聞きたいとおっしゃったので、ご説明申しあげておりました。でも、もうお伝えしたので戻ります」

嘘《うそ》の片棒を担がされて面食らう。遥は美帆の耳元に口を寄せると小声でつぶやいた。

「こんど、合コンしましょ。美帆さん、自分では気づいてないようだけど院内の男性から人気があるんですよ。美帆さんが来るっていえば高レベルの男性がいっぱい参加するでしょ。私にもいい男を捕まえるチャンスが巡ってくるってものですよ。同僚のよしみで協力してくださいね」

自分はそういうものには興味がない、と返事をしようとしたが、遥は美帆の返事も聞かずにさっさと部屋を出ていった。

遥の見事なかわしぶりに感心する。しかし、残された美帆は、ひとりで内田の攻撃を受けることになった。内田は美帆の正面に立つと、美帆を見下ろした。

「佐久間先生。勤務中の看護師を自分の机に呼びつけるなんて、いったいどういうことですか。看護師が現場を離れているあいだに、救急患者が入ったら大変じゃないですか」

「いえ、でも、看護師のみなさんは院内用の携帯を持っていますし、緊急の呼び出しにはいつでも対応できると思ったので……」

さきほど遥と交わした同じ話を、こんどは別な立場で交わす。なぜ自分が内田に叱られなければいけないのか、と美帆は心の中で遥を恨んだ。

内田は眉間《みけん》に皺《しわ》を寄せた。

「やっぱり、ついこの間まで学生だった方には、まだ医療の現場というものがわからないようですね。今日の藤木司の面接も、中断したそうじゃないですか」

その言葉に身体が硬直する。つい先ほどのことが、もう内田の耳に入っていることにちょっと驚く。

「いいですか。患者にとっては新人もベテランも関係ありません。佐久間先生もそのあたりをもっと真剣に考えていただかないと。もう、学生の研修じゃないんですよ」

内田が腕を組む。その姿勢は内田が、説教が乗ってきたときに取る型だった。説教はまだまだ続くようだ。美帆は気づかれないようにため息をついた。

内田は美帆を嫌っている。遥が教えてくれた安藤と内田の関係も理由のひとつかもしれないが、単純に新人の美帆が司の担当をすることになったのが、気に入らないのだ。美帆がなにかしら司とトラブルを起こした場合、その皺寄《しわよ》せは看護師にいく。

実際、すでにはじめての面接でトラブルを起こし、看護師の手を煩わせている。ただでさえ手が足りない現場の仕事をさらに増やすような選任に不満があるのだ。しかし、美帆を司の担当に決めた高城には何も言えない。だから、その不満はすべて美帆にくることになる。

「大体あなたね」

説教が新しい章に入ったと思われるとき、高城が内田に声をかけた。

「君は私に用があるんじゃないのか」

内田は、はっとして高城を見た。高城の机に向かうと、手にしていた書類を差し出した。

「これがお求めの書類です」

高城は書類を受け取ると、文字を目で追いながら内田に言った。

「君が言うとおり、看護師が現場を離れている間に救急患者が入ったら大変だ。看護師はむやみに現場を離れるものじゃない」

内田は強力な味方を得たとばかりに、勝ち誇ったような笑みを浮かべた。高城は「だから」と言葉を続けると、読み終えた書類を机の上で、とん、と揃えた。

「君も早く現場に戻りなさい」

笑顔だった内田の顔がみるみる険しくなっていく。顔が真っ赤だ。告白した相手に自分の好意を受け取ってもらえなかった女子高生のような面持ちだ。

内田はお辞儀もせずに高城に背を向けると、仇《かたき》を見るような目で美帆を一瞥《いちべつ》し、部屋を出ていった。これでまた、内田からの風当たりが一層強くなる。この調子がずっと続くのかと思うと、気が重くなる。しかし、内田の気持ちもわからなくはない。心のどこかで、内田の反応は真っ当なものだとも思う。

美帆は椅子から立ち上がると、高城の席に向かった。

「高城先生、今よろしいでしょうか」

自分の机の前に立つ美帆をちらりと見ると、高城は別な書類を手にとった。

「何かな」

「藤木司の面接の件ですが」

「面接は中断だったようだな」

報告事項を先に言われて、美帆は言葉に詰まった。テストの悪い成績を、親に叱られているような心境だ。落ち込んでいる美帆を気遣ってか、高城は穏やかな口調で言葉を続けた。

「今日の面接は、はじめて見合い相手に会ったようなものだ。相手の氏名、年齢、家族構成などデータ的なことを知っているだけで、相手の性格や持っている価値観などわからなくてあたりまえだ。そう、気を落とすことはない。焦らずにやることだよ」

優しい慰めの言葉に、思わず弱音が出る。

「でも、お見合いの大半は、第一印象で決まると言います。彼が私にいい印象を持ったとは思えません。今後、彼が私に心を開くかどうか……」

美帆の言葉を遮るように、高城の机の内線が鳴った。高城は美帆を制するように軽く手を挙げると電話に出た。

どうやら来客らしい。

高城は受話器を置くと、すばやく椅子から立ち上がった。

「すまない。用事が出来た。続きはまた」

美帆はうつむいていた顔を上げて、横を通り過ぎようとする高城に言った。

「ひとつだけ、お聞きしてもいいでしょうか」

高城が足を止める。

「先生は、なぜ、私を藤木司の担当にしたんですか」

高城は無言で美帆を見ている。美帆は高城から思わず目を逸《そ》らせた。

「新米の私に、彼の担当が務まるとは思えません」

わずかの間のあと、高城はきっぱりと言った。

「私は人を見るのが仕事だ。その私が君なら彼の担当を任せられると思った。それではいけないかな」

美帆は顔を上げて高城を見た。その目を高城のきびしい目が見つめかえす。

「新米とかベテランとか、そんなことは関係ない。この仕事は人、対、人だ。百人のカウンセリング経験を持っていても、百一人目は一人目と同じだ。ここで藤木の担当を下りても、二十人目で違う藤木に会うかもしれない。そのとき、君はまた担当を下りるつもりか」

美帆は、はっとして首を横に振った。

「いいえ」

「あの状態で、彼は幸せだと思うか」

美帆は、さきほどより大きく首を横に振る。

「彼が望もうと望むまいと、彼は幸せになる権利がある。そして、私たちは彼を救わなければならない。それは、君だけでは出来ないことだし、私だけでも無理なことだ。臨床心理士である君と、医師である私の連携が必要だ」

美帆はまっすぐに高城を見た。高城は励ますように、美帆の肩を軽く叩《たた》いた。

「今日の面接の報告書を仕上げてくれ。それを見ながら、彼の今後を一緒に考えよう」

美帆は、力強くうなずいた。

高城は念を押すように、もう一度、美帆の肩を叩くと部屋を出ていった。

高城が部屋を出ていくのと入れ違いに、午前の回診や診察を終えた医師たちが部屋にもどってきた。静かだった部屋が一気に活気づく。

喧噪《けんそう》を意識の外に締め出すように、美帆はきつく眼を閉じた。

臨床心理士という職業を選んだのは自分だ。最初にちょっとつまずいたぐらいで弱気になってどうする。こんなことで、この先、この仕事を続けていけると思っているのか。自分で自分を叱咤《しった》する。

閉じた瞼《まぶた》の裏に、ひとりの青年が見える。青年は、悲しげな顔でこちらをじっと見ている。

達志《たつし》——

美帆は、心の中で青年の名前をつぶやいた。

私は絶対に患者を放りださない。何があっても。

美帆は目を開けると、席について髪をきつく結び直した。そして、パソコンのスクリーンセイバーを解き、今日の報告をパソコンに打ち込みはじめた。


患者の面接は、通常、週に一度行なわれる。

今日は司の五回目の面接日だった。美帆が司にはじめて会った日から、ちょうどひと月が経つ。そのあいだ、司には何の変化もなかった。初回のときと同じように、美帆が何を訊《き》いても、うつむいたまま何も答えない。

面接のたびに、美帆はどうすれば司の心を開くことが出来るのか考えてきた。ある方策が美帆の頭をよぎったのは、つい先日のことだった。その打開策が、司にどのような影響を与えるかはまったくわからない。いや、打開策かどうかもわからない。しかし、今と同じような面接を続けていても、状況は何も変わりはしない。なにかを変えなければ、ただ同じことの繰り返しだ。美帆は今日、その方法を実践しようと決めていた。

美帆が席につくと、ドアをノックする音がした。男性看護師だった。看護師は部屋に入ると美帆に頭をさげて、自分の後ろにいる司を前に押し出した。司は重そうな足取りで部屋に入ると、美帆の向かいの席に腰をおろした。

看護師はドアを閉めて、いつものようにドアの前に立った。美帆は看護師に声をかけた。

「すみません。部屋から出てもらえませんか」

閉じていた司の目が開く。

看護師は困惑した表情を浮かべた。

「集団面接なら別ですが、個人面接には必ず誰かが立ち会うことになっています」

「わかっています。でも、立ち会うといっても、張り付いていなくてもいいでしょう。面接が終わるまで、ドアの外で待っていてほしいんです。何かあれば、すぐに呼びますから」

本来、面接というものは一対一で行なわれる。事情により身内が付き添うことはあっても、基本的には本人とカウンセラーとの向き合いによって行なわれる。それは、罪を犯した者も犯していない者も同じなはずだ。

面接の目的は、患者が直面している問題を明らかにし、本人にその問題を直視させ、本人がその問題解決に前向きに取り組めるように導くことにある。そして最後は、患者本人に問題を解決させるのだ。

それにはまず、司が抱えている一番大きな問題をはっきりさせなければならない。健常者であっても、自分の一番深い傷を人前でさらけ出すには勇気がいる。まして、司は幼少の頃からずっと自分の殻に閉じこもり、孤立して生きてきた人間だ。その司が、容易に人前で自分の本音を見せるとは思えない。誰かに監視されているような状況でならなおのことだ。個人面接に誰かが立ち会わなければならないという規則が、カウンセリングを行なう者の安全を考えて作られたものならば、自分には必要ないと思った。何かしら身の危険を感じたら、大声で看護師を呼べばいい。大きな声ならば、ドアの外にも聞こえる。

美帆は、看護師にもう一度頼んだ。

「彼の担当としての要望です。彼の治療に必要なことなんです。お願いします」

看護師はしばらく考え込んでいたが、軽く息を吐くとドアノブに手をかけた。

「何かあったらすぐに呼んでください。ドアの前にいます」

看護師が部屋を出て行く。

部屋の中は、美帆と司のふたりだけになった。司は上目遣いに、美帆をじっと見ている。探るような目つきだ。

自分から言い出しておきながら、いざ二人きりになると、手のひらに汗が滲《にじ》んできた。どのような動機であれ、司が傷害事件を起こしている人間であることに変わりはない。突発的に美帆につかみかからないとも限らない。そう思うと、自然に身体が緊張した。しかし、もう後には引けない。美帆は司に気づかれないように、白衣の裾《すそ》で手の汗を拭《ぬぐ》った。

「おはよう。今日の気分はどう」

目を開けていることを除けば、司はいつもとまったく同じだった。椅子に浅く腰掛け、背もたれに身を預けている。

美帆は机に肘《ひじ》をつき顔の前で手を組むと、司の目をまっすぐに見た。

「私はこのひと月のあいだ、ずっと司くんを見てきた。そして、司くんが私を受け入れないということが、よくわかった。でもね、私は司くんのことが知りたい。司くんが、今辛《つら》いのか、苦しいのか、それとも楽しいのか。司くんが、いま何を思って、どんなふうに考えているのか知りたいの。司くんがどうしたら今より楽になれるのか、ずっと考えてる」

司は黙って美帆を見ている。

「司くんは、どうしたいの。何がそんなに辛いの。ここには私以外、誰もいないわ。言いたいことを言っていいのよ」

美帆は司の返事を待った。美帆の話を、黙って聞いていた司は、ひと言つぶやいた。

「しろ」

「しろ？」

司の声を聞くのは二度目だった。一度目は初回面接のとき。あのときは、あか、という言葉だった。それが何を意味するのかわからなかったが、今度は意味がつかめた。

色だ。

しろ、という言葉のイントネーションと、あか、との関連性から、色彩のことを言っているのだ、と確信した。

「しろって、色の白よね」美帆はすかさず尋ねた。

「白がどうかしたの？」

しかし司は、それっきり口を閉ざした。

深追いは禁物だ。せっかく開きかけた心の扉を、また閉ざしてしまうかもしれない。

急いで話題を変える。

「言いたくないことは言わなくていいのよ。じゃあ、司くんが、いま一番望んでいることは何。教えてくれないかな」

司は相変わらず、相手の出方を窺《うかが》うような目で美帆を見ていた。しかし、こんどは先ほどよりはっきりとした口調で言った。

「彩が、そばにいること」

司とのはじめての会話に、胸が高鳴る。美帆は努めて冷静を装い質問を続ける。

「彩さんって、施設で一緒に暮らしていた子よね」

司は小さくうなずいた。

「彩さんとは、いつから一緒だったの」

「三年前」

三年前といえば司が十七歳、彩が十三歳のときだ。司は施設に十三歳で入所している。ということは、彩は司が施設に入所してから四年目にやってきたことになる。

「彩さんって、どんな子だった？」

美帆は勢い込んで尋ねた。

「背は高かった？」

司が首を横に振る。

「太ってたのかしら。それとも、痩《や》せてた？」

「痩せてた」

ひと言だけの返事だが、嬉《うれ》しさが込みあげてくる。司との距離がぐっと近くなったように感じる。美帆は質問を続けた。

「彩さんとは、とても仲が良かったようね。彩さんは、ほかの人には馴染《なじ》まなかったけれど、司くんにだけは心を開いていたんでしょ」

司はそこで、ぴたりと口を閉ざした。部屋に沈黙が広がる。

彩の話には、これ以上触れないほうがいいのかもしれない。美帆は進入禁止の標識を確認すると、迂回路《うかい》に車を走らせた。

「話を変えましょう。いま何か困っていることはない？」

口を閉ざしかけていた司は、この質問に即座に反応した。

「彩がいないこと」

また彩だ。司にとってのキーワードは彩だ。美帆は確信した。

患者が抱えている問題はさまざまあるが、ときに、患者自身が自分にとって何が問題なのか見えていないケースがある。そのようなとき、カウンセラーがクライアントとの会話の中から問題となる物事の欠片《かけら》を見つけ出し、クライアントに気づかせる方法がある。

その糸口を患者は、無意識に繰り返すことがある。司の場合、キーワードは間違いなく彩だ。彩の存在を抜きにして、司の治療はありえない。

美帆は、司の投げたボールを投げ返した。

「司くんは彩さんがいないと、どうして困るの」

「彩にはおれしかいないし、おれには彩しかいなかったから」

美帆は顔の前で、汗ばんだ手を組み直した。

「なぜ彩さんはいなくなったの」

美帆は、司の答えを待った。

司は救急車の中で、お前が彩を殺したと叫びながら、施設長の安藤をハサミで切りつけている。自殺の彩をなぜ施設長が殺したと思うのか、そこが知りたい。今回の事件の原因は、すべてそこにあるように思う。

司の無表情だった顔が、次第に苦痛に歪《ゆが》んでくる。司は全身を震わせ、喉《のど》の奥から絞り出すように言った。

「あいつが殺したから」

司がいう〝あいつ〟が安藤だということは、すぐにわかった。美帆は努めて穏やかな口調で言った。

「でも、彩さんは自分で……」

「違う！」

美帆の言葉を、司の怒声が遮った。

「違う、彩は自殺なんかじゃない！　彩は死にたいなんて思っていなかった！」

美帆は司の質問を追いかける。

「どうしてそう思うの。彩さんは救急車の中で、死にたいってつぶやいたんでしょう」

「声が、橙色《だいだいいろ》だった」

意味がわからない。美帆はこちらの動揺を悟られないように、冷静を装って聞き返した。

「橙色って、いったい」

司はしばらく、言おうか言うまいか迷うように視線を宙に泳がせていたが、何かを決意したかのように大きく深呼吸すると、視線を美帆にぴたりと合わせた。

「おれ、声が見えるんだ」

美帆は司の言葉を、心のなかで反芻《はんすう》した。司の言っている言葉はわかる。しかし、意味が摑《つか》めない。美帆はオウム返しに訊《き》いた。

「声が見える？」

司はうなずいた。

「おれ、人の声が色に見えるんだ。その色で、相手の感情がわかる。橙はエネルギーが満ちる色。生気に溢《あふ》れる色だ。あいつの声に、死に向かう絶望の色はなかった。彩は生きることを望んでいたんだ。でも……」

司は目を伏せた。

「でも、その色が消えた」

美帆の脳裏に、司の診断書に書かれていた病名が鮮明に浮かんだ。妄想型の統合失調症。

「それは、いつからなの」

美帆が尋ねる。

「わからない。ずっと小さい頃だと思う」

「一日中、いつも見えているの？」

司が無言でうなずく。

「どんなふうに見えるの」

「しゃべった言葉が、あたりに広がる」

「大人の声も子供の声も、見えるのかしら」

「年齢は関係ない。みんな見える。でも、見えやすい奴もいれば、見え辛《づら》い奴もいる。あの小うるさい看護師はこっちが辟易《へきえき》するくらい発色がいいし、内田の声はいつも強く濃い。無表情の高城は、見え辛いうえに色も薄い」

小うるさい看護師という言葉に遥を思い出す。人によって見え方は様々だが、すべての人間の声が色に見えるようだ。

「色は、何色くらい見えるの」

美帆は質問を続ける。

「一色のときもあるし、いろんな色が混ざり合うときもある」

「一色と混色では、何が違うのかな」

「単色は、ひとつの感情。混色のときは、いろんな感情が混ざり合ってる。大体みんな、混色だ」

美帆は、面接で司が口にした色を思い出した。一度目は赤、今日は白。赤と白は、何を表しているのか。美帆は尋ねた。

「赤と白は、何を意味しているのかしら」

「赤は嘘を言ってるとき。白は本当のことを言っているとき」

司は鋭い視線を美帆に向けた。

「口で調子のいいことを言っても、おれには相手が腹の中で何を考えてるかわかる」

真剣な眼差《まなざ》しから、彼が嘘をついているとは思えない。彼自身が嘘をついている自覚がないからだろう。たとえそれが幻覚であっても、彼には実際そう見えているのだ。

美帆は書類に手早く「幻覚症状あり」と記入した。一度は近くなったと思った司との距離が、一気に遠くなったように感じる。

こんなとき、カウンセリングを行なっている人間は、患者の言葉を否定してはいけない。治療は患者の言い分を認め、肯定するところからはじまる。美帆は書類から顔をあげると、司に向かって言った。

「人の心がわかる。それは、とても辛いことね。苦しかったでしょう。でも、大丈夫よ。ここでしっかり治療すれば、そんなことは起こらなくなる。だから、これから一緒にがんばって治療していきましょう。そう続けようと思った美帆は、司の豹変《ひょうへん》した表情に身体が硬直した。司は唇を震わせて、今にも殴りかかってくるのではないかと思うよ
うなすさまじい形相で、美帆を睨《にら》みつけていた。

美帆は息をのんだ。なぜ司は怒っているのだろう。

司は叫んだ。

「お前も同じだ。口先ばっかりの偽善者だ。おれの頭がイカれてると思ってるくせに、わかったようなこと言いやがって！」

机がものすごい音をたてて床から持ち上がった。司が膝《ひざ》で、机の底を蹴《け》り上げたのだ。

美帆は反射的に椅子から立ち上がり退いた。

「もう少しで、施設を出られたんだ。病気だって、だんだん良くなってたんだ。そのあいつが、自分で死ぬわけないじゃないか！」

頭上に振りあげた拳《こぶし》を、司は机に力いっぱい叩《たた》きつけた。

「彩が死ぬわけない！」

司は拳を何度も机に振り下ろす。

「彩は生きたかったんだ。死にたくなかったんだ！　彩！　彩――！」

司は突然、膝をついた。口に手を当て嘔吐《おうと》する。

「どうしました！」

ドアが開き、看護師が部屋に飛び込んできた。

看護師の声に我に返る。美帆は白衣のポケットから内部用の携帯を取り出し、診療室の番号を押した。

「すみません。相談室Cですが、セルシンを持ってきてください。患者が極度の興奮状態なんです。急いで！」

胃の中のものを吐きつくした司は、自分の背を擦《さす》る看護師を乱暴に払いのけ、ふらふらと立ち上がった。しかし、すぐに看護師に後ろから羽交い締めにされ、床に押し倒された。

司は床から引き剝《は》がすように顔を上げて、美帆を見た。

「たのむ。教えてくれ！　何が彩をあそこまで追いつめたか、彩に何があったか、おれに教えてくれ！　彩が死ぬわけない！　彩は生きたかったんだ！　それがわからなければ、おれは、おれは——」

司は皮膚が引き裂かれたような悲痛な表情をした。

「一生、このままだ」

いきなりドアが開いて、医師と看護師が入ってきた。医師は、床の上でもがいている司の袖《そで》を捲《まく》りあげると、慣れた手つきで鎮静剤を注射した。美帆を睨みつけていた司の目が、次第に虚《うつ》ろになっていく。司は一分とたたず意識を失くした。

「怪我はありませんでしたか」

美帆は、急いでうなずいた。

アパートに帰った美帆は、惣菜《そうざい》が入ったスーパーのレジ袋を乱暴に流しに置いた。

病院からアパートまで、電車で約一時間かかる。五時半に勤務を終えても、その日の報告書や書類整理を終えて病院を出るのは、いつも夜の八時過ぎ。それから買い物をして帰ると、部屋に着くのはだいたい十時近くになっていた。

スーツのジャケットを床に脱ぎ捨ててベッドに横たわると、一日の疲れがどっと出た。

美帆は手の甲を額に当てて、目を閉じた。

『たのむ。教えてくれ！　何が彩をあそこまで追いつめたか、彩に何があったか、おれに教えてくれ！』

耳に、今日の司の悲鳴にも似た声がこびりついている。しかし、それ以上に美帆の脳裏に焼きついて離れないものがあった。

司の目だった。

一見、相手を威嚇し拒んでいるようで、その実、本当は救いを求めてやまないような目。その目を、美帆はよく知っている。

その目を見たのは、いまから四年前。美帆がOL二年目で達志が十九歳のときだった。初夏の、汗ばむ暑い日だった。

美帆はその日、会社を休んだ。腰痛がひどい母の代わりに、達志を病院に連れて行かなければならなかった。会社には、夏風邪をひいたと嘘をついた。職場の誰にも、精神病を患っている弟がいることは話していなかった。

達志の異変に気がついたのは、達志が中学に入って間もない頃だった。それまで明るく穏やかだった弟が、突然、些細《ささい》なことで両親に食ってかかるようになり、どうでもいいようなことで癇癪《かんしゃく》を起こすようになった。学校も休みがちになり、昼夜、逆の生活を送るようになった。

はじめは両親も、思春期特有の不安定な時期なのだろうと思っていた。しかし、弟の攻撃的な態度がエスカレートし奇異な行動が目立ってくると、不安になってきた。

弟はひとりの部屋で、ブツブツと訳のわからないことを言いながら壁を叩いたり、部屋の前で立ち止まりなにか言いながら頭を振る。ときには、家中の傘を部屋に持ち込んで、開いた傘の中にいつまでも蹲《うずくま》っていた。何をしているのか尋ねると、自分を監視している外の視線から傘で身を守っているのだ、と達志は言った。

そんな暮らしが三年も続いた頃、父親は嫌がる達志を、知人の見舞いに行こう、と騙《だま》して病院に連れていった。

大学病院の精神科医が達志にくだした診断は、統合失調症。医師の言葉を聞いた父親は、やはりそうですか、とうなだれ、母親は、何かの間違いだ、とその場に泣きくずれた。

幼い頃、美帆は達志の子守役だった。

美帆の両親は共働きで、幼い達志の面倒を見るのは、必然的に姉である美帆の役割になっていた。友達と遊びたくても、小さい達志が一緒では遠くにも行けず、友達との約束を断らなければいけないときもあった。

友達と遊べないことが悔しくて、達志に八つ当たりしたこともある。しかし、達志は、おねえちゃん、おねえちゃん、と泣きながら美帆の後をくっついてきた。

達志との思い出で、忘れられないことがある。あれは、美帆が四年生のときのことだ。その日は日曜日だったが、なぜか両親は不在だった。理由は覚えていない。急な仕事が入ったのか、親戚《しんせき》の家に用事で出かけたのか、そんなところだと思う。

家には達志と美帆のふたりだけだった。母親が用意してくれた昼食を食べてテレビを観ていると、急に気分が悪くなってきた。腹が痛くなり、冷や汗が出てくる。

押入れから毛布を引っ張りだして包《くる》まっていると、美帆の様子がおかしいことに気づいた達志が「大丈夫?」と声をかけた。

大丈夫、と言おうとしたとたん吐いた。吐いても吐いても吐き気は治まらず、中身がなくなっても胃液を吐き続けた。畳は、美帆の嘔吐《おうと》物で汚れた。

びっくりした達志は、半べそをかきながら「おねえちゃん」と、美帆を呼び続けた。父親か母親に電話をしようと思ったが、動揺していた所為《せい》か番号を聞いていなかったのか、思い出せない。ただ、腹を抱えて蹲っていることしか出来なかった。

突然、それまで泣きながら美帆の背中を擦っていた達志が立ち上がった。そして、美帆がどうしたのかと訊《き》く前に、玄関から飛び出していった。

美帆は慌てた。まだ達志は小さい。ひとりで外に出してはいけないと、母にきつく言われていた。

追いかけようと思ったが、目眩《めまい》がして起き上がれない。すぐに戻ってくるかもしれないと思いなおし、しばらく毛布に包まっていた。だが、達志はいつまでたっても戻ってこない。

胸の中に不安が広がった。達志はどこに行ったのだろう。迷子になって帰れなくなっているのだろうか。それとも、どこかで事故にあったのだろうか。もしかしたら、誰かに連れ去られたのではないだろうか。

毛布を頭からかぶる美帆の脳裏に、なぜ達志をひとりで外に出したのか、と叱る母の顔が浮かんでくる。

達志を捜しに行かなければ。

やっとのことで身体を起こし、ふらつきながら玄関に向かう。靴を履こうとしたときいきなりドアが開いた。達志だった。

「おねえちゃん！」

達志は、息を切らしながら叫んだ。急に身体の力が抜けた。へたへたとその場に座り込んだ。そのとたん、怒りが込みあげてきた。

「達志！　あんた、どこに行ってたの！」

溢《あふ》れそうになる涙をこらえながら叫ぶ。すると、達志の後ろから「叫ぶ元気があるなら、大丈夫だな」という声がした。驚いて半開きになっているドアの外を見ると、達志の後ろに制服を着た警官が立っていた。

なぜ、ここにおまわりさんがいるのだろうか。

警官は床に座ったまま見上げている美帆に、弟が泣きながら駅前交番に駆け込んできた、と言った。

「何を聞いても、おねえちゃんが死んじゃうの一点張りで困ったよ。よっぽど、おねえちゃんが心配だったんだね」

そう言って警官は、達志の足を見た。小さな足は裸足《はだし》だった。真っ黒に汚れて、ところどころ擦りむいている。靴も履かずに、飛び出していったのだ。交番を探して、町内を闇雲に駆け回る達志の姿が浮かぶ。

「おねえちゃんは大丈夫だ。心配ないよ」

警官がそう言って達志の頭を撫《な》でると、達志はいきなり大声で泣きだした。警官が達志を抱きあげて何ども「大丈夫」と繰り返しても、達志はなかなか泣き止まなかった。警官に抱かれながら「おねえちゃん、よかったね」としゃくり上げながら笑った顔を、いまでも美帆は忘れない。

その達志を、いなくなればいいと思うようになるなんて、美帆自身、考えたこともなかった。

あの優しかった達志が、両親を泣かせ暴力を振るうようになった。顔から笑みが消え、目は暗く澱《よど》み、いつもどこか遠くを見ている。

そんな変わり果てた達志など見たくなかった。暴れる達志に、死んでくれ、と叫んだこともある。あれは達志ではない。少なくとも、自分が知っている達志ではない。別人だ。自分にそう言い聞かせ、達志に向かって叫んだ。しかし、叫びながらも、心の底ではもとの達志に戻ってほしいと祈っていた。

達志の発する奇声をベッドの中で聞きながら、どうしたら達志を救えるのか、ずっと考えていた。高校を卒業した後、入学した大学で心理学を専攻したのは、まだ明確ではないながらも、将来、臨床心理士になろうと思う気持ちの表れだったのだと、今になって思う。

統合失調症と診断された達志は、その後、投薬をうけながら入退院を繰り返した。病状は一進一退だった。生気もなく、ただぼんやりと椅子に座り、空を見つめている状態のときもあれば、見るもの触れるものすべてに攻撃的で、怖くて近寄れないときもあった。一時退院しても、攻撃的な時期が続くと、両親は再び達志を入院させた。

その達志に変化が現れたのは、達志が十八歳のときだった。それまで、不安定だった症状が落ち着き、嫌がっていた病院も自ら行くようになった。

母親の話によると、新しい先生が達志の担当についたのだがその先生と合うらしい、ということだった。先生といっても医師ではない。患者のカウンセリングを行ない、患者の治療をサポートする臨床心理士だった。

達志の担当は布施《ふせ》という女性だった。当時三十代後半だったと思う。

一度、両親の代わりに診察について行ったことがある。そのとき行なわれたカウンセリングは、患者や家族の自己申告的な状態判断による診察ではなく、患者と対等に会話をし、いま、患者が思っていること、考えていることを聞きだし、その問題を一緒に考えていくといったものだった。医師が目に見える情報で治療をするのだとすれば、臨床心理士は患者の目に見えない内側の問題を掘りおこし、その問題点を治療していく。

布施は達志の理屈では通らない話を根気よく聞いた。達志も自分の辛《つら》いこと、悲しいことを、布施に包み隠さず話した。布施が現れてから、達志は変わった。達志に笑顔と人間らしさが戻ってきていた。

しかし、達志の担当になって一年が過ぎた頃、突然、布施が退職することになった。理由は、一身上の都合ということだった。

両親は布施を引き止めた。やっと達志が前向きになってきたときだ、事情はあるだろうが、もう少しだけ達志の担当を続けてくれないか、と頭を下げた。しかし、布施は予定どおり病院を退職した。

布施が退職すると聞いたときの達志の混乱は、ひどいものだった。泣いて暴れて、布施に辞めないでくれと取り縋《すが》った。そのときの達志は、相手を威嚇するように睨《にら》みつけてはいるが、心の底から救いを求めてやまない悲痛な目をしていた。

布施がいなくなった後、達志は以前にも増して攻撃的になった。病院にも行かなくなり、無理やり連れて行こうとすると「おれは見捨てられたんだ」と叫びながら、両親を殴りつける。

安定剤の量も増えて、一日中寝ていることが多くなった。副作用で体がむくみ、水ぶくれのような身体になった。その頃には両親も美帆も疲れ果て、まともな精神状態ではなくなった。

達志が死んだのは、布施が退職して半年が過ぎたときだった。駅のプラットホームから、ホームに入ってくる電車に飛び込んだ。

警察は事件と事故の両面から調べたが、目撃者の、達志が自分からふらふらとホームの端に向かっていった、との証言から、自殺もしくは投薬による自失状態での事故とした。

病院の霊安室のベッドに横たわる達志は、人間の姿をしていなかった。ベッドの上には手や足の形をした肉片があるだけで、達志の姿は無い。足の脛《すね》だったと思《おぼ》しき肉片に見覚えのあるほくろを見つけたとき、やっと目の前の物体が達志なのだと理解した。

達志の告別式には身内のほかに、達志が通っていた病院の医師たちも参列した。その席で美帆は、布施が退職した理由が、もっと条件のいい勤め口が見つかったからだったということを、参列していた看護師から聞いた。

美帆の中に、やり場のない怒りとやるせなさが込みあげてきた。

布施を責めるつもりはない。彼女には彼女の事情がある。ひとりの担当患者のために、自分の人生を左右されることはない。しかし、もし彼女があと一年、いや、半年でも達志の担当を引き受けていてくれたら、達志は今、生きているかもしれない。そう思った。と同時に、もし、自分に臨床心理士の知識があったら、もっと達志に対して違う接し方が出来ていたかもしれない、死んでくれと叫んでいなければ、達志はもっと違う道を歩めていたかもしれない、と思った。

達志が死んでから、眠れない日が続いた。やっと眠りについても夢に達志の顔が出てきて、はっとして飛び起きる。その達志は裸足で交番に助けを求めた達志だったり、病気で豹変《ひょうへん》した達志だったりした。どんな達志が出てきても目覚めた美帆の胸には、辛さと悲しみと後悔が渦巻いた。

達志が死んでから一年後の春、美帆は母校の大学院を受験した。専攻は臨床心理学。臨床心理士になるためだった。それは、美帆が考え抜いて決めた、達志への唯一の償いだった。

美帆はベッドから起き上がり、キッチンに向かった。冷蔵庫から缶ビールを取り出し、蓋《ふた》を開けて一気に呷《あお》る。胸の真ん中を、痛いぐらいの冷たさがまっすぐに落ちていく。口の端からこぼれたビールを、手の甲で乱暴に拭《ぬぐ》った。

「声が、色に見える」

美帆はつぶやいた。司から話を聞いたとき、書類に「幻覚症状あり」と記入した。信じられないことだった。しかし、今、こうしていると、ある言葉が思い出された。

——共感覚

世の中には、文字や数字が色に見えたり、味覚を形で感じたりする人間がいる。シネスシージアと呼ばれる共感覚で、その能力を持っている人間を共感覚保有者と呼ぶ。人間は、視覚、聴覚、嗅覚《きゅうかく》、味覚、触覚などの五感を持っているが、それらは一般的にそれぞれ独立して機能している。しかし、共感覚保有者は五感を同じフィールド上で感じている。共感覚保有者は女性に圧倒的に多く、十万人にひとりから二万人にひとりはいるという説まであり、未知の部分が多い世界だ。

共感覚保有者が実際にいることは、世界でも確認されている。否定はしない。司の話が本当ならば、彼が共感覚保有者である可能性は高い。だが、本の中でしか知らない存在が目の前にいるという現実は受け入れがたく、やはり司は幻覚症状が伴う統合失調症患者としか思えなかった。

そう思いながらも、声が色に見える現象は司の幻覚だ、と言い切れる自信がなかった。その理由は、司の目だった。床に押さえ込まれながら、美帆を見た目。あれは、正気の目だった。精神を病んでいる人間の目ではない。

美帆は二本目の缶ビールを飲み干した。ベッドに横になる。閉じた瞼《まぶた》の裏に、赤と白と橙《だいだい》のマーブル模様が浮かぶ。渦巻きの中に、達志と司がいた。ひとりが消えたかと思うと、もうひとりが浮かび上がり、そのひとりが消えかかると、別なひとりが浮かび上がってくる。ふたりは何か言いたげに、黙って美帆を見ている。

たしかに、司の目には正気がある。だからといって、司の話を信じられない。しかし、司を否定して突き放すことも出来ない。思考が同じ場所を堂々巡りしている。

瞼の裏の三色の渦が勢いを増していく。酔いが回ったのか、意識が薄れていく。

「赤、白、橙……」

美帆はつぶやきながら、眠りに落ちた。

二

司はベッドに横たわったまま、天井を見つめていた。

ひとり部屋は、しんと静まり返り、ときどき廊下の奥から聞こえる誰かの足音以外何も聞こえない。

白いカーテンの隙間から、月が見える。司は声を出した。呻《うめ》き声とため息が混じったような声だ。声を発すると同時に、月明かりだけの薄暗い空間に、ぼんやりと色が広がった。青い、悲しみの色だった。

司がはじめて自分の異変に気がついたのは、病院のベッドの上だった。

それが幾つのときだったのかは、よく覚えていない。ベッドの脇にあったサイドテーブルに、ブロックの小さな人形が置かれていたことを考えると、ブロックの玩具《がんぐ》にはまっていた幼稚園くらいの頃だったのだと思う。

司は幼い頃から病弱で、すぐに熱を出す子供だった。熱を出すだけならまだいい。常備している解熱剤を使って朝まで様子を見ることが出来る。しかし、司は熱性痙攣《けいれん》を起こす子供だった。

痙攣を起こすたびに、司の母親は血相を変えて救急車を呼び、司を深夜の救急病院に連れていった。診察が終わると搬送先の医師は決まって、痙攣を起こしても命にかかわらないから救急車を呼ぶ必要はない、と母親に言った。母親は、そのときは申し訳なさそうにうなずくのだが、司が痙攣を起こすとひどく取り乱し、やはり救急車を呼んだ。

あの日もおそらく、熱性痙攣で病院に運びこまれたのだろう。目が覚めると病院のベッドで寝ていて、視線の先には、自分の顔を覗《のぞ》き込んでいる医師と看護師がいた。

医師は司に、君は三日間、熱にうなされ寝ていたんだよ、と言った。痙攣を起こしても、いつも次の日には家に帰れるのだが、そのときは症状がひどかったようだ。

医師は司に、気分は悪くないかと尋ねた。しかし、医師の言葉は司の耳を通り抜けていた。司は目の前に広がる不思議な光景に、目を奪われていた。

話しかける医師の口元に、色が浮かんでいる。色は医師が話すたびに口から飛び出て、あたりにふわりと広がる。色つきの小麦粉を口に含んだまましゃべっている感じだ。色はしばらく空中に漂っているが、時間が経つと周りの空気に溶け込むように消えていく。

医師だけではなかった。隣にいる看護師や母親、同じ病室の入院患者たちも同じだった。色はそれぞれ違っていたが、みんな声と一緒に口から色を吐き出している。母親にいったい何のいたずらかと聞いてみたが逆に真顔で、何をわけのわからないことを言っているの、と聞き返された。

ふたりの会話を聞いていた医師は、熱のせいで少し混乱しているようですね、と言い残し、部屋を出て行った。しかし、熱が下がってもその光景が消えることはなかった。色は、赤・青・緑など単色のときもあれば、それらが混ざり合った混色のときもあった。濃さも様々で、向こう側が見えなくなるくらい濃かったり、ときには霞《かすみ》のように薄いときもある。

かたことの幼児語で、自分が見えている光景を医師や母親に必死に説明したが、誰にも意味が通じなかった。担当の内科医などは目が悪いのではないかと疑い、司を眼科に回した。しかし、異常は見当たらない。するとこんどは、脳神経外科に連れていき、脳の断面図を撮るように指示を出した。そこでも異常は発見されない。困惑した担当医が考え抜いて下した診断は、高熱を出したことによる一種の混乱状態だった。担当医は、体調が安定すれば治るでしょう、と言ったが、その症状は退院してもいっこうになくならなかった。

症状は通っていた幼稚園でも同じだった。友達や先生の声がさまざまな色になり、見ていると気持ち悪くなった。

きれいな色ならまだいい。ときには、まるで下水に溜《た》まっているヘドロのような声を見かけることもあった。何かが腐ったようなどす黒い色が口から出ているのを見ると、気持ちが悪くなりよく吐いた。園の保健室で泣きながら目の前で起きている現象を説明しても、幼稚園の職員は困った顔をして、ただ曖昧《あいまい》な笑みを浮かべているだけだった。

誰もわかってくれない孤独と、本当に自分はおかしくなったのではないかという恐怖は、喩《たと》えようのないものだった。相手と目を合わせられなくなり、話しかけられると全身が震えて汗が出た。

そんな司を園の先生や友達の親たちは、腫《は》れ物に触るように扱った。昂奮《こうふん》させないように気を遣い、努めて穏やかに話しかける。それでも司は吐いた。彼らが口にする言葉は、すべて口先だけのきれいごとで、声は黒や灰色が混ざり合った、嫌悪感や好奇心に満ちた色だった。

小学校にあがる頃には人と会うのが怖くなり、家に閉じこもるようになった。学校も休みがちで、一日中、家の中で本を読んだり、DVDを見たりしていた。母親に背を押され学校に行っても、大半を保健室で過ごした。

そんな毎日を過ごすうちに、色には意味があることに気がついた。

色は自分の声にもついていて、嬉《うれ》しいときは桃色などの暖色、悲しいときは青っぽい寒色、相手が憎いと思えばどす黒い土色になり、嘘をつくと赤色になる。

司は母親にすぐ、色は話す人の感情を表していると説明した。自分は病気でも頭がおかしいわけでもない。目の前に見えている現象には、きちんと説明できる理由があるのだと訴えた。

それでも母親は、司の話を信じようとはしなかった。頭からそんなことはありえないと決めつけて、話を聞こうともしない。

しかし、司は諦《あきら》めなかった。母親にわかってもらおうと、必死に努力した。母親が何か言うたびに、いま、おかあさんは喜んでいる、とか、悲しんでいる、と言い当て、ときには母親がつく嘘も見破った。本心を言い当てれば、母親も自分が言っていることを信じてくれると思ったからだ。

だが、母親は司が色の話をすればするほど聞きたくないというように顔を背け、本心を言い当てるたびに、司を恐れ怯《おび》えた。会話も減り、話しかけても無視するようになった。最後には、司が色のことを言うたびに手をあげて黙らせた。

母親はもともと神経が細い人間だった。家にあった何十冊という育児書の山を思い出すと、育児ノイローゼ気味だったのではないかと思う。今になればそんな母親にとって、自分がどれだけ脅威的な存在だったか想像がつく。普通の母親ですら、声が色に見える特異能力を持った子供が自分の息子だったら、冷静でいられるはずがない。まして、自分の子供の発達が育児書から少しずれただけでも、どこかおかしいのではないか、と心配する神経質な母親ならば、おかしくなって当然だったと思う。

母親が司の言い分を拒絶すればするほど、司は色に固執するようになった。どんなことをしてでも、母親に受け入れてもらいたかった。

そんな司を母親は、精神神経科や脳神経科に連れていった。どこにも異常が見当たらないとなると、こんどは訳のわからない宗教にはしり、司に生米を食べさせたり、家中のありとあらゆるところに盛り塩をするようになった。

昔から不仲だった両親は、さらに衝突し合うようになった。

ある夜、トイレに起きたとき、ダイニングで言い争う両親の声を聞いたことがある。父親は、そんな宗教に金を使ってとか、司があんなになったのはお前のせいだと言い、母親は、司があんなになったのは女のもとに入りびたり、家に帰らないあなたのせいだ、と言っていた。

ふたりの言い争いは、日を追うごとにエスカレートし、父親は母親に手をあげるようになった。両親は、司が十二歳のときに離婚した。

ふたりが別れた理由が自分のせいだったのか、それとも、宗教に走った母親のせいなのか、外に愛人がいた父親のせいなのか、司はいまだにわからない。しかし、最後の話し合いの席で、おれは司を引き取らない、と父親が言ったことだけは、はっきりと覚えている。

司は母親に引き取られた。持ち家だった家は処分したので、近くに安いアパートを借りた。別れたといっても、もともと父親は滅多に家に帰らなかったので、あまり日常に変わりはなかった。変わったことといえば、夜、母親が家にいない日が多くなったことだった。

離婚してから、母親はますます宗教にのめり込んだ。日中は保険会社の外交員として働き、夜は宗教の広報活動にいそしんだ。父親という歯止めがなくなったことが、母親をますます宗教にのめり込ませたのだと思う。

母親が死んだのは、離婚してから一年が過ぎた頃だった。自殺だった。陸橋のうえから、走行中のトラックに身を投げた。母親は、司の将来を悲観し悩んでいたうえに、宗教関係のトラブルに巻き込まれて多額の借金を抱えていた。

借金があることは、子供の司にもわかっていた。郵便受けに複数の督促状が届き、嫌がらせの電話が昼夜を問わず鳴っていた。母親は、地域の福祉窓口に相談していたようで、葬儀に参列した数人の福祉関係者たちは、育児ノイローゼと借金が自殺の原因だろう、と会場の隅でひそひそ話していた。

司は母親の葬儀を、他人事《ひとごと》のような感覚で見ていた。自分がどんなに助けを求めても母親は自分を理解せず、そのうえ、置き去りにして逝ってしまった。母親の遺影を見ても、悲しみは湧いてこなかった。自分を見捨てたという憎しみのほうが強かった。

父親は、告別式に現れなかった。地域の福祉事務所が父親に連絡をとろうとしたようだが、どうしても消息がつかめなかったらしい。父親がどこでどうしているのか、母親の七回忌が過ぎたいまでもわからない。

すでにどこかで死んでいるのかもしれない。それならそれでいいと思う。自分と父親は血の繋《つな》がった他人だ。その男がどこでどうなろうと、自分には関係ないと思っている。

司の両親はともにひとりっ子で、双方の親はすでに他界していた。誰も引き取り手がいない司は市の福祉課に一時保護され、医師の診察を受けた。司を診た医師の診断結果は、精神障害と軽度の精神遅滞の疑いあり、というものだった。

当時の司は精神障害と精神遅滞がどのようなものなのかわからなかった。でも、福祉課の職員や医師が司を、頭がおかしい人間、と思っていることだけはわかった。司は自分を、頭のおかしい人間だと思わなかった。それは今でも変わらない。医師の質問に答えなかったり、やれと言われた積み木の組み立てをしなかっただけで、質問に答えようと思えば答えられたし、積み木も見本どおりに組み立てようと思えば簡単に出来た。ただ、自分をベルトコンベアに載っている部品のように、機械的に扱う奴らの言いなりになるのが嫌だっただけだ。

医師の診断が下りたあと、地域の知的障害者入所更生施設である公誠学園に預けられた。福祉課の職員は公誠学園に向かう車のなかでしきりに、公誠学園はいいところだ、何も心配することはない、新しい生活にすぐに慣れる、と繰り返していた。

しかし、司にとってはどこに住んでも同じだった。部屋に閉じこもり、本を読んだり毛布に包《くる》まりうずくまっている毎日があるだけだった。

公誠学園に入所した司は、公誠学園の隣に併設されている、学校法人公誠学園公誠養護学校の中等部に通うことになった。しかし、小学校と同じでほとんど行くことはなかった。中等部卒業後は、施設の職員から高等部に強制的に入れられたが、そこでも同じで滅多に行くことはなかった。

その頃には司は、もう誰かに理解してもらおうなどと思わなくなっていた。親にすら理解されなかった人間が、他人から理解されるとは思えなかった。誰も信じられず、誰にも心を開かず、自分の殻に閉じこもるようになっていた。

彩に出会ったのは、司が高等部二年生の頃だった。当時、彩は十三歳。司の四歳下だった。

なぜ、彩が入所してきたのかは知らない。施設の職員も入所者の個人的な話は一切しなかったし、彩自身も失語症という病気を患っていて会話が出来なかった。

司は失語症という病気を、彩に出会ってはじめて知った。彩は相手が言っていることはだいたい理解出来るが、話すことと読み書きが出来なかった。彩が話す言葉は、すべて訳のわからない異国語のようなものだった。

自分の気持ちを表現する術《すべ》を持たない彩の心は、誰にもわからなかった。しかし、司にだけは、彩の気持ちがわかった。声の色から彩が今どんな気持ちで、何を望んでいるのかが理解出来たからだ。

彩は唸《うな》り声をあげながら、必死に職員に自分の気持ちを訴える。しかし、誰も彩の気持ちがわからない。職員に泣きながら縋《すが》りついている姿が、以前、母親に理解してもらおうと、必死になって説明していた自分と重なった。

司は少しずつ、彩に話しかけるようになった。

最初、彩は怯えてなかなか心を開こうとしなかったが、司が自分の考えていることを理解してくれる人間だとわかると、司を慕い片時も離れなくなった。

司も、取り繕った綺麗《きれい》ごとなど言わず、いつも本音で向き合える彩の前でだけは安心できた。ふたりは、お互いなくてはならない存在になった。

た。その頃には、自分は精神的な障害を持っている人間ではないということがわかってい特異能力に関することを隠していれば、健常者となんら変わりはない。しかし司は、
障害をもっているふりをした。
施設だ。一般的な日常生活が送れると施設に知られたら、公誠学園は知的問題を抱えている人間を入所させている
設に移されてしまう。健常者が入所する児童養護施
司は、自分が健常者だとばれないように、わざとおかしな行動をとるようにした。精
神病に関する本を買って、精神病者がどのような行動をとるのか調べた。そして、その
とおりに真似た。何があっても、彩と一緒にいたかった。
その彩が死んだ。周りは自殺だというが、あれは自殺ではない。それは、司が一番よ
く知っている。
じっと見ている天井に、施設長の安藤の顔が浮かぶ。
あいつは絶対に何か知っている。彩が自傷行為を繰り返すようになったのは、安藤が
彩を施設から連れ出すようになってからだ。安藤は病院に連れて行くと言っていたが、
それが嘘だと自分にはわかっている。彩を病院に連れて行くと説明するあいつの声は、
いつも真っ赤だった。
あいつが彩を殺した。あいつが彩を追いつめた。おれはあいつを絶対に許さない。
「殺してやる」
天井に浮かぶ安藤の顔を睨《にら》みつけながら、司はつぶやいた。どす黒い色があたりに漂

った。

レンガ造りの階段をあがりドアを開けると、店内は思いのほか混んでいた。

一枚板のカウンターには、営業マンと思われるスーツ姿の男性が新聞を読んでいた。ボックス席には熟年の女性たちが数人、コーヒーを飲みながらけたたましい笑い声をあげている。

美帆は店の奥にある、窓際の席についた。水を運んで来た従業員にコーヒーを注文して、窓の外を見る。日曜日、街はたくさんの人が行き交っていた。みな、初夏の強い日差しに目を細めている。

美帆は、腕時計を見た。一時五十分。約束の二時まで十分ある。早く着きすぎたか、と思っていると、ドアのカウベルが鳴った。店内にひとりの男性が入ってきた。男性は誰かを探すように、あたりを見回している。

男性と美帆の目が合った。美帆に気づくと男性は軽く手をあげた。

「早いな。約束は二時だったよな」

男性は背負ってきたショルダータイプのスポーツリュックを窓際に置くと、美帆の向かいの席に座った。

美帆はうなずき微笑んだ。

「栗原《くりはら》くんだって、早いじゃない」

「おれは仕事柄、いつも会社時間だから。遅くても、約束の十分前には待ち合わせ場所に着くようにしてる」

栗原のいう会社が警察を意味しているということを、美帆は知っていた。

栗原は美帆の高校時代の同級生だった。三年生のとき同じクラスだったというだけで、あまり話したことはない。当時、美帆は異性にあまり関心がなかった。栗原も自分から女生徒に話しかけるタイプではなかった。大学に進学したあとも、ときどき有志で集まるクラス会で顔を合わせるだけで、その場でもこれといって印象に残る話をした覚えはない。

最後に会ったのは、去年行なわれた同級生の結婚式だった。たまたま隣の席になり、気を遣っていろいろ話しかけた。その席で栗原が、自分の職場を「会社」と呼んでいることを知った。普段の生活で自分が警官だと知られないためにそう呼ぶのだ、と栗原は教えてくれた。

「今日は非番だったの？」

栗原にメニューを差し出しながら尋ねる。

「そんなとこ」

栗原はひと言そう言うと、針金のような黒いメガネフレームを指であげた。どこか芝居がかった仕草をするところは、今も変わっていない。

美帆が栗原に抱く印象は、学生時代も社会人になっても同じものだった。すこし気どったキャリア系。筋の通った鼻梁《びりょう》や、細く吊《つ》り上がった目から、そのような印象をもっていた。

成績が常に上位だったことも、そう感じていた理由のひとつだった。栗原はいわゆる優等生だった。しかし、自分の頭の良さをひけらかすことはなく「おれが」と、自分から前に出るわけでもない。ある者はその態度を「すかしてる」と表現した。美帆もそうだと感じていた。しかし、一学期も過ぎた頃、それは計算ではなく彼にとっては自然なことなのだと気づいた。栗原は、上級生、下級生、男、女、誰にでも同じ態度で接していた。年齢や性別など関係ない。それが彼のスタンスであり、別にお高くとまっているわけではないのだ、と気づいてから、反感を持たなくなった。逆に裏表のない人柄に好感を抱いた。

「で、今日はどうしたんだ。佐久間から連絡があるなんてめずらしいな」

栗原はいきなり本題にはいった。

美帆はテーブルの上に身を乗り出した。

「栗原くん。あなた、警察官よね」

栗原は、いまさら何を、というような顔をした。

「そうだけど、それがどうした」

美帆は両手を、膝《ひざ》の上に揃えた。

「折り入ってお願いがあるの。実は、ある事件の詳細が知りたいのよ」

栗原の顔が真剣になる。

「事件って、万引きか、それとも恐喝か」

栗原は、身近な軽犯罪を口にした。美帆は首を横に振った。

「傷害」

栗原は目を見ひらいた。

「身内が絡んでるのか？」

美帆は手短に、いま自分が国立指定病院に勤めていて、そこで担当している患者がある事件に関わっていることを説明した。

「彼が今、一番心に引っかかっていることは、彼女の死なの。彼女がどうして自殺をしたのか、それを知りたがっている。彼女の自殺の理由をはっきりさせない限り、彼の治療は考えられない。それにはまず、彼が起こした事件の詳細が必要なのよ」

栗原はしばらく、あごに手を当てて考えていたが、目だけを上げて美帆を見た。

「そいつ、もしかして佐久間の恋人？」

予想外の問いに、驚いて両手を激しく振った。

「まさか」

「じゃあ、担当患者を更生させれば、ひとりにつきいくらかの特別手当が付くとか？」

大きくかぶりを振る。

「だから、そういうことはないって。単純に、彼女の自殺の動機が知りたいだけよ」

栗原は黙って美帆を見ていたが、アイスコーヒーが運ばれてくると、ミルクを入れながらつぶやいた。

「佐久間は、やっぱり変わってる」

「私が変わってる？」

意味がわからず問い返す。

「おれさ、お前が大学で心理学を専攻するって聞いたとき、他人の問題に首を突っ込むような勉強の何が楽しいんだろうって思ったんだ。今回だって、その司って奴が治っても治らなくても、自分にはなんのメリットもないんだろう？　だったら、そこまで深入りすることないじゃないか。今日だってそいつのために時間を割いてるんだろう。せっかくの休みなのに、もったいないなくないのかよ」

美帆は再び、栗原に身を乗り出した。

「だったら、栗原くんはどうなの？　栗原くんは事件の犯人を捕まえれば手柄になるから警察官になったの？　メリットがあるなしでいまの職業を選んだの？」

「いいや」

栗原はストローでアイスコーヒーをかき混ぜながら、首を横に振った。

「安定してる職業だから」

栗原の答えに、沈黙する。

たしかに、栗原の言うことも一理ある。誰もが使命感や社会への貢献を望み、仕事を決めるわけではない。生きていくために、安定性のある企業へ就職するのは当然のことだ。

しかし、そうではない人間もいる。収入や自分への評価よりもっと違うなにかを、仕事に求めている者もいる。その違うなにかとは何なのか、美帆にもよくわからない。亡くなった弟への償いかもしれないし、自分への慰めかもしれない。ただ、ひとつわかっているのは、自分はここで司を見捨てることはできない、ということだけだった。

美帆は、一度はずした視線を栗原に戻した。

「たしかに栗原くんの言うとおり、別に彼が更生しようがしまいが、私への直接的なメリットはないわ。でもね、私は損得でこの仕事を選んだわけじゃないの。だから、この一件から退けない」

美帆は見つめることで、栗原の返事を求めた。栗原はじっと美帆の視線を受け止めていたが、大きく息を吐くと椅子の背に身を預けた。

「佐久間は、ハイテク犯罪対策室って知ってるか？」

新聞などで幾度か見た覚えはある。たしかネット犯罪を扱っている部署だったような気がする。

美帆がそう言うと栗原は、そう、と言ってうなずいた。

「病院が内科、外科に分かれているように、警察もいろんな課に分かれているんだよ。テレビで見るような殺人事件は捜査第一課、落し物管理は会計課、みたいにさ。それでいうと、佐久間が欲しい情報を持っているのは、彼が犯した事件の管轄署の相談窓口か、県の事件データをまとめて管理している県警の情報管理課になる。おれが所属しているところは、ネット犯罪関係を扱うハイテク犯罪対策室。佐久間が欲しい情報を持っている場所じゃないんだよ」

ボックスに座っている女性たちの、ひときわ甲高い笑い声が店内に響いた。栗原は、迷惑そうな視線で女性たちを一瞥《いちべつ》して、美帆に視線を戻した。

「でも、もしおれが窓口や管理課にいたとしても、やっぱり力にはなれない。事件に関する情報は事件の関係者以外には、絶対、漏らしちゃいけないことになっている。まして今回は公の機関からの要請じゃなくて、佐久間の個人的な話だろう。無理だ」

美帆はきっぱりと言った。

「無理なことぐらい知ってるわ。個人情報にうるさい世の中だもの」

栗原の顔が険しくなる。

「無理を知ってて、頼んでるのか」

「そうよ」

栗原は、呆《あき》れたように笑った。

「お前、おれに罪を犯せって言ってるのか？　勘弁してくれよ。どうしておれが見ず知らずの人間のために、そんなことしなきゃいけないんだよ」

美帆は食い下がる。

「罪を犯せって言ってるわけじゃないわ。彼を救うために手を貸してくれって言ってるだけよ」

「同じことだよ。もしばれたら、おれはどうなる。個人情報漏洩《ろうえい》の罪で自主退職させられて、再就職できなかったらこの歳でフリーターだぜ」

美帆は睨《にら》むように栗原を見据えた。栗原はお手上げというように、両手をあげた。

「悪いけど、おれのモットー『人生そつなく』だから。警官だから困ってる人を助けてくれるなんておめでたいことを思ってるなら、誤解もいいとこだよ。少なくともおれは正義の味方じゃない。一介の公務員だ」

美帆は栗原をしばらく睨みつけていたが、視線を先に外したのは美帆だった。

美帆は大げさなほど深いため息をつくと、目を閉じた。

「わかった。もう、いいわ。そうね。よく考えたら、こんなこと頼むほうが間違っているのよね。たしかに赤の他人のために、自分の一生を賭《か》ける奇特な人なんて、いないわよね」

栗原は、ほっとしたように肩の力を抜いた。美帆は閉じていた目を開けて、栗原をひたと見据えた。そして、意識的に口調を強めた。

「ごめんなさい。出来ないこと頼んで」

栗原の顔色が、変わる。

「出来ないとは言ってないだろう。おれがそんなことをする義理はないって言ってるんだ」

「出来る出来ないが、問題じゃないのよ。私にとって重要なのは、情報が手に入るか入らないかってことだけなの」

栗原は、苛《いら》だたしげに爪を噛《か》んだ。

予想どおりの反応をする栗原に、美帆は内心ほくそ笑んだ。こっちは、だてに臨床心理士の資格を持っているわけではない。相手の性格からこちらが求める言葉を吐かせる方法は知っている。栗原はプライドが高く、そのプライドを挫《くじ》かれそうになるとむきになる。そこを利用しない手はない。

美帆は懐かしむような眼差《まなざ》しで、栗原を見た。

「栗原くんって、昔から誰かが困っていると何とかしてくれたでしょう。今も、栗原くんなら何とかしてくれるんじゃないかって思ってたの。でも」

そこで大げさに肩を落とす。

「今日、会って、それは自分の勘違いだったことがよくわかったわ。栗原くんにだって、無理なことってあるのよね」

美帆が、無理、という言葉を言うと同時に、栗原の顔が耳まで赤くなった。美帆はバッグを手に取ると椅子から立ち上がった。

「せっかくの休みに呼び出してごめんなさい。ほかを当たってみるわ」

「待て」

歩きかけた美帆を、栗原が呼び止めた。

美帆が振り返る。

「まあ、座れよ」

「もう話は済んだはずよ」

「いいから、座れって」

栗原は組んだ腕の下で、リズムをとるように指をせわしなく動かしている。美帆は席に戻った。

栗原は目を閉じて、考え込んだまま動かない。美帆は無言で、栗原の次の行動を待った。

栗原は瞼《まぶた》をうっすらと開けた。

「お前が知りたい事件って、傷害だったよな」

美帆はうなずいた。

「ってことは、その司ってやつが起こした事件で負傷した人間は、ほかにいるのか」

頭をめぐらす。真っ先に浮かんだのは、司にハサミで切りつけられた安藤だった。次に浮かんだのは、救急車に乗っていた救急隊員。救急車が横転した際に負傷している。

そう栗原に伝えると、栗原は目を開けて、美帆に身を乗り出した。

「いいか、第三者が事件の詳細を手に入れるのは難しいけれど、被害者や事件の遺族なら、情報提供を申請する権利がある。被害者のひとりと会って、情報を手に入れてもらえないか頼む手もある。被害者があの事件はもう思い出したくないと断るか、協力してくれるかはわからない。でも、やってみる価値はある。それが今、おれに考えられる一番正当な方法だ。もし、被害者と会ってみるっていうなら、被害者の住所と氏名くらいはおれが何とかしてやる」

「ほんと」

美帆は大きな声を出した。

栗原は、得意げに答えた。

「わかったら、連絡するよ」

美帆の頭に「してやったり」という言葉が浮かぶ。画策どおり事は進んだ。口元に自然に笑みが浮かんでくる。美帆は栗原に向かって、にっこりと笑った。

「やっぱり栗原くんは、何とかしてくれる」

栗原ははっとしたような顔をして、忌々しげに窓の外を見た。

「やな女」

栗原から連絡があったのは、三日後のことだった。

栗原は、事件当時、救急車の後部で少女の救命活動をしていた救命救急士の情報を教えてくれた。名前は、梶山健一《けんいち》。司が入所していた施設近辺の消防署に勤務し、現在、市の職員アパートに住んでいる。

礼を言うと栗原は、物好きもほどほどにしておけ、と忠告とも警告ともとれる返事をして携帯を切った。

美帆はすぐに、梶山の勤務先に連絡をとった。しかし、梶山は非番で休みだった。ならば自宅に連絡をとろうと梶山の自宅の番号を押しかけて、一瞬、迷った。休みの日に自宅にまで押しかけることにためらいを覚える。だが、一刻も早く詳細を知りたい。美帆は覚悟を決めて、梶山の自宅に電話をかけた。数回のコールのあと、電話が繫《つな》がった。

「はい、梶山です」

男性の声だ。

いままで寝ていたのだろうか。声がくぐもっている。念のために、下の名前を確認する。

「梶山健一さんのお宅でしょうか」

「そうですが。どちらさまですか」

美帆は、栗原から言われたとおりに答えた。

「申し遅れました。私、水野《みずの》と申します」

偽名をつかった。

「梶山さんが半年ほど前に、救急活動中に事故に遭われたときに同乗していた少女の身内の者です。そのときのお話を伺いたくて、お電話しました」

少しの沈黙のあと、梶山が尋ねた。

「どうして、うちの電話がわかったんですか」

言葉に詰まったが、栗原の指示を思い出して冷静に答えた。

「警察に連絡して、事故の関係者だと言ったら教えてくれました。突然、失礼とは思ったのですが、どうかお話を聞かせていただけないでしょうか」

何の返事もない。縋《すが》るような思いで、携帯を握り締める。もう一度お願いしようと口を開きかけたとき、梶山の抑揚のない声がした。

「いいですよ」

あっさり受け入れてくれたことに戸惑う。

「あの、よろしいんでしょうか」

「連絡先を聞いたということは、うちの住所もわかりますよね。いらしていただいてけっこうです」

見ず知らずの人間を自宅に招く梶山に、多少面食らう。

美帆は礼を言い、携帯を切った。

昼から休暇をとり、すぐ梶山の自宅に向かった。

梶山が住んでいる職員アパートは四階建てで、二十四世帯が入れる造りのものだった。広い敷地に同じ建物が二棟あり、建物の間は小さい公園になっていた。

梶山の自宅は、南向きのB棟の二〇三号室。公園の奥にある建物だった。

公園で就学前くらいの子供たち数人が、遊具にぶら下がって遊んでいた。公園を横切るとき、母親と思《おぼ》しき女性たちと目が合った。頭を下げると、彼女たちも微笑みながら頭を下げた。

二〇三号室のドアには、クマの形に切り取られた木製のドアプレートがかけられていた。ローマ字でKAJIYAMAとある。美帆は壁に取り付けられている、チャイムを押した。

しばらくすると、中から人が近づいてくる気配がした。ドアが開いて、中から男性が顔を出した。

その顔にぎくりとした。

男性の右頰には、右目の下から右の口角にかけて深い傷跡《きずあと》があった。むりやり強い力に引き裂かれたような裂傷だ。電話の声がくぐもって聞こえたのは寝おきのせいではなく、ひきつれて口が大きく開かないからだった。

美帆は動揺を隠しながら頭を下げた。

「さきほど電話した、水野です」

梶山はジャージ姿だった。梶山は形だけのお辞儀をすると、どうぞ、と言って美帆を中に勧めた。

通された先は、玄関から入ってすぐのリビングだった。部屋の中央にテーブルがあり、そのうえに何冊かの旅行雑誌と絵本が置かれている。部屋の奥には、リビングと続きの台所があり、リビングの外にはベランダがあった。ベランダで洗濯物が揺れていた。男ものと女もの、そして、幼稚園くらいの子供の洋服が干されていた。

「おかけください」

梶山はそばにあった座布団を美帆に勧めた。勧められるまま座布団に座り、手にしていたジャケットとバッグを脇に置く。

梶山は台所から麦茶が入ったグラスをふたつ持ってくると、ひとつを美帆の前に置いた。グラスを置く右手の動きが、錆《さ》びついた機械のようにぎこちない。

「あいにく妻が出かけていて、こんなものしかなくて」

梶山は美帆の向かいにある座椅子に腰をおろすと、背もたれに身を預け、足を伸ばした。

「傷がまだ治りきっていないので、このままで失礼します」

傷というのが、司が起こした事件のときのものだということは察しがついた。ジャージを穿《は》いているのは部屋着だからというだけではなく、まだ傷が癒《い》えていない足に負担をかけないためでもあるようだ。

美帆は、かまいません、というように首を横に振った。

「あの事件の話を、お聞きになりたいとか」

訊《たず》ねる梶山に、美帆はうなずいた。

梶山は傷を負っている足の膝頭《ひざがしら》を撫《な》でながら、事件の詳細を語りはじめた。

彩が手首を切ったのは施設の風呂場《ふろば》で、発見したときはすでにかなりの失血状態だった。手首を切ってから発見までの時間は、およそ四時間。傷は深く、動脈まで達していた。

止血処置をし、救急車に彩と施設長の安藤を乗せ病院に向かおうとしたとき、司が車の前に立ちはだかり、自分も乗せろと要求。梶山は仕方なく、司の同乗を許可した。深夜という時間帯にくわえ、自殺の疑いがあるということもあり、いくつかの病院から搬入拒否をうけた。やっと見つけた受け入れ先の病院も車の渋滞に巻き込まれ、なかなか辿《たど》り着けない。その間にも、彩の容態は悪化していった。

彩から片時も離れず、祈るようにじっとしていた司が豹変《ひょうへん》したのは、彩が一瞬、意識を取り戻したあとだった。

彩は「死にたい」とつぶやき、心肺停止状態に陥った。梶山はすぐに心肺蘇生《そせい》を行なったが、その途中で司は安藤に「お前が殺した」と叫びながら摑《つか》みかかった。必死に止めたが、司は暴れまくり、そばにあった医療用のハサミで、安藤の腕を切りつけた。

混乱した運転手はハンドル操作を誤り、車は反対車線に進入。対向車の軽ワゴン車と激突し、車は横転。梶山を含む救急隊員は、それぞれ骨折や内臓損傷による重傷を負った。今回の事故を引き起こした司は、軽傷で済んだが、失血状態で意識不明だった彩は病院に搬送後、死亡が確認された。

「どうぞ」

麦茶を勧める梶山の声に、美帆は我に返った。グラスを手にとり、中身を飲み干す。

麦茶はすっかり温《ぬる》くなっていた。

　梶山の話は、美帆が書類で読んだものとほぼ一致していた。すでに美帆が知っていることばかりで、彩の自殺の動機がわかるようなものはない。もっと、新しい情報を引き出さなければ、と考えていると、梶山が美帆に向かって言った。

「あなた、少女の身内というのは嘘でしょう」

　グラスをテーブルに置こうとしていた手が、思わず止まる。

　顔を上げると、美帆の考えを見透かしているような目で梶山がこちらを見ていた。

「私は長い救急活動のなかで、拒食症や自傷行為を繰り返す子供をたくさん見ています。そんな子供の親は、一生懸命になって子供を救おうともするけれど、中には子供と向き合うことに疲れ果てて見捨てる親もいます」

　梶山は悼むような目をした。

「彩という少女に、身内はいないと聞いています。少女を救急車で運ぶときに、身内がいたら呼んでください、と施設長に言ったら彼は、少女に身内はいない、と答えました。もしあなたが本当に身内だったとしても、いままでほったらかしにしていた人間が、いまさらこんな面倒ごとに首を突っ込んでくるなんて考えられません。あなた、いったい誰ですか」

　もうこれ以上、嘘はつき通せない。美帆は本名を名乗り、自分は国立指定病院に勤務している臨床心理士で、司の担当者であることを正直に話した。

「嘘をついたことは謝ります。でも、どうしても彼に彩さんの自殺の動機を教えてあげたいんです。それがわからないと、彼は一生救われません。今日、梶山さんのところに伺ったのは、梶山さんのお話から自殺の手がかりが摑めるかもしれないと思ったからです」

梶山は美帆の願いを拒否するように、目を閉じた。

「すみませんが、お帰りください」

部屋に、沈黙がひろがる。

「あの事件のあと私がどれだけ辛《つら》い思いをしてきたか、あなたは知らないでしょう。夜、寝ていると、夢のなかで青年が自分に殴りかかってきて、逃げようにも足が滑って逃げられない。足元を見ると、床が血で真っ赤に染まっている。身体は全身血まみれで、裂けた腹から内臓が見えている。恐怖に悲鳴をあげてとび起きると、隣で寝ている妻が泣きそうな顔をして私を見下ろしているんです。そして、これです」

梶山は、右頰を美帆に向けた。

「三歳になる娘は、いまだに私の顔をまともに見られません。形成外科の先生は、傷跡は手術を繰り返せば目立たなくなると言います。でも、子供が私の顔を見られないのは、顔が醜いからじゃない。傷の後ろにある事件の跡におびえているんです。妻は毎日、夫が仕事から無事に帰ってくるか心配しながら暮らし、子供は父親の顔の傷から事故の怖さを思い出す。私は、あの青年のような者が、また車に乗ってくるんじゃないかという恐怖から、まだ現場に戻れません。私たち家族がどれだけのものと日々闘っているか、あなたにはわからないでしょう。私は、もう事件を思い出したくないんです」

そのとき、チャイムが鳴った。

ただいま、という女性の声と子供のはしゃぐ声がして、勢いよくドアが開いた。そこには小さな女の子と、スーパーのレジ袋をさげた女性がいた。

「妻と娘です」

梶山はふたりを紹介した。梶山の妻は、梶山と美帆を交互に見ながら尋ねた。

「こちらは？」

梶山は無理やり口角を引き上げて、ぎこちない笑顔をつくった。

「保険の勧誘だよ。いろいろ話を聞いていたんだけど、プランがうちには合わないみたいだ。ちょうど、いま帰るところだったんだよ」

梶山の妻は、そう、と微笑むと、美帆に軽く会釈をした。

暗に帰ることを促された美帆は、妻に突然来訪した詫《わ》びを言い席を立った。

玄関で靴を履いていると、梶山が見送りに出てきた。梶山はリビングにいる妻に聞こえないように、声を潜めた。

「妻はあの事件から情緒不安定で、感情の起伏が激しいんです。あなたが事件を引き起こした人間の関係者だと知ったら、どうなるかわかりません。このまま、お引き取りください」

美帆は、黙ってうなずいた。

靴を履きおえた美帆は、顔を上げて梶山を見た。

「最後にひとつだけお訊《き》きしていいでしょうか」

梶山は、沈黙で了解した。

「彩さんは、やはり自殺ですか」

自分でも、馬鹿なことを訊いていると思った。今まで美帆が手に入れた情報から、彩が自殺であることに間違いはない。しかし、彩は自殺ではないと言った司の目が、美帆を捉《とら》えて離さなかった。

梶山は美帆をじっと見ていたが、きっぱりと言った。

「彼女の傷の手当てをしたとき、彼女の手首に複数の切創痕《せっそうこん》があるのを見つけました。彼女は、以前から自傷行為を繰り返していたリストカット常習者です。彼女は、明らかに自殺です」

美帆は、うなだれて目を閉じた。

司の非現実的な話を、頭から信じてはいない。しかし、心のどこかで、司が言っていることは本当なのではないか、と思っていたことも事実だ。今日ここで、梶山の口から彩は自殺だったと聞いて、迷いは消えた。彩はやはり自殺だ。それは同時に、司を妄想型の統合失調症患者と決定づけることにもなった。彩の声が生を望む橙色《だいだいいろ》をしていた、などという馬鹿げた話を、一瞬でも信じた自分が愚かに思えてくる。

美帆は深くお辞儀をして、帰るためにドアを開けた。すると、こんどは梶山が、最後にひとつだけ、と美帆を引き止めた。

「こちらも、最後にひとつだけ聞かせてください。彼はなぜ少女が死んだことがわかったんでしょうか」

玄関から足を踏み出していた美帆は、その足を引いた。

「どういうことですか？」

梶山は真剣な顔で話を続けた。

「事件の調書には、彼が車内で暴れたのは少女が『死にたい』と言った直後と記されています。しかし、そうじゃない。正確には、少女の心肺が停止したあとだった。これは、車の後部で救命にあたっていた自分しか知りません」

心肺停止の話は、美帆が持っている書類に記載されていない。はじめて聞く話だ。

一度開けたドアを、後ろ手に閉める。

「その話を、もうすこし聞かせてください」

「彼が暴れだしたのは、少女が『死にたい』とつぶやき、心肺が停止したあと。瞳孔《どうこう》も固定し対光反射もない、事実上の死を迎えたあとなんです」

梶山は事件当時を思い出すかのように、目を閉じた。

「死亡判断は、社会死以外、医師しかできません。医療知識を持っている我々でも難しいことです。ましてや、なにも知らない素人がわかるものじゃない」

梶山は顔を上げると、訴えるように美帆を見た。

「でも、彼は明らかに少女が死んだことを知っていた。それが、不思議でならないんです」

美帆の耳に、司の声が蘇《よみがえ》った。

彩の、死にたい、と言った声が、橙色だったと説明したあとのひと言。

『でも、その色が消えた』

思わず握り締めた手のひらが汗ばんでくる。

色が消えた。それが、少女の死を悟った理由だとしたら、彼は――

そのとき、いきなりリビングのドアが開いて、梶山の娘が父親の腰に抱きついてきた。

「パパ、何しているの」

「お見送りだよ」

梶山は腰をかがめて、娘を抱き上げた。娘は梶山の顔から目を逸《そ》らすと、首にきつくしがみついた。美帆はいたたまれず、女の子の頭をなでた。

「ごめんね」

娘はなぜ美帆が謝るのかわからないというように、首を傾げた。

玄関を出て階段を下りた。踊り場まできたとき、背中に梶山の声がした。

「私は彼が憎い。でも、あなたが青年を救いたいと思う気持ちはわかります。それは、私が救急患者を救いたい、と思う気持ちと同じものだと思うからです」

美帆が振り返ると同時に、二〇三号室のドアは閉じた。

外に出た美帆は、腕時計を見た。

午後二時。まだ陽は高い。

美帆はバッグから携帯を取り出し、ある名前を検索した。公誠学園。ふたりが入所していた知的障害者入所更生施設だ。どこかで必要になる場合があるかもしれないと思い、携帯に登録しておいたのだった。

住所を見ると、いま美帆がいる場所から電車で二十分ほどのところにある町だった。いまから行っても、三時前には着ける。

施設に行ってみよう、と美帆は思った。

ふたりが何年も暮らしていた施設の関係者ならば、彩の自殺の動機に繋《つな》がる何かを知っているかもしれない。特に司が、彩を殺した人間だと訴えている施設長の安藤ならば、知っている可能性は高い。

施設に電話を入れてから行こうかと思ったが、考え直した。安藤も司の被害者のひとりだ。さきほどの梶山同様、もう事件に触れたくないと思っているかもしれない。そうならば、電話をかけても、無下《むげ》に断られるのがオチだ。直接、交渉したほうがいい。断られても、施設長に会えるまで何時間でも粘る覚悟は出来ている。

美帆は、自分が置かれているわからないことだらけの状態に耐えきれなくなっていた。

どんな些細《ささい》なことでもいい。いま抱えている問題を解決する糸口がつかめるならば、なんでもする、と思った。

公誠学園がある勢多町は、坂の多い町だった。駅で降り、電柱に張られている住所プレートを頼りに歩いていく。駅前の繁華街を抜けて住宅街に入りしばらく歩くと、公誠学園に着いた。

園の本舎はコンクリートで造られた二階建てで、中規模の幼稚園を思わせた。隣に本舎を三階建てにしたような建物がある。門柱に、学校法人公誠学園公誠養護学校とある。公誠学園の入所者が通う養護学校だ。

本舎の正面玄関を入ると、すぐ横に「受付」と書かれた窓があった。中を覗《のぞ》くとひとりの女性が、事務用の机に座っていた。歳は美帆より少し上に見える。

「すみません」

受付の窓から、女性に声をかけた。

女性は読んでいた女性週刊誌から顔を上げると、食べていたスナック菓子で汚れた指先をぺろりと舐《な》めた。

「はい、どちらさまですか」

受付の窓口までやってきた女性は、不審者でも見るかのような目で、美帆を上から下まで眺めた。施設の関係者以外は滅多に来ないのだろう。たしかに、関係のない者が気軽に立ち寄る場所ではない。

美帆は、突然訪れた非礼を詫び、ここに入所していた水野彩と藤木司に関して知りたいことがある、と来訪の意図を伝えた。女性は胸の前で腕を組み、あからさまに不愉快そうな顔をした。

「どこのテレビ局？　それとも週刊誌？」

どうやら美帆を、マスコミ関係者だと思ったらしい。

美帆はあわてて首を横に振り、自分は司が入院している病院に勤務している者で司の担当者だ、と説明した。

「藤木さんと接してきたこのひと月で、彼の治療には彼が入院する前の暮らしの情報が、必要不可欠だとわかったんです。彼がここでどんな暮らしを送り、自殺した水野彩さんとどんな関係だったのか、それが知りたくて来ました。そのお話を、こちらの施設長である安藤さんに伺いたいのです。事件当日の、藤木さんと彩さんの状態を一番よくおわかりなのは、救急車に同乗していた安藤さんです。お願いです。安藤さんに取り次いでください」

女性は冷たく、安藤はいま所用で出払っていてここにはいない、と美帆に言い放った。

しかし、美帆は引かない。それなら安藤が戻るまでどこかで待たせてもらう、と粘る。すると女性は、帰りは何時になるかわからないと言い返した。すぐさま、何時までも待つと返答する。

何を言っても引かない美帆に、女性は困惑した顔で深いため息をつくと自席に戻り、机の上に置いてある内線電話の受話器を上げた。

「あ、すみません。ちょっとご相談がありまして」

誰か電話に出たようだ。

女性は通話口を手で覆って、声を潜めた。美帆に内容を聞かれたくないようだ。女性はしばらくすると受話器を置いて、美帆に顎《あご》で中に入るように指図した。

「こちらにどうぞ」

施設の中は、学校のような造りになっていた。

廊下の片側に小さめの部屋がいくつかならび、廊下の反対側には水飲場《みずのみば》や手洗いがある。部屋は、絵や折り紙でつくられた飾りが至るところに貼られ、教室というより学校の保健室といった感じだ。

女性の後について廊下を歩いていくと、途中でひとりの少年とすれ違った。身につけている部屋着のような服装から、ここの入所者とわかる。少年は美帆を見つけると、小さい子供が興味を抱くような目をした。あどけない表情から中学生くらいかと思ったが、高い身長と肉づきのいい体軀《たいく》から、もう少し年上だろうと思い直した。

「お掃除してくれてるの」

女性は少年に声をかけた。

少年の手に、箒《ほうき》とちりとりが握られている。美帆はあたりを見わたした。少年の半径一メートルほどの場所だけ、ちりひとつ落ちていない。

女性は少年に、偉いわね、と声をかけると、でも、と言葉をつけくわえた。

「ここだけじゃなくて、もっと向こうまできれいにしてくれると嬉《うれ》しいな」

もっと、と言うところで、女性は廊下の奥を指差した。

女性の指を追って、少年が廊下の奥を見る。

「出来る？」

女性が少年の顔を覗き込む。

少年は答える代わりに、歯を見せてにっこりと笑った。

「がんばってね」

女性は少年の頭をなでた。

廊下の曲がり角で、少年を振り返った。少年はさきほどの場所から一歩も動かず、同じ場所を懸命に掃いていた。

女性は美帆をある部屋に通した。接客室だった。ここで待つように言い残し、女性は部屋を出ていった。

室内には革張りの応接セットとヨーロピアン調の書棚、背の高い観葉植物が置かれていた。壁には国や県から贈られた社会福祉法人設立認可書や、優良障害者更生施設の表彰状などが、額に入れられ飾られている。

美帆は窓際に立ち、外を見た。

窓からは施設の庭が見えた。

幼稚園の園庭ほどの広さの敷地は、緑の低木でぐるりと囲まれていた。敷地の隅にプレハブ小屋が建っている。プレハブ小屋の入り口に、ひらがなで「そうこ」と書かれたプレートが貼られている。一文字、一文字、区切るように大きく書かれた字は、幼稚園児でも読めるだろう。

そのとき、庭先にひとりの少女が姿を現した。何かから逃れるように、庭の真ん中を突っ走っていく。少女のすぐ後から、職員と思われる女性が庭に飛び込んできた。女性は少女を追いかけている。

少女に追いついた女性は少女の腕を摑《つか》み、少女に向かって何か叫んだ。少女は子供がいやいやをするように、首を左右に振っている。少女の体軀は成人女性並みだが、仕草は幼稚だ。身につけているものも、上から下まで幼稚園児が好みそうな組み合わせだ。上は襟元にフリルがついている水玉のブラウス、下は遠めからでも模様がはっきりわかるほどの大きな花模様がついたピンクのスカート。靴もエナメルの、真っ赤なものだった。

女性と少女はしばらく揉《も》みあっていたが、女性はいきなり少女のスカートをたくしあげて、むき出しになった太腿《ふともも》を思い切り叩《たた》いた。

美帆はあげそうになる声を、手で塞《ふさ》いだ。

少女は叩かれた太腿を擦《さす》りながら泣いている。女性は少女の腕を摑むと、引きずるようにして庭から出ていった。

見てはいけないものを見てしまったような、居心地の悪さを感じながら立っていると、ノックもなしにドアがいきなり開いた。

驚いて振り返ると、そこには年配の男性が立っていた。

整髪料をたっぷりつけた髪に紺色のスーツ。贅肉《ぜいにく》がついた腹が前に突き出している。金縁の眼鏡の奥に見える目は、異様に強いまなざしでこちらを見ていた。男性は窓際に立っている美帆に、手でソファを勧めた。

「お待たせして申し訳ありませんでした。施設長の安藤です」

ざらついた、かすれ気味の声だ。

やはり安藤は施設の中にいたのではないか。

居留守をつかって追い返そうとした事務の女性に、少しばかり腹が立つ。

美帆がソファに腰掛けると、安藤も美帆の向かいのソファに腰をおろした。美帆は突然の来訪を詫《わ》びてから、受付の女性に話した内容と同じことを、安藤に話した。

「私が持っている彼の情報は、引き継ぎのときに渡された書類上のことしかありません。でも、それだけで彼を治療していくことは困難です。もっと、彼の内面的な情報が必要なんです。彼が何を考えてどんな暮らしをしていたのか。死亡した彩さんとは、どんな関係だったのか。それが知りたくて、こちらに伺いました」

ソファに背をあずけ、美帆の話をじっと聞いていた安藤は、美帆が話し終わると神妙な面持ちで目を伏せた。

せんでした」

「今回の事件は、本当にやりきれないものでした。結果的に、私は彼と彩さんを救えませんでした」

「彩さんは、どうしてこの施設に入所したんですか」

安藤は顔を上げると、視線を窓の外に向けた。

「彩さんがここに来たのは、彼女が十三歳のときでした。市の福祉課の人に連れてこられたのですが、栄養状態が悪かったせいか、十三歳の平均体格より背は低くかなり痩《や》せていて、小学生のような身体つきでした。話しかけても、福祉課の人の後ろで何も答えず、無表情のまま立っている。まっすぐに切り揃えられた長めの前髪の中から、大きな目だけが威嚇するようにこちらを見ていました」

「彩さんのご両親は？」

「彼女の両親は、彩さんがものごころつく前に離婚しています。彼女は父親に引き取られましたが、当時、父親には同棲《どうせい》していた女性がいて、彼女は実の父親とその女性に育てられました。しかし、三人の共同生活は決して彩さんにとって幸せなものではなかったようです。彼女の痩せ細った身体つきと、身体中に残っている煙草を押しつけられた痕《あと》から、彼女が日常的に虐待を受けていたことはすぐにわかりました」

美帆はさらに尋ねる。

「いま、父親はどこに」

安藤は視線を美帆に移すと、わからないというように首を横に振った。

「ふたりは彩さんがここに引き取られるひと月ほど前に、いなくなりました。置きざりにされた彩さんは、当時、彼女が通っていた養護学校の教師に保護され、市の福祉課に連れて行かれました。そして、市の福祉課からここに来たんです。父親が彩さんを捜そうと思えば、市の福祉課に問い合わせればすぐにわかるようになっています。でも、彩さんがここにいた三年間、一度も連絡はありませんでした。彩さんが亡くなったことも、知っているのかどうか」

安藤は深いため息をついた。

「彩さんは、失語症だったと司くんから聞いています」

安藤はうなずいた。

「ええ、そうです」

「それはいつからですか」

「わかりません。ここに来たときは、すでに失語症を患っていました」

「先天性のものでしょうか」

安藤は、さあ、と言って、金色のメガネフレームを、人差し指でかけ直した。

「しかし、失語症の多くは、後天的な脳の障害によるものだと聞いています。彩さんをここに連れてきた市の福祉課の人の話では、この施設に来る一年ほど前に、彩さんは父親に殴られて意識を失い、二、三日入院していたことがあったようです。どうやら、そのあたりから言葉が不自由になったようなんですが、それが、生まれつき失語症になる要因を持っていて、たまたまその時期に発症したものなのか、父親に殴られたことで脳の言語中枢に支障をきたし起きたものなのか、わかりません」

安藤は視線を、再び外に向けた。

「私も、今までに障害を持つ児童生徒を数多く預かってきました。しかし、失語症の子ははじめてでした。しかも彼女の場合、失語症の中でも特に重い混合性というもので、相手が言っていることは簡単なことなら理解出来るのですが、話すことが出来ませんでした。声は出るのですが、言葉にならないのです。文字の判別もできないので、読み書きはおろか五十音ボードを使っての会話も無理でした」

安藤は言葉を続ける。

「私も職員も、彼女をどう扱っていいのかわからなくて大変苦労しました。彼女も私たちの戸惑いがわかるのか、それとも、虐待を受けていた心理的後遺症のせいか、私たちにまったく心を開こうとしませんでした。しかし、藤木くんにだけは違っていました」

うつむいていた美帆は、はっとして顔を上げた。

「どんなふうに、違っていたんですか」

「彩さんは、なぜか藤木くんにだけは、とてもなついていました。彩さんが入所した当初は、ふたりとも様子を見ているような感じでしたが、次第に一緒にいることが多くなり、そのうち時間があればいつも一緒にいるようになりました。気をつけて見ていると、彩さんが藤木くんの言うことを理解しているというよりは、藤木くんが彼女の気持ちを理解しているように見えました。彼がなぜそこまで彩さんの気持ちを察することができたのかはわかりませんが、人と会話ができない彩さんと、人とコミュニケーションがとれない藤木くん、ふたりの波長がどこかで合ったのだと思っています」

安藤の話を聞いている美帆の耳に、色で感情がわかると叫んだ司の声が蘇《よみがえ》る。彼が言っていることが本当ならば、彩が言葉を話せなくても声で彼女の気持ちを理解することはできる。だれも自分の気持ちをわかってくれない環境で、司が唯一の理解者であるならば、彩が司になつくのは当然のことだろう。

美帆は、安藤の顔色を見ながら尋ねた。

「彼がこちらにいるあいだ、何か変わったことはありませんでしたか」

「変わったこと、と申しますと？」

美帆は唾《つば》をひとつのんだ。

「例えば、こちらが話している途中で、突然、色の名前を言ったりだとか……」

安藤は納得したように、ああ、と口を開けた。

「あなたがご存じということは、彼は今でもそうなんですね。ええ、よくありました。人の顔を見て、赤や青とつぶやくんです。何を言っているのか問いただしても、彼は頑《かたく》なに口を閉ざして、誰にも答えませんでした。無理に言わせようとすると、興奮して暴れたり、うずくまって吐いたりしていました」

美帆の胸が、熱くなってくる。

声が色に見えるという話を、司は施設の誰にも話していない。しかし、自分には話してくれた。僅《わず》かであっても、自分を信頼してくれたのだ。そう思うと、司が知りたがっている彩の自殺の動機を、どんなことをしてでも手に入れて知らせたいと思った。

美帆は安藤の目をまっすぐに見て、はっきりとした口調で尋ねた。

「彩さんには、自殺癖があったのですか」

安藤の顔色が、さっと変わる。

「彩さんの救命行為を行なった救急隊員から、彩さんの手首にリストカットの痕が残っていたと聞きました。安藤さんは、彩さんが自傷行為を繰り返していた理由をご存じありませんか」

ふたりの間に、緊張が走る。安藤が何か答えようと口を開きかけたとき、いきなりドアが開いて、ひとりの少女が部屋に駆け込んできた。

大きなフリルのついた水玉のブラウス。原色の大きな花がついたピンクのスカート。さきほど、外で腿《もも》を叩《たた》かれていた少女だった。

半べそで部屋に飛び込んできた少女は、美帆を見つけると意味もなく笑いかけた。美帆も、とっさに微笑み返そうとした。しかし、笑おうとした口元は笑みにはならず、ただ引きつれただけだった。

少女の顔立ちは、一般的な知能が備わっていたならば、どれほど魅力的な少女になっていただろう、と思うぐらい整ったものだった。しかし、彼女の美しい顔立ちは奇声を発しながらソファの周りをぐるぐると駆けまわる奇異な行動に、すべて打ち消されてしまっていた。

　安藤が少女を止めようと、ソファから立ち上がりかけた。そのとき、部屋にひとりの女性が飛び込んできた。少女の腿を叩いた女性だった。

　女性は安藤と美帆の顔を交互に見ながら、ばつが悪そうに頭を下げた。

「すみません。着替えるのを嫌がって暴れてしまって、すぐに捕まえますから」

　女性は逃げ惑う少女を部屋の隅に追いつめると、腕をつかんで強引に部屋から引きずり出していった。しばらくの間、廊下から少女の叫び声が聞こえていた。しかし、次第に遠のき、やがて消えた。

　室内に沈黙が広がる。安藤は何ごともなかったかのように、淡々と言った。

「ここには、いろいろな障害を持っている児童生徒がいます。彼女は現在十八歳ですが、重度の精神発達遅滞で、精神年齢は小学生ほどしかありません」

　安藤は美帆を見た。

「佐久間さんは、臨床心理士でしたね。そして、いま国立病院に勤務していらっしゃる」

　美帆はうなずいた。

「では、今まで神経や精神を病んでいる人と接してきてるはずですね。それなら彼らには理由がないということはおわかりでしょう」

　美帆には、理由がない、という言葉の意味がわからなかった。

「それは、どういう意味ですか」

安藤は美帆の問いに、目を逸《そ》らさずに答えた。

「言ったとおりです。彼らが起こす行動の裏に彼らなりの理由があったとしても、まともなものから見れば、それは通らない理屈です。彼らが起こす行動はすべて病気による発作的な行動で、そこに理由はありません」

美帆は思わず安藤を睨《にら》みつけた。

「では、司くんが安藤さんに傷を負わせた理由も、彩さんの自殺の理由もないとおっしゃるんですか」

安藤は無表情に答えた。

「彼女の自殺の理由を強いて言うならば、もともとの病的気質による情緒不安定。藤木くんが私に襲いかかった理由は、彼の病気が引き起こした突発的な殺意でしょう。そこに理由はありません」

美帆は思わず、ソファから立ち上がった。

「理由はあります」

美帆の強い口調に、こんどは安藤が美帆を見据えた。美帆はひるまずに、安藤を見返す。

「たしかに、精神や脳に障害を持っている人は、健常者から見れば理解しがたい行動を起こすことがあります。でも、彼らには彼らなりの理由があります。私たちから見て理解できない理由だったとしても、必ず訳があります。その理由を探りだし対処していくのが、私たちの仕事ではないでしょうか」

脳裏に達志の姿が浮かぶ。理解してやることができなかった達志。誰からも理解されないまま、死んでしまった達志。悲しい顔でじっとこちらを見ている脳裏の達志に、司の姿が重なる。

「司くんは、彩さんの自殺の理由を知りたがっています。彼女との問題を乗り越えない限り、彼は前に進めません。それなのに、彼らを一番そばで見ていたあなたが、彼女の自殺に動機はない、彼のとった行動に理由はないと突き放してしまったら、彼はいったいどうすればいいんですか」

美帆は安藤の返答を待った。

安藤は自分を見下ろす美帆を見上げながら、静かに答えた。

「彼らの心のなかは、計り知れません。想像もつかない世界です。その、彼らひとりひとりの心のなかにまで踏み込んでケアしていくなど、現実には不可能です。この仕事は、自分たちが彼らに出来ることには限界がある、と割りきらなければ、続けていけない仕事です。彼らには理由がない。だから、彼らを理解出来なくても仕方がないのだ、と自分に言い聞かせなければ、あまりに重過ぎてこちらが潰《つぶ》れてしまいます」

安藤は美帆に、ソファに座るように手で指示した。

美帆はしばらくそのままの姿勢で立っていたが、ゆっくりと再びソファに腰をおろした。

「さきほどの子は、あの服の組み合わせでなければ、一日中でも暴れています」

安藤が言う、さきほどの子、というのが、部屋に突然入ってきた少女だということはすぐにわかった。

「だからあの子は、今日、着ていたものと同じ洋服を五着ずつ持っています。あの子が、あの服でなければいけない理由はあるのでしょう。でも、その理由を突き止めるために、あの子だけに時間を割くわけにはいかないのです。ここにいるのはあの子だけじゃない」

安藤の声には、現実を知っている者だけが持つ冷厳さがあった。安藤は美帆に言い聞かせるように言葉を続けた。

「あなたが今していることは、医療現場における理想に果てしなく近いことです。私たちも、ひとりの人間に深く関わり寄り添っていくことが、この仕事の理想であることはわかっています。でも、理想はどこまでいっても理想です。いまのやり方では、いずれあなたは破綻《はたん》します。どこかで仕事と割り切らなければ、これから先やっていけませんよ」

美帆は返す言葉につまった。たしかに多くの入所者ひとりひとりに時間を割き、マンツーマンでケアしていくなど出来ることではない。

それは病院も同じだ。医師不足は深刻で、市や県の病院などは高齢化社会に伴う老人患者の増加や、近年増えている心療内科や精神科の患者を抱えきれず、大学病院などどからの非常勤医師で対応しているところが多い。ひとりの医師がいくつかの病院を掛け持ちする場合もあり、ひとりの医師がひとりの患者をつきっきりで診ることなど到底無理なことだった。それは美帆もよく知っている。

しかし、ここで自分が司を見放してしまったら、司に先はなく自分がこの仕事を選んだ意味もなくなる。司を見放すことはできない。理屈や現実を考える前に、美帆の感情がそう言っていた。

納得できずに、美帆がうつむいたままソファに座っていると、安藤は立ち上がり部屋のドアを開けた。

「もう、ご用はお済みでしょう」

退席を促された美帆は、何も言い返せないまま部屋をあとにした。


部屋を追い出された美帆は、廊下に立ち尽くし、唇をきつく噛《か》んだ。

結局、安藤から彩の自殺の動機を探ることは出来なかった。探るどころか、安藤の理念に言いくるめられ追い出されてしまった。敗北感にも似た悔しさが、胸に込みあげてくる。このまま引き下がることは出来ない。何かひとつでも、彩の自殺の動機に繋《つな》がるものを手に入れなければ帰れない。

美帆は必死に考えた。美帆の応対をした受付の女性の態度を見ても、別な職員から話を聞き出すことはまず無理だ。みな、同じように不愉快な顔をして口を閉ざすだろう。

彩がここにいた間の記録だけでも見せてもらえないかと考えたが、あの様子では不可能だと思った。

記録という言葉に、彩の遺品を思いついた。

彩はここで暮らしていた。彩の生前の持ち物が残っていれば、その中に何か手がかりが残っているかもしれない。

バッグを肩にかけなおし、受付に向かう。受付の窓から、先ほどの女性に声をかけた。

「すみません。彩さんの遺品ですが、まだこちらに残っていますか」

女性は目だけで美帆を見ると、ぶっきらぼうに答えた。

「遺族の方にお渡し出来るように、保管しています」

やはりあるのだ。

「見せていただけませんか」

女性は露骨に嫌な顔をすると、椅子ごと美帆に向き直った。

「あなたには関係ないものでしょう」

美帆はとっさに思いついた理由を口にした。

「彩さんの遺品を、何でもいいから藤木さんに持っていってあげたいんです。お願いです。彩さんの遺品をひとつでもいいから彼にください」

女性は冷たく、首を横に振った。

「あれは遺族のためのものです。他人にお渡し出来ません」

他人という言葉に、美帆は強い怒りを感じた。

三年ものあいだ姿を現さず、自分の娘が死んだことすらわからないかもしれない人間が遺族といえるのだろうか。そんな身内より、司のほうがよほど遺品を手にする権利がある。

美帆は受付の窓から、なかに身を乗り出した。

「もし、遺族が現れなかったら、遺品はどうなるんですか」

「一年間保管して、あとは処分します」

「捨てるんですか？」

「ええ」

「そんな、捨てるくらいならくれたっていいじゃないですか」

思わず声が大きくなる。女性は美帆の声より大きな声で答えた。

「規則ですから」

美帆は頭の中で計算した。事件からすでに五ヶ月が過ぎている。あと半年の間に、彼女の遺族が姿を現さなければ、遺品は処分されてしまう。梶山が言ったとおり、今さら彼女の遺族が現れるなんて考えられない。彩の遺品は半年後、食べかすや塵芥《じんかい》と一緒に捨てられるのは目に見えている。そんなことになるくらいなら、司に渡したい。

美帆は再度、遺品を譲ってくれと食い下がった。しかし、女性は頑《かたく》なに拒み、保管されている場所さえも教えてはくれない。

融通が利かない女性に苛立《いらだ》ちながら、遺品を手に入れる方法を必死に考える美帆は、あることに気づいた。

司の荷物だ。

指定病院に入院している患者の治療は、決められた治療プログラムにそって行なわれている。治療は大きく分けて三期。病気の診断や症状の程度、生活歴などから、患者の治療計画を立てるための急性期と、急性期に決めた評価に基づいて治療を進める回復期。そして、外泊などが許可され、社会復帰に向けての準備期間となる社会復帰期がある。この三期を最短で終えたとしても、一年半はかかる。

司の荷物も彩の遺品と同じように扱われていたとしたら、司の荷物も処分されてしまうかもしれない。でも、司の荷物なら、自分が関係者として引き取れる可能性がある。司と彩の荷物が同じように扱われているならば、ふたりの持ち物が同じ場所に保管されている可能性は高い。彩の遺品のありかが、わかるかもしれない。

美帆は一度ひいた身を、再びカウンターの上に乗り出した。

「藤木さんの荷物は、どこにあるんですか？」

女性は意外な顔をして、美帆を振り返った。

「藤木さんの荷物、ですか？」

「ええ」

女性は怪訝《けげん》な顔をしながら答えた。

「彩さんの荷物と一緒に保管してますが……」

やはり。美帆は、即座に嘘をついた。

「私は藤木さんから、もし施設に行くことがあれば自分の荷物を持ってきてほしい、と頼まれているんです。荷物の保有者である本人の要望なんですから、渡していただけますよね。いますぐ、荷物を用意してください」

女性は椅子から立ち上がり、慌てて美帆に駆け寄った。

「ちょっと困ります」

「どうしてですか」

美帆は尋ねた。

女性は、しどろもどろになりながら答える。

「施設内にあるものは、すべて施設長の許可がなければ外に持ち出すことは出来ないんです。それに、ふたりの荷物は今、倉庫にほかの段ボールと一緒に積まれているので、いますぐ捜し出すことは無理です。施設長に相談してからご連絡しますから、今日はお引き取りください」

今すぐ用意できないことを説明するのに、なぜそんなに困惑する必要があるのか。不思議に思いながらも、美帆はあえて追及しなかった。美帆の頭の中は、女性が口にした倉庫という言葉でいっぱいだった。接客室の窓から見えたプレハブ小屋。あのなかに、ふたりの荷物がある。美帆は、連絡を待ちます、と答えると玄関を後にした。

外に出た美帆は正門ではなく、庭のほうへ回った。建物と敷地を囲っている低木の間の道を、身を低くして進んでいく。突き当たりの角を曲がると左手に、プレハブ小屋が見えた。

美帆はあたりに誰もいないことを確認すると、プレハブに近づいた。

引き戸に手をかける。力を入れるが開かない。手元を見てはっとした。鍵《かぎ》がかかっている。銀色の四角い本体に、U字型の金具がついた南京錠《なんきんじょう》だ。

ここまできて。悔しさが込みあげてくる。思わず拳《こぶし》を握り締める。しかし、すぐに拳の力は弛《ゆる》んだ。よく見ると、本体の穴に入っていなければいけないU字型の片方が、穴に入っていなかった。錠は壁と扉を閉じている金具に、ぶら下がっているだけの状態になっていた。

ついてる。

美帆は鍵を外し、急いでプレハブの中に入った。

入った瞬間、むっとした異臭が鼻をついた。

鍵のかけ忘れに気づいたとき、一瞬、無用心だと思ったが、中を見渡してその理由がわかった。なかは倉庫とは名ばかりの、ゴミの集積場だった。突き当たりの壁に、可燃、不燃、ペットボトルなどと書かれたプレートが貼られていて、その前に分別用のゴミ袋が置かれていた。ゴミ置き場なら、鍵のかけ忘れもあり得る。

入り口の右手を見ると、壁面に簡単な木製の棚が取り付けられていた。棚にはいくつもの段ボールが積まれている。受付の女性は、荷物は段ボールに入れて保管していると言っていた。この段ボールのなかのどれかに、彩の遺品が入っているはずだ。

美帆は床に放置されているゴミ袋をよけながら、棚に近づいた。

肩からかけていたバッグを隅に置き、棚から段ボールを下ろす。

ひとつひとつ箱を開けていく美帆は、受付の女性がなぜ、いますぐ司の荷物が出せない、とばつが悪そうに話したのか理由がわかった。

段ボールの中には、施設が発行した広報誌や、入所者が描いたと思われる絵などが乱雑に詰め込まれていた。それらは、湿気や雨漏りによる水の浸透で紙がふやけ、ぼろぼろになっていた。クレヨンで描かれた数枚の絵が、水で溶けたクレヨンで裏と表がぴたりとくっつき、塊のようになっている。

受付の女性は司や彩の荷物を「保管」すると言っていた。しかし、段ボールのなかに詰め込まれている荷物は、とても「保管されている」といえる状態ではなかった。

ここにあるものすべて、捨てることを前提に一時的に置かれているものだった。受付の女性も、最初から彩の遺族が遺品をとりに来るなどとは思っていない。いずれ処分するものだとわかっているのに、司に遺品のひとつもくれようとはしなかった。

施設の規則とは名ばかりの誠意の欠片《かけら》もない対応に、美帆の中でさらに怒りが込みあげてくる。

美帆は床から立ち上がると、額に浮かんだ汗を手の甲で拭《ぬぐ》った。

何がなんでも、彩の遺品を持って帰る。

羽織っていたジャケットを脱ぎ、棚から四個目の段ボールを下ろす。蓋《ふた》に貼られているガムテープを剝《は》がし、箱を開けようとした。

そのとき、いきなりプレハブの戸が開いた。

思わず叫びそうになる。反射的に口を押さえ、うずたかく積まれているゴミ袋の陰に身を隠す。入り口から美帆がいる場所は死角になっている。じっとしていれば、きっと気づかれない。

美帆は息を潜め、身を硬くした。

プレハブを開けた者は、中に何かを放り投げると、そのまま戸を閉めていってしまった。

足音が遠ざかっていく。あたりに人の気配がなくなると、美帆は恐る恐る顔を上げた。床に、可燃のごみ袋がひとつ増えていた。

ほっとしたとたん、背中にどっと汗が噴き出た。

こんなところを見つかったら、すぐに職場に連絡がいくだろう。場合によっては、警察にも通報されかねない。そうなったら自分は、住居侵入罪で捕まり、おそらく病院にもいられなくなる。

とっさに、床に置いていたバッグに手をかけた。いますぐここを出よう、という考えが、頭をよぎる。しかし、すぐにバッグから手を離した。

自分が彩の遺品を捜し出さなければ、彩の遺品はゴミと一緒に捨てられる。あるかもしれない手掛かりは、一生、手に入らない。そして司も、一生、あのままだ。

捜さなければ。

再び床にしゃがみ込み、四個目の段ボールの蓋を開ける。

蓋を開けた美帆の手が、ぴたりと止まった。箱の中には、ぬいぐるみや髪をとめるピン、キャラクターのキーホルダーなどが入っている。女子中学生や高校生が使うようなものばかりだ。彩の遺品かもしれない。

美帆の胸が高鳴る。

もっと奥を調べようと、箱に入っている雑貨品を両手でかき分ける。すると、こまごまとした雑貨の下から写真が出てきた。全部で五枚。四枚は日常の一コマを写したスナップ写真で、残りの一枚は大勢で撮っている集合写真だった。

写真の一枚目には、施設の庭に佇《たたず》んでいるひとりの少女が写っていた。少女は、どこか遠くを見ている。紺色のヒダスカートに、淡いベージュのニットを着ている。膝丈《ひざたけ》のスカートから出ている脚は、膝頭の骨がわかるほど細い。カメラから被写体までかなり距離があり、顔がよく見えない。腰まである長い髪が印象的だ。

二枚目は一枚目より近くで撮ったもので、少女の顔が大きく写っていた。少女は顎《あご》を引き、警戒するような目でこちらを見ている。大きな黒い瞳《ひとみ》とまっすぐに切りそろえられた前髪、青白い肌に浮き立つ赤い唇が、日本人形を思わせる。病的に痩《や》せてさえいなければ、誰もが目を奪われる美しい少女だ。

三枚目と四枚目の写真は、前の二枚と同じときに撮ったものらしく、庭で遊ぶ数人の子供たちが写っていた。

美帆は最後の写真を見た。スナップ写真よりひと回り大きい2Lサイズのものだ。同じ年頃の子供たちが、二十人ほど前後二列に並んで写っている。何かの行事のときに撮ったもののようだ。その中に、一枚目と二枚目に写っていた日本人形のような少女もいた。

美帆は集合写真の中に、見覚えのある少女を見つけた。一列目の右端で、口を開けて笑っている。着替えるのが嫌で、先ほど接客室に飛び込んでいた少女だった。顔立ちがあまり変わっていないところをみると、写真は最近撮られたものなのだろう。今日と同じ服を着ている。

この中に、彩がいるかもしれない。

美帆はすべての写真をバッグにしまうと、さらに箱を調べはじめた。

段ボールの底に、花柄のポーチを見つけた。裏返しにすると、底に名前が書かれていた。

みずのあや。

彩のものだ。

昂奮《こうふん》に手が震えてくる。

ファスナーを開ける。中には錠剤がいくつか入っていた。どうやら薬入れのようだ。薬は中度の睡眠導入剤と、頭痛時などに使われる解熱鎮痛剤、それから、軽度の精神安定剤だった。どれも自殺癖のある彩が持っていても、不思議なものではない。

しかし、美帆はその中に、意外なものを見つけた。曜日が書かれているシートに、錠剤が一粒ずつ、四週間分ならんでいる。ＯＣと呼ばれているものだ。一般的にはピルという名前で知られている。

美帆はシートを手にしたまま、その場に立ち尽くした。

これは、彩が服用していたのだろうか。ピルは避妊薬として多く知られている。一方で、月経時に痛みを伴う子宮内膜症の治療や、月経前の頭痛や精神的落ち込みなどの症状がでる月経前症候群の緩和にも使われている。一概に、ピル、イコール避妊薬とは考えられない。

だが、子宮内膜症の発症は主に成人女性で、十代半ばの彩が患っていたとは考えにくい。月経前症候群にしても、彩の年齢でピルを服用しなければならないほど重い話は、あまり聞いたことはない。やはり避妊目的で服用していたのだろうか。彩は誰かと性交渉を持っていたのだろうか。

ここで考え込んでいても意味がない。

美帆はピルをポーチに戻した。そのとき、広げたポーチの底に何かあるのを見つけた。取り出してみると、これも意外なものだった。パソコンのデータを保存するＵＳＢメモリーだった。本体が淡いピンク色をしている。彩のポーチに入っているのだから、彩のものなのだろう。しかし、失語症のうえに軽度の精神遅滞を患っている少女にパソコンが扱えるのだろうか。

とりあえずUSBメモリーもポーチに戻し、バッグにしまった。

ほかに彩のものがないか、段ボールに手をかけた。そのとき、再び入り口のドアが開いた。

はっとして、ゴミ袋の陰に身を潜める。また誰かが、ゴミを捨てにきたのだろうか。

バッグを胸に抱えてしゃがんでいると、ドアを開けた者が倉庫の中に入ってくる気配がした。

美帆は驚いて身を縮こませた。先ほどと同じように、中に入らないで行ってしまうと思っていた。

足音は、こちらに近づいてくる。動悸《どうき》が激しくなる。緊張のあまり、口の中がからからに乾く。美帆は蹲《うずくま》ったまま、あたりを見た。その目に、棚のうえに置かれている自分のジャケットが映る。入り口から丸見えだ。

用心深さに欠けていた自分を呪う。しかし、すでに遅かった。入ってきた者は、棚の前まで歩いてくると、美帆のジャケットを手にとりそのまま横を向いた。

中に入ってきた者と、目が合った。

美帆が接客室に案内される途中、廊下ですれ違った少年だった。手に小さなゴミ袋を持っている。さきほど拾い集めたゴミだろう。それを、捨てに来たのだ。

少年は固まったように動かない。ジャケットを持ったまま、床にしゃがんでいる美帆を見下ろしている。

美帆は唾《つば》を飲み込んだ。

何か言わなければと思うが、何も浮かんでこない。なんとかこの場を凌《しの》ごうと、必死に頭を巡らせる。

「あの」

とにかく声をかけた。

少年の目を見たとたん、身体が硬直した。少年は美帆の胸元を見ていた。

美帆がいま着ている半そでのサマーセーターは、去年買ったものだった。何どもクリーニングをしたせいか、襟まわりが伸びている。深くかがむと、胸の谷間が見えてしまうのではないかと思うくらいだ。

少年は隠すわけでもなく、美帆の胸を凝視している。

美帆は開いている襟を、片手でつぼめた。

膝《ひざ》が震えて重心が崩れた。ぐらりとよろめき、床に尻《しり》をつく。横座りになったはずみで膝丈のタイトスカートが、脚の付け根近くまでずりあがった。両足の太腿《ふともも》があらわになる。

片手を床につき、なんとか身体を支える。襟ぐりを押さえていた手で、スカートの裾《すそ》を下におろす。しかし、スカートの裾は右の腿と床の間に挟まり、なかなか下がらない。

少年が、一歩、美帆に近づいた。

美帆は、はっとして、少年を見上げた。頰が紅潮している。息が荒い。

少年が近づいた分だけ退く。背に硬いものが当たった。後ろを見ると、カビで汚れた壁があった。もう後がない。

美帆はスカートの中が見えないように気を遣いながら、ゆっくりと立ち上がった。

「ちょっと、捜し物をしていたの。終わったから、もう帰るわ」

自分でも何を言っているのか、よくわからない。

床に落ちているバッグをとるために、少年の脇を横切ろうとした。

次の瞬間、視界が大きく揺れた。いきなりものすごい力で脇を抱えられ、床に押し倒される。

背中を強く打ち咽《む》せる。

やめて、と叫ぼうとするが、咳《せき》で声にならない。

のしかかってくる胸を両手でつっぱね、少年を睨《にら》みつける。

自分を見下ろす目に、息をのんだ。

少年の目は熱を帯びていた。乱暴な、それでいて何かを乞《こ》うような視線。その視線は、一般の男性が女性を性的な対象として見るときのものと、なんら変わりはなかった。障害者も健常者も関係ない、ひとりの思春期の少年がそこにいた。

美帆は起き上がろうとした。すると少年は、美帆の腹の上に後ろ向きで跨《また》がった。腹部が圧迫され、もどしそうになる。力が入らず、叫ぶことが出来ない。

少年は尻で美帆の身体を押さえつけながら、スカートを捲《めく》った。

思わず短い声をあげた。必死にもがくが、腹を押さえつけられているため、上半身を左右によじることしか出来ない。身体の自由を、すっかり奪われている。

少年の手が、美帆の下着とストッキングを摑《つか》んだ。

心臓が大きく飛び跳ねる。体中に汗が噴き出てくる。

美帆は強く握った拳《こぶし》で、少年の背中を殴った。何ども殴りつける。しかし、肉付きのいい少年の身体はびくともしない。

少年は、下着とストッキングを一緒に脱がそうと必死だ。だが、美帆が脚を曲げているため、ストッキングのゴムの部分が腰骨のところでひっかかり、なかなか下がらない。

少年は美帆の腰を激しく揺さぶる。美帆の腰が床から浮く。すかさず少年は、自分の手を美帆の尻にすべり込ませ、ストッキングと下着を一気に下げた。

むき出しになった美帆の尻に、床の冷たい感触が伝わる。腿の付け根まで下げられた下着は、あとは簡単に膝まで下ろされた。

何もつけていない下腹部があらわになる。少年の視線を、直接感じる。

美帆は膝を立てるようにして下腹部を隠すと、膝を抱えるように上半身を起こした。

そして、自分の上に乗っている少年の、トレーナーの背中を摑んで、思い切り前後に揺さぶった。少年の上半身が大きく揺れる。少年は美帆の上で腹ばいになると、美帆を身体で押さえつけたまま、身体の向きを変えた。

少年と美帆が向き合う形になる。少年は這《は》うように、美帆の足元に下りていくと、美帆の腿の上に跨り、膝立ちの姿勢をとった。

自分のズボンを、少年が下げる。美帆の目に、少年の屹立《きつりつ》した局部が映った。

犯される。

美帆はそのとき、はじめて思った。

身体の奥から恐怖が込みあげてくる。

腹の底から声を張りあげる。しかし、叫んだつもりの声は悲鳴にならず、獣が威嚇しているような呻《うめ》き声にしかならなかった。

少年は、膝のところで丸まっている下着とストッキングを足首まで一気に下ろすと、閉じている美帆の膝を無理やりこじ開けた。少年が自分の身体を、美帆の膝のあいだに割り込ませる。

これ以上、少年が奥に侵入してこないように、脚を閉じて抵抗する。

少年は暴れる美帆の両手を摑み床に押さえつけると、自分の腰を美帆の脚のあいだに、力任せにぶつけてきた。

全身の力を膝に込める。少年は無心に腰を動かし続ける。しかし、それは標的を定めず、闇雲に突進してくるような動きだった。少年が腰を動かすたびに、少年の硬い性欲が太腿に擦《こす》れる。少年の腰の動きが早さを増すに連れ、呻き声が高くなっていく。強く摑まれている手首と、床で擦れる背中が痛い。

突然、少年の動きが止まり、声が途切れた。同時に美帆の太腿の内側に、生暖かい感触が広がった。

少年は美帆の上に、うつぶせに倒れ込んだ。少年の腰が痙攣《けいれん》している。

手首を摑んでいる少年の手の力が、わずかに弛《ゆる》んだ。すばやく両手を引き抜く。美帆は自分の上で荒い息をしている少年を、思いきり突き飛ばした。

弾《はじ》かれた少年は、床の上に仰向《あおむ》けになった。下半身を露出したまま、うつろな目で天井を見ている。欲望を満たした少年の小さくなった局部は、濡《ぬ》れて光っていた。

美帆は少年の下半身から目を背けると、立ち上がろうとした。しかし、何かに足を取られて動けない。足元を見ると丸まった下着とストッキングが、両足首に巻きついていた。いつのまに脱げたのか、靴も履いていない。

あたりを見渡し、靴を捜す。靴はゴミ袋の横に転がっていた。下着とストッキングを脱ぎ、靴を拾って出口に向かう。

扉に手をかけたとき、バッグとジャケットを忘れていることに気づいた。彩の遺品が入っているバッグを、置いてはいけない。

少年の様子を窺《うかが》いながら倉庫の隅まで戻る。床に投げ出されているバッグとジャケットを拾うと、急いで戸口まで戻った。

外に出ようとしたとき、背後でかすかな声がした。

美帆は後ろを振り返った。少年は仰向けのまま、顔を手で覆っていた。指の隙間から声が漏れている。

ごめんなさい。

少年はそうつぶやいていた。美帆は、いたたまれずにプレハブを飛び出した。施設の敷地を出て、急いで靴を履いた。近くのコンビニに駆け込み、まっすぐ手洗いに向かう。

個室のドアを閉めて中から鍵《かぎ》をかけると、和式の便器の上に跨るように立った。排水用のレバーを、思いきり足で踏む。便器のなかを、水が勢いよく流れる。少し遅れて貯水タンクの上から、手洗い用の水が出た。

スカートを捲ると、太腿の内側に半透明の液体が付着しているのが見えた。欲望の残《ざん》滓《し》だ。

手洗い用の水を太腿にかける。冷たい水が、腿をつたう。水が止まると足でレバーを踏んだ。何度も水を出し、腿を洗う。腿に少年の感触がなくなっても、水を腿にかけ続けた。

冷たさのせいで皮膚の感覚がなくなった頃、美帆はやっと水をかけるのをやめた。床が水浸しになっていた。

バッグから、施設を出るとき押し込んできたストッキングと下着を取り出す。ストッキングは破れていた。丸めて汚物入れに捨てる。下着だけ身につけた。

美帆は息を吐いて、天井を見た。

自分の身に起きた出来事を、頭の中で反芻《はんすう》する。しかし、脳裏に浮かんでくる光景はどこか現実味がなく、テレビの中の作りもののようだった。唯一、先ほどの出来事が現実だったと実感できるのは、腕と足にできた擦り傷による痛みと、冷えて痺《しび》れている腿の感触だけだった。

耳の奥で、美帆がプレハブを出るときに聞いた少年の声がした。

――ごめんなさい

少年は嗚咽《おえつ》の合間に、何度も繰り返していた。両手で顔を覆ったまま呟《つぶや》く少年の身体は、震えていた。

見上げている天井の染みが、滲《にじ》んでくる。

涙が込みあげてくる理由が、怖さによるものなのか、悔しさによるものなのか、それとも、このようなことまでしなければならないくらいの強い性衝動を、自然な形で吐き出すことができず、一生かかえて生きていかなければならない少年への憐《あわ》れみなのか、自分でもわからなかった。

ドアをノックする音がした。外から、なかなか出てこない美帆を心配する従業員の声がした。

美帆は慌てて、大丈夫です、と答えると、目じりに溜《た》まった雫《しずく》を手の甲で拭《ぬぐ》い外に出た。

背中から名前を呼ばれた美帆は、後ろを振り返った。

一般病棟の奥から、遥がこちらに向かって小走りに駆けてくる。上下に揺れる大きな胸を、カルテで下から支えている。

「ちょっと美帆さん、待ってくださいよ」

遥は美帆の前までやってくると、前かがみになりながら、大げさに息を吐いた。

「もお、ずっと呼んでるのに、美帆さん気がつかないんだもん」

「そうだったの。ごめんなさい」

美帆は朝から、何ごとも上の空だった。昨日の施設での出来事が頭から離れず、何をしていても司と彩のことばかり考えてしまう。

しっかりしろ。

自分に活を入れるように、両手で頬を叩《たた》いた。

「何か急ぎの用事？」

美帆が尋ねると、遥はあたりに誰もいないことを確かめてから、美帆の耳元に口を寄せた。

「こんどの土曜日、空いてますかあ？」

ぴんと来た。遥が言葉の語尾を伸ばして甘えるように擦り寄ってくるときは、決まって合コンの誘いなのだ。

「いやよ」

ぴしゃりと言った。

「そんな、たまにはいいじゃないですか」

大またで歩きはじめた美帆を、遥は小走りに追いかけてくる。遥は美帆に歩調を合わせながら、こんどの合コンの説明をはじめた。

集まる男性メンバーは一流商社のエリートサラリーマンで、滅多にない豪華な顔ぶれだとか、予約している店はいま若い女性に人気のなかなか予約がとれない店だとか、遥は延々と話す。なんとか美帆を説得しようとしているのだ。

美帆はその場に立ち止まり大きく息を吐くと、横にいる遥に向き直った。

「私は行かないって言ったら、行かないの。どうして別な人を誘わないの。そんなにいいメンバーなら、すぐに人は集まるでしょう」

遥はつまさき立ちで、自分より背の高い美帆の顔に自分の顔を近づけた。

「ブスでその気のある女より、美人でもその気のない女性を連れていったほうがいいんです。そのほうが、目をつけた男性を取られる心配がないでしょう」

遥の計算高さに、感心とも呆《あき》れともつかないため息が漏れる。美帆は頭を軽く振りながら、また歩き出した。遥は諦《あきら》めず、必死に美帆を説得してくる。しかし、美帆の気持ちが変わらないとわかると、ふてくされたように唇を尖《とが》らせた。

「もう、どうしてそんなに嫌がるのかなあ」

美帆は何も答えず、足を速めた。

異性に興味がないわけではない。ごく一般的な女性が持っているくらいの関心はあると思う。

今までに、付き合った男性もいる。大学の先輩や入社した会社の同僚、ときには、表通りを一緒に歩けないような立場の人とも関係を持ったことがある。それはすべて自然な成り行きでうまれた関係であり、合コンなどといった意図的に仕組まれたなかでできた関係ではない。美帆は今まで、必要以上の努力をしてまで男性と付き合いたいと思ったことは一度もなかった。

しかし、自然な成り行きの中でうまれた関係というものは、無理がなく楽に付き合える反面、どうしてもこの人でなければいけないという感情は伴わなかった。

一緒にいれば、たしかに楽しい。しかし、相手がいなくなったら自分の人生ががらりと変わってしまう、と思うほどの影響力を、彼らは持っていなかった。今まで彼に使ってきた時間が、また自分の時間に戻る。ただ、それだけのことだと思った。

そんな美帆を、冷たいと言った男性もいた。たしかにそうかもしれない、と自分でも思う。

美帆はずっと心のどこかで、人間はひとりだと思っている。どんなに好きな相手でも、どんなに親しい相手でも、その人間のすべてを理解することなど不可能だ。まして、自分の肉親の気持ちすら理解出来ず、死まで望んだ女などに他人を理解出来るはずがないと思っている。その思いが、人との関わりかたを一線引いたものにしてしまっているのかもしれない。

だからといって、今の自分を変えたいとも、変えようとも美帆は思わない。自分のことなど、どうでもいい。今は、司のことで頭がいっぱいだった。

なおも食い下がる遥をうまく宥《なだ》め、ひとりで入院病棟に入る。

三階の端にある司の部屋の前まで来ると、美帆は扉をノックした。返事はない。入りますよ、と声をかけてドアを開ける。

司はいつもと同じように、ドアに背を向けてベッドに横になっていた。頭まで布団をかぶっている。

「司くん」

声をかけると、肩がぴくりと動いた。起きているようだ。

美帆はベッドを回り込み、窓を背にして司の前に立った。

「気分はどう」

ナースセンターに立ち寄って見てきた司の体調管理簿によれば、今日は落ちついているようだった。

「今日は司くんに、見てもらいたいものがあるの」

美帆は手にしていたビニールバッグから、数枚の写真を取り出した。昨日、施設の倉庫から持ち出してきた写真だ。

布団から顔を出した司の目が、驚きに見開かれる。司は布団を跳ねのけベッドの上に飛び起きると、美帆の手から写真を奪い取った。

「彩だ……」

やはり彩が写っていた。

「どの子が、彩さんなの」

司は二枚のスナップ写真を、美帆に見せた。

「これが、彩だ」

そこには、美帆が日本人形のようだと思った少女が写っていた。

司は写真のなかの彩を、愛《いと》しげにゆっくりと手でなでる。そして、うずくまると背中を震わせた。

「彩、彩……！」

司の喉《のど》から嗚咽が漏れる。司は真っ赤な目で美帆を見上げた。

「どうして、これを」

美帆は、昨日、公誠学園に行ってきたことを司に伝えた。訪問した理由は言わなかった。行ったついでに、彩の遺品を引き取ってきたことにした。盗んできたとは言わなかった。彩のものがゴミと一緒に置かれていたとは、とても言えない。

美帆はビニールバッグのなかから、化粧ポーチを取り出した。彩の名前が書かれている薬入れだ。

「これは彩さんのものよね。彩さんの名前が書いてあるもの」

ポーチを見た司がうなずく。

「じゃあ、これも？」

美帆はポーチを開けて、中から淡いピンクのUSBメモリーを取り出した。司は美帆からUSBメモリーを受け取ると、懐かしげに見つめた。

「彩のものだ。おれが買ってやったんだ」

失語症で軽い精神遅滞を患っていた彩が、パソコンを使えたことに驚く。

「彩さんはパソコンを使えたの？」

司は美帆を見た。

「パソコンのソフトに、失語症患者のリハビリ用のものがあるんだ。そのソフトをおれのパソコンに入れて彩に使わせていた」

失語症患者のリハビリ用ソフトがあることを、美帆ははじめて知った。それは通常のキーボードを使わずに文字入力ができるように開発されたソフトだという。ソフトを立ち上げると画面に五十音表や数字、記号が表示されたウィンドウが開き、その表の文字にマウスのカーソルを合わせてクリックすると、文字が打ち込まれるというものだった。

司の話によると、失語症患者がパソコンをなかなか使わない理由のひとつに、漢字よりもひらがなのほうが判別しにくいということがある。漢字ならば文字を見ただけでイメージが頭のなかに浮かびやすいが、ひらがなは単純な作りの文字を、ひとつひとつ読んでいかないと意味がわからない。文字ひとつでは意味をなさないひらがなを解釈することは、失語症患者にとって思った以上に困難なことのようだった。

しかし、患者個人の病状の重さにもよるが、人によっては訓練次第で誤字脱字はあるものの、意味が通じる文章をつくれるまでになる、と司は言った。

「おれが出会った頃の彩だったら、ソフトを使えなかったと思う。でも、彩はだんだん良くなってたんだ。一生懸命ひらがなを覚えようとがんばって、似たような文字の打ち間違いはあるけれど、短い文章だったら打てるようになってたんだ」

司はUSBメモリーを握りしめると、美帆を見た。

「先生、これを開いてくれ。この中に、彩の自殺の秘密が書かれているかもしれない」

意外な言葉に、美帆は驚いた。

「司くんは、中身を知らないの?」

司は辛《つら》そうにうなずいた。

「彩はいつも、データにロックをかけていたんだ。おれと彩は出逢《であ》ってからずっと、なんの隠し事もなく助け合ってきた。でも、このデータだけはおれがどんなに見せてくれと言っても、彩は絶対にうなずかなかった。どうしてもだめか、と迫ると、泣きそうな顔をしておれを見るんだ。その顔を見ていると、何も言えなかった」

司は強い眼差《まなざ》しで美帆を見た。

「ロックを解くパスワードさえ見つかれば、データは開く。何かわかるかもしれない。頼む。そのデータを開いてくれ」

司と彩は、誰もあいだに入れないくらい強い絆《きずな》で結ばれていた。その司にさえ言えない秘密を、彩は持っていた。その秘密が自殺に関係していることは、十分に考えられる。

美帆は力強くうなずいた。

「わかった。やってみる。それには司くんの協力も必要よ。彩さんがパスワードに使いそうな文字や数字を、ぜんぶ紙に書き出して。入力してみるから」

司の目の強さが、さらに増す。しかし、逆に美帆の顔はくもってくる。彩を思うひたむきな目を見ていると、これから司にする質問が薄汚いもののように思えてくる。だが、これを訊《き》かなければ、先へは進めない。彩の自殺の原因を探るために、必要な質問なのだ。

美帆は覚悟を決めると、窓枠に背を預け胸の前で腕を組んだ。

「ひとつ、訊いておきたいことがあるの」

司は美帆を見た。

「彩さんとは、付き合っていたの？」

どういう意味かというように、司は眉《まゆ》をひそめる。美帆は別な言葉で、同じ質問をした。

「つまり、恋人同士だったのかってこと」

司は目を大きく見開いて、ありえないというように首を横に振った。

「おれにとって彩は、妹みたいな存在だった。そんな関係じゃない」

美帆は化粧ポーチの中から、一枚の錠剤シートを取り出した。

「これがなんだかわかる?」

ピルだった。司は美帆の手からピルを受け取ると、表と裏を交互に眺めた。

「彩のものだ。彩が飲んでいるのを見たことがある。曜日が書いてあってめずらしいから、覚えている」

やはり彩はピルを飲んでいたのだ。美帆は司からシートを受け取った。

「これはね、ピルと呼ばれているものなの。いろんな目的で使われる薬だけれど、一般的には避妊のために使われているわ」

司の身体が硬直した。美帆は、司の目をじっと見つめた。

「何か、思い当たることはない?」

司は美帆を睨《にら》みつけた。

「あるわけがない! 彩とおれはそんな関係じゃない!」

「じゃあ、彩さんに誰か付き合っていた人がいたとか……」

「ない!」

司の怒声にも似た叫び声が、美帆の言葉を遮った。

「彩にはおれしかいなかった。おれにはそれがわかる。おれにも、彩しかいなかったから」

　出会った頃は友情だったとしても、その気持ちが恋愛感情に変わり、肉体関係を求めるようになることは十分に考えられる。そして、彩が妊娠することを恐れた司が、なんらかの方法でピルを手に入れ彩に渡した。その図が頭から消えない。

　美帆は念を押すように、もう一度、司に尋ねた。

「本当に、彩さんとは何もないのね」

　司は憎しみがこもった目で、美帆を見た。

「おれを疑うのか」

　今にも襲いかかりそうな強い眼差しに、一瞬、怯《ひる》む。美帆は小さく、首を横に振った。

「違う。疑ってなんか」

「嘘を言うな！」

　突き刺すような声に、美帆の身体がびくりと跳ねる。

「また嘘だ。あんたが言うことは嘘ばっかりだ。あんたは周りが真っ赤に染まるくらい、嘘を吐き続けている。おれにはわかるって言っただろう。言ってる奴の本心が。あんたは信じていないようだけどな」

　違う、自分は司を信じている。美帆は、そう言おうとした。しかし、口から言葉が出ない。司が言う声が色に見えるという話を信じるわけではない。しかし、なぜか嘘をつくのが怖かった。

何も言えず怯《おび》えたように立ち尽くす。そんな美帆を見つめる司の視線に、ふと悲しみの色が浮かんだ。

「あんたにもおれと同じ能力があったなら、おれが言っている事が嘘じゃないってわかるのに」

美帆は思わず口を押さえた。身体の奥から、泣きたくなるような昂《たか》ぶりが込みあげてくる。布団の端を握り締め、肩を震わせる司に、ある青年の姿が重なる。

達志――

美帆は心の中で、司の姿に重なった青年の名前を呼んだ。

誰にも理解されず、誰からも救ってもらえず、孤独のままひとり逝ってしまった弟。

司と出会ってから今までの間、自分が司にしてきたことは、弟にしてきたことと同じことなのではないか。施設長の安藤に偉そうなことを言っていながら、やっていることは安藤と同じなのではないか。笑顔をつくり、優しい言葉をかけ、理解しているような素振りをしているけれど、本当は相手の振り絞るような心の叫びを聞こうともせず、耳を塞《ふさ》ぎ、苦しむ姿が見えないように目を塞ぐ。ただ拒絶するだけ。達志に死んでくれと叫んでいた頃と、自分は何も変わっていないのではないか。

ベッドの上で、達志が泣いている。肩を震わせ、嗚咽《おえつ》を漏らして泣いている。

声をかけようと思うが、声が出ない。抱きしめようと手を伸ばすが、手は石のように動かない。ただ突っ立ったままなす術《すべ》もなく、達志を見ていることしか出来ない。そんな美帆を、達志が顔を上げて見た。

『おねえちゃん』

そう聞こえたような気がした。

澱《よど》んだ暗い目が、美帆を捉《とら》える。

美帆はその目に耐えられず、きつく目を閉じた。再び目を開けると、そこには病院着を着てベッドの上で蹲《うずくま》っている司がいた。

美帆は祈るような気持ちで、司を見た。

救いたい。こんどは、なんとしてでも。

美帆はベッドに近づくと、布団を握り締めている司の手に自分の手を重ねた。司は威嚇するような目で美帆を見た。美帆はその視線をまっすぐ受け止めて、司の手を強く握った。

「信じるわ。司くんのこと」

司が目を見張った。美帆はもう一度、はっきりした口調で言った。

「司くんのこと、信じる」

美帆の手に包まれている手が、震えてくる。美帆を見つめる司の目が、潤みを帯びてくる。

「白」

司がつぶやく。白は真実の色だと、以前、司が言っていたことを思い出す。美帆は司の目を見ながら、深くうなずいた。

「ええ、本当よ。司くんのこと信じる」

司の潤んだ瞳《ひとみ》が、かすかに揺れている。

司の特異能力の話をはじめて聞いたときは、とても信じられなかった。医学上まだ解明されていない謎の分野を信じることが、美帆には出来なかった。それは、いまでも変わらない。司を信じる、と言ったこのときでも、すべてを信じきることが出来ない自分がいた。

しかし、美帆は司を信じたかった。司を信じることが彼を救うために一番重要なことなのだ、と悟った。

美帆は司を見つめると、本心を伝えた。

「司くんのことは信じる。でもね、本当は信じる、じゃなくて、信じたい、なの」

司は、わかっている、というようにうなずく。

「彩さんとのことは、信用するわ。でもね、声が色で見える話は、まだ、信じきれないの。あまりに現実離れしていて」

司が先ほどより、大きくうなずく。

「でも、それはあなたを拒絶しているわけじゃないのよ。それだけは、わかって」

あなた、と呼ばれて、司は意外そうな顔をした。美帆はいつも弟を、あなた、と呼んでいたことを思い出し、照れて笑った。そして、司の手を力強く握った。

「そう、拒絶しているわけじゃないの。戸惑っているだけ。どう接していいか、わからなかっただけなの」

美帆は、穏やかに微笑んだ。

「これからは、司くんと本音で向き合っていく。決して逃げない。だから、私に何でも話して。どんなことがあっても、私はあなたを見捨てない。側にいるから」

司はしばらくの間、美帆をじっと見ていた。そして、力強くうなずいた。

美帆は重ねていた司の手をはなし、ベッドの上にあるビニールバッグを手にとった。

「とにかく、今すべきことは、データにかかっているロックの解除。それから、なぜ彩さんがピルを持っていたかも調べなくちゃ。誰がなんのために、彩さんにピルを渡していたのか。それとも、彩さんが自分でピルを手に入れていたのか」

司はどこか痛むように、顔を歪《ゆが》めた。美帆は目を細めて司を見た。

「このまま調べていけば、司くんにとって知りたくないことを、知ることになるかもしれないわ。それでもいい？」

司はしばらくうつむいていたが、伏せていた目を上げると真っ向から美帆の目を見た。

「調べる。何があっても、彩の自殺の真相が知りたい」

この目だ、と美帆は思った。この強い意志を含んだ正気の目。この目が、自分に司を信じさせる。

美帆は司をベッドに横たわらせると、病室を出ようとした。その背中を司が引き止めた。

「先生、施設を調べてくれ」

ドアの前で、司を振り返る。

「施設って、公誠学園のこと？」

ベッドの中で、司はうなずいた。

「施設長の安藤は、何か知ってる。あいつは何か隠しているんだ」

美帆は司が、安藤が彩を殺したと言っていることを思い出した。

なぜ司は安藤が彩を殺したと思うのか。

司の話によると、彩がはじめて手首を切ったのは、彩が施設に来てから半年が過ぎた頃、彩が十三歳、司が十七歳のときだった。安藤はその頃から、彩だけを連れてどこかへ出掛けるようになった。最初は日中だけだったが次第に夜までになり、やがて丸一日帰ってこないことが多くなった。

外出から帰ると彩はきまってひどく怯え、司が何を言っても部屋から出てこない。食事も摂《と》らず、何日も部屋に閉じこもっている。彩に何をしているのかと安藤を問い詰めても、病院に検査に行っているとか、知り合いのカウンセラーに会わせているとか、はっきりしない答えしか返ってこない。

彩の自傷行為が常習化したのは、そんな暮らしが一年も過ぎた頃だった。司はなぜ自分を傷つけるのかと彩を責めた。彩は司の胸に縋《すが》りつき、ただ、泣いた。その声は絶望と恐怖と嫌悪が入り雑《ま》じったどす暗い色をしていた。

そして、彩は死んだ。

「おれには安藤が言ってることが、すべて嘘だとわかっていた。あいつの声は、真っ赤だったからな」

司はベッドの上に起き上がった。

「先生、お願いだ。あいつを調べてくれ、あの施設は絶対おかしい。彩をどこに連れていっていたのか探ってくれ。頼む！」

司の話を聞いている美帆の脳裏に、ひとりの男性の姿が浮かんでいた。

勤務を終え、駐車場に置いてある自分の車に乗り込んだ栗原は、今日の夕食をどうしようか考えていた。

栗原が住んでいる警察の独身寮は、食事が注文式になっていて、夕飯が必要な日はその日の朝、食堂の前に貼られている注文表に自分の名前を書くことになっている。

今朝は寝坊して、注文する時間がなかった。少しだけと思って観はじめたサスペンス映画のＤＶＤが思いのほか面白く、ついつい夜中まで観てしまったのが寝坊の原因だ。

寮のまずい食事と映画を見終わった後の満足感を秤《はかり》にかければ、当然、満足感のほうに重量がある。寝坊して朝食を摂れなかったことは後悔していない。しかし、この空腹をコンビニの味気ない弁当で満たすには抵抗があった。かといって、夜の九時を回ってから外で食事をする気にもなれない。

夕飯をどこで調達しようかと迷っていると、胸元で携帯が震えた。

羽織っているジャンパーの内ポケットから、携帯を取り出す。暗闇で光る液晶画面に、佐久間の名前が表示されていた。栗原は携帯の受信ボタンを押した。

「もしもし」

佐久間に、救急救命士の連絡先を教えてから三日が経っていた。

久しぶりに佐久間と会って、やっぱりこいつは昔から変わっていないと思った。

佐久間は昔から、他人の問題にやたらと巻き込まれる人間だった。自分から積極的に友人をつくるタイプではなく、人の噂《うわさ》ばなしや誹謗《ひぼう》中傷にも一切加わらない。むしろ、そのようなものから、一線引いているような印象があった。群れて連帯感を強めたがる女性特有の感覚が希薄なのか、佐久間は教室でもひとりでいることが多い生徒だった。

それなのに、クラスの女子は何か悩みがあると、よく佐久間に相談をしていた。その悩みは進路のことだったり、家庭問題だったり、ときに恋愛問題だったりした。佐久間は悩みを抱えるクラスメートに同情するわけでもなく、かといって、その問題を軽く扱うわけでもなかった。冷静に受け止め、問題の解決に繋《つな》がるようなアドバイスをしていた。佐久間のクラスの中でのイメージは、大人びた少女といったようなものだった。

大人になっても、他人の問題に巻き込まれる性格は変わっていない。変わっていないどころか、問題がますます大事になっている。

栗原は逆に、他人事《ひとごと》に巻き込まれることが嫌いだった。今回もこれ以上、関わりたくないと思っている。関わっても自分の得は何もなく、労力と時間を無駄にするだけだ。だから佐久間にも、救急救命士の連絡先を教えた後、一切連絡をとらなかった。しかし、携帯の向こうから聞こえた美帆のひと言で、こちらから連絡しようがしまいが、自分は問題に巻き込まれる運命にあるのだと栗原は悟った。

「悪い、よく聞こえなかった。もう一回、言ってくれないか」

栗原は聞き間違いであることを願いながら尋ねた。栗原の願いも虚《むな》しく佐久間は、一言一句、同じ言葉を繰り返した。

「あのね、ふたりが暮らしていた施設を調べてほしいの」

呆《あき》れ果て、座席シートに背を預ける。

「お前、まだ例の事件に首を突っ込んでんのかよ。このあいだで結論は出たんじゃなかったのか？」

佐久間は勝手に、梶山の連絡先を聞いてからの行動を話しはじめた。

あれから佐久間は、栗原が教えた救急隊員の自宅にいったようだった。そこで、彩という少女が自殺常習者だったと知り、自殺の原因を探るために、ふたりが入所していた施設を訪れる。しかし、思った成果は得られず、佐久間は施設の倉庫に忍び込み、少女の遺品を持ち帰った。遺品はみっつ。少女が写っている写真と、パソコンのＵＳＢメモリー、そしてピルだった。

「あの施設は、絶対おかしいわよ。施設長は、きっと何か隠している。お願い。施設に関することなら何でもいいから、調べてちょうだい」

佐久間が栗原に詰め寄る。

栗原は心の底から呆れながら、冷ややかに言った。

「佐久間、お前を住居侵入罪、および窃盗の容疑で逮捕する」

携帯の向こうで、息をのむ気配がする。背もたれから身を起こし、ハンドルに腕をかけた。

「お前さ、自分が何してるかわかってんのか？　お前はいま犯罪者だぞ。曲がりなりにもおれは警察の人間だ。そのおれに自供するなんて、頭イカれてるよ」

返事はない。かまわず言葉を続ける。

「それに、どうして施設が絶対絡んでるって言い切れるんだよ。絶対って言い切れる根拠のない自信は、いったいどこからくるわけ？」

無言だった携帯の向こうから、ぽつりとつぶやく声が聞こえた。

あまりに小声だったため、聞き取れなかった。

「何？　聞こえない、もう一度言ってくれ」

わずかな沈黙の後、携帯の向こうから、佐久間の苛立《いらだ》たしげな声が聞こえた。

「だから、司くんは声が色に見えるのよ」

こんどははっきり聞こえた。しかし、言ってる意味がわからない。

佐久間が言うには司という青年は、相手の感情が声でわかるらしい。彼の目には声が色つきで見えていて、その色は話している人間の感情を表しているのだという。その少年が、施設長の安藤は嘘つきだ、と主張しているらしい。安藤が彩という少女の自殺の原因を知っていると言うのだ。

「こんな話、信じられないのは当然だわ。私だって、最初は信じられなかったもの。でも、私は彼の言うことを信じてるの。ううん、信じたいのよ」

ファンタジー映画も顔負けの作り事を信じ込み、自分の勝手な思い込みで人を振り回す。そんな佐久間に、腹立たしさが込みあげてくる。

栗原は怒鳴りたくなる声を喉《のど》の奥に押し込め、冷静に言った。

「世の中には不思議な能力を持っている人間が、たしかにいる。数字に色がついて見えたり、音が形に見えたり。だから、お前が言っていることが、まるっきりありえない話とは思わない。おれに言わせりゃ、親が自分の子供をビルの屋上から突き落とすとか、子が親の頭を鉈《なた》で割るような事件のほうが、よっぽどありえない話だよ」

「じゃあ」

嬉《うれ》しそうな佐久間の声を、栗原は厳しい口調で遮る。

「でも問題は、あり得るとかあり得ないってことじゃない。おれが、信じるか信じないかだ。おれは司ってやつの話は、あり得ると思う。でも、信じない」

明るかった携帯の向こうの空気が、一気に沈む。栗原はかまわず言葉を続けた。

「おまえ、キネシクスって知ってるか？　ボディーランゲージ分析と呼ばれているもので、相手のわずかな目の動きや、手の動き、声の調子などから本心を推し量る方法のことだ」

携帯の向こうから、知っている、という答えが返ってきた。

栗原は携帯を左手に持ちかえた。

「それなら話は早い。いいか。世の中には、そういう、訓練によって身につけられる能力があるんだよ。だからおれは、司って青年が言ってることが当たってるっていうなら、彼は以前、どこかでその手の本を読んでやり方を調べたことがあるとか、昔から読心術の手合いのものが好きで試していたとか、せいぜいその程度で身につけた特技だと思う。そんなの、特異能力でも何でもないよ。もっとすごい特技を持ってる人間なんて、ごまんといる」

携帯の向こうが静まり返る。携帯の向こうの重い空気から、この沈黙が納得したものではなく、拒否を示すものだと、栗原は察した。

栗原はため息をついた。これだけ言っても自分の意志を変えない佐久間の頑《かたく》なさに呆れる。

「昔から佐久間のこと、人の問題に首を突っ込む変な奴って思ってたけど、久しぶりに会って、ますますわからなくなった。何の得にもならないどころか、下手すれば警察に訴えられかねないことをどうしてするんだよ。赤の他人のために」

少しの間の後、小さいが固い決意を秘めた答えが返ってきた。

「私にしか、彼を救えないから」

呆れを通りこし圧倒される。警察学校で地域の治安を守るとか、県民の安全を守るといった信念を、毎日のように教え込まれていた自分にさえない強い使命感。そのうえ、自分でなければ彼を救えないなどという感情は、一歩間違えれば思い上がりもはなはだしい驕《おご》りだ。その強い感情はいったいどこから来るのか。

栗原は窓の外を見た。駐車場の外灯の明かりが、今にも切れそうに点滅している。

自分に佐久間の気持ちは、到底理解出来ない。しかし、佐久間が何を言っても自分の意志を曲げないということだけはわかる。佐久間は自分が協力すると言うまで、この電話を切らないだろう。

栗原は深いため息をついた。

「時間をくれ」

携帯の向こうの空気が、ぱっと明るくなった。

「いいの？」

死にそうな声を出していたかと思えば、今度は宝くじにでも当たったみたいに嬉しそうな声を出す。佐久間の変わり身の早さを苦々しく思いながら、栗原は答えた。

「ああ、わかったら連絡する」

携帯の向こうで、微笑む気配がした。

「やっぱり栗原くんは、何とかしてくれる」

栗原は額に手を当ててうつむいた。これと似たようなシチュエーションが、どこかであったような気がする。

佐久間は栗原に礼を言うと、あっさりと電話を切った。

待ち受け画面に戻った携帯の時計を見ると、佐久間の電話を受けてからすでに一時間が経っていた。

車の外に人の気配を感じて顔を上げる。自分が帰るとき、まだ残業をしていた職場の先輩が、先に帰ったはずなのにまだいる後輩を不思議そうに見ていた。栗原は慌てて先輩に頭を下げると、エンジンをかけた。車のラジオから、いま売れている曲が流れてくる。

曲を聴きながら、電話を切る前の佐久間のひと言を思い出した。

『やっぱり栗原くんは、何とかしてくれる』

自分でなければ司を救えないと言った佐久間の気持ちが、少しだけわかるような気がした。

ギアを入れてアクセルを踏む。ハンドルを握る栗原は、今日の夕飯のことではなく、施設の情報をどこから仕入れるかだけを考えていた。

三

待ち合わせをしたカフェは、今日も混んでいた。

美帆はこのあいだと同じように、待ち合わせの十分前に席についた。ほどなく、栗原もやってきた。やはり、約束時間の十分前だった。

栗原はこのあいだと同じ席につくと、手にしていた茶色の書類袋をテーブルの上に置いた。

「これ、この前おまえが欲しいって言ってたもの」

施設の関係書類だ。

美帆は袋を手にとり、封を開けた。中にはパンフレットが一冊と、ホチキスで留められた書類が二組入っていた。

パンフレットは、施設の入所案内だった。表紙を捲《めく》る。中に学園の沿革が記載されていた。

公誠学園の正式名称は、知的障害者入所更生施設公誠学園。昭和五十四年に市の特殊教育助成会が福祉障害者更生施設の設立を決定し、翌年に開園。その四年後には施設と隣接して、養護学校である公誠学校を開校している。現在、公誠学園の入所定員は五十人。通所定員は三十人。施設長や栄養士、看護師などを含めた職員四十二名が勤務している。かかりつけの病院は、県からの補助が受けられる地域の県立病院になっていた。

次に、ホチキスで綴《と》じられている書類を手にとった。表紙に、障害者更生施設別障害者就職件数と書かれている。ページを開くと中に、たくさんの障害者更生施設の名前が載っていた。名前の横に、身体、知的、精神、その他という項目があり、それぞれに数字が書かれている。その下には各企業名が記されていた。

「これは、何」

美帆が尋ねると栗原は、得意げな顔をした。

「県の労働局が管理している、県内すべての障害者更生施設における障害者就職件数。つまり、去年どこの施設からどこの企業に何人就職したのかが書かれているものだ。五枚目か六枚目を開いてみろよ。そう、そこのアンダーラインが引かれてるところ」

言われるままページを捲ると、黄色いアンダーラインが引かれているページがあった。ページの中ほどに、公誠学園の名前がある。

栗原は書類を反対側から覗《のぞ》き込みながら、公誠学園の横を指で差した。

「名前の横の数字を見てみろよ。すごいだろ」

栗原の指を目で追うと、ほかの障害者更生施設とは段違いの数字が記載されていた。ほかの障害者更生施設の年間就職者数がひと桁《けた》前半なのに対して、公誠学園はふた桁に届くような数だった。

「今日は昨年度分のデータしか持ってこなかったけど、ここ三年の間に就職率がすごく伸びている」

「三年前から？」

美帆は栗原を見た。

三年前といえば、彩が施設に入った年だ。時期の符合に、胸に何かつかえたような違和感を覚える。

栗原は顎《あご》で、もうひとつの書類を差した。

「そっちも見てみろよ」

もうひとつの書類を手にとる。福祉サービス第三者評価と書いてある。

「福祉サービス第三者評価事業っていうのは、国が推進している事業だ。福祉サービスをしている施設を第三者評価機関を使って、外部からの公正な評価を下すもので、それは昨年度の公誠学園の評価だ」

評価分野は全部で五つ。経営理念やケアサービスや生活環境づくり、運営体制などがある。それぞれに細かい評価項目がついていて、項目別に、よくできている、要改善、評価不能の三段階の評価欄がついていた。

公誠学園は、よくできている、という最高の評価が全体の九割を占めていた。残りの一割は運営体制という分野の、職員不足、という項目で、評価は真ん中の要改善だった。

この評価は見方を変えれば、施設の職員は少ない人数でこれだけ高い評価をもらえる仕事をしているともとれる。この評価は施設側にとって、決してマイナスではない。

栗原は書類の奥から、美帆の顔を覗き込んだ。

「上下左右、どこから見ても申し分ない施設だろ」

書類の隅から隅まで目を通し終わった美帆は、ぽつりとつぶやいた。

「ええ、そうね。申し分なさすぎね」

得意げだった栗原の顔色が変わる。

「含みのある言い方だな。お気に召さないのか」

美帆は、書類から顔を上げた。

「だってそうでしょう。こんな数字おかしいわよ。あまりに多すぎる。それに、これ見て。公誠学園からの就職者の大半は同じ企業に就職しているのよ」

企業の名前は株式会社東郷《とうごう》製作所。主に木工家具の製造をしている事業所だった。以前、東郷のテレビコマーシャルを観たことがある。近郊の山沿いにいくつにも連なる工場が映し出されていた。

「一年だけなら、その年に就職率が高くなる何かがあったんだって思えるけれど、三年も続くと話は別よ。県内には公誠学園以外の障害者更生施設がたくさんあるのよ。それなのに公誠学園からだけ障害者を雇用しているなんて、どう考えたっておかしいじゃない。それに私、見たの。公誠学園の職員が、入所者に手をあげているところ」

美帆の脳裏に、むき出しの腿《もも》を叩《たた》かれ泣いていた少女の姿が浮かぶ。美帆は毅然《きぜん》として栗原を見た。

「どんな理由があっても、障害を持っている人に手をあげるべきじゃない。そんな職員を置いている施設を、私は信用できない。県や機関が下した評価より、私はこの目で見たもので判断するわ。それに司くんだって、あの施設は絶対何か隠してるって言っていたもの」

栗原はうんざりしたように、首を横に振った。

「最初に言っておくけど、今回、協力したからといって、おれはこのあいだ電話で言ったとおり、そいつの能力は信じてないからな。いいか、公誠学園は何の問題もない施設だ。問題ないどころかこれだけ高い評価をもらっている施設は、全国でもめずらしい。第一、施設からの就職者数が多いことと、お前が知りたがっている彩って子の自殺の原因となんの関係があるんだよ。お前ははじめて受け持った担当患者に、入れ込みすぎてるだけなんだよ。だから、そいつの非現実的な話も信じようとしてる」

周りが見えなくなっている同級生の熱を下げようとしているのだろう。栗原は必死に説得する。しかし、美帆は頑《かたく》なに意志を変えなかった。

「栗原くんの言うことは、もっともだと思う。でも、やっぱりこの施設は何かがおかしい。施設で自傷行為を繰り返していた少女がいた。その少女はずっと望んでいた施設退所を前に死んだ。なぜ、彼女はもう少しで施設を出る夢が叶《かな》うというときに死ななければならなかったのか。私はその理由を、司くんに教えてあげたいだけなのよ」

美帆はパンフレットと書類を手早く袋にしまうと、席を立った。

「私、ここの企業に連絡してみる。公誠学園と何か繋《つな》がりがあるのか、訊《き》いてみるわ」

「いいかげんにしろ！」

周りの客の視線が、美帆たちのテーブルに集中する。栗原はかまわず、話を続ける。

「いいか、あの施設からは百パーセント何も出てこない。東郷製作所も、去年、一昨年《おととし》と厚労省から障害者雇用優良事業所として表彰されている優良企業だ。彩の自殺は、彼女自身の問題だった。ピルは彼女が勝手にどこからか入手して飲んでいた。それでいいじゃないか。このへんでもうやめとけ。下手に動いてると施設側にばれて、名誉毀損《きそん》で訴えられるぞ。そうなったらお前は、世間からどう見られると思う。善良な優良施設を悪徳施設呼ばわりする、極悪非道の人非人だ」

栗原は美帆を必死に止めようとする。栗原が自分のためを思って言ってくれているのは痛いほどわかる。でも美帆は、どうしても自分を抑えることが出来なかった。

「ごめんなさい」

栗原は疲れたように目を閉じると、窓の外に視線を移した。

ふたりのあいだに沈黙が広がる。沈黙の重みに耐えられず、今日の礼を言い帰ろうとすると、栗原がおもむろに口を開いた。

「東郷に行ってどうなるんだ」

歩きかけた足を止めて、後ろを振り返る。

「どうなるって……」

「だから、東郷に行ったからって、おまえが知りたがってることがわかるのかって言ってるんだよ」

栗原は外を見たままだ。

「百歩譲って施設と企業の間に何か関係があったとしよう。でも、だからといって東郷に行って、おたくと施設は何か特別な関係があるんですか、なんて訊いても、はいありますなんていう馬鹿はいないだろう。適当にあしらわれて追い返されるのがオチさ。無駄だよ」

美帆はその場に立ち尽くした。たしかに栗原の言うとおりだ。何の根拠や証拠もなく、思い込みで東郷を訪ねていっても相手にしてもらえない。

「おまえ本当に、彩って子の自殺の原因が施設にあると思ってるのか」

栗原が訊く。

美帆は無言でうなずく。

「最初は半信半疑だったけど、知れば知るほど腑《ふ》に落ちないことが次々出てくるの。あの施設はやっぱりどこかおかしい。司くんも、そう言ってるもの」

栗原は半分怒ったように笑った。

「また、司かよ」

栗原は美帆を見た。

「ふた言目には司、司。よっぽどそいつにご執心なんだな。お前がそこまで司のことを信じるなら、そいつを東郷に連れて行ったらいいじゃないか。お前が信じてる司なら、相手が言ってることが嘘か本当かわかるだろう」

美帆は、はっとした。そうだ、どうしてそこに気づかなかったのだろう。

「佐久間、もう何も言わないからよく聞けよ。おまえが今すべきことは、司って子の治療だ。そんな夢みたいな話を信じて馬鹿なことしないで、ちゃんとその子のこと診てやれよ。それがその子のためだ」

美帆は放心したように立ち尽くしている。美帆の様子がおかしいことに気づいたのか、栗原はソファから立ち上がり美帆の顔を覗き込んだ。

「佐久間、どうした。大丈夫か」

美帆は返事もせず、いきなり出口に向かって駆けだした。

「おい佐久間、佐久間!」

人ごみをかき分けるように歩道を走る美帆は、司を病院から連れ出す策略を考えていた。

私服に着替えて、入退院入り口に向かう。

十三時十五分。出発予定時間を、十五分過ぎている。

自動ドアをくぐり外に出ると、司はすでに表で待っていた。隣に看護主任の内田もいる。

「すみません、患者さんの面接が長引いて遅れてしまいました」

ふたりの前に立つと、美帆は深々と頭を下げた。

内田は遅れてきた美帆を、横目で睨《にら》みつけた。

「面接時間をコントロールするのも、カウンセラーにとって大事な技術のひとつじゃないんですか。こんなことで、本当に大丈夫なのかしら。高城先生も高城先生だわ。藤木くんの外出を許すなんて、どこまで甘やかせば気が済むのかしら」

ひたすら頭を下げながら、司を見る。

今日の司は、チェックのシャツとジーンズを着ていた。ジーンズもシャツも着丈はちょうどいい。だが、身幅は身体が服の中で泳ぐほど合っていなかった。

いま司が着ている服は、達志のものだった。今日のために美帆が用意してきたのだ。薬の副作用で太った達志の3Lの服が、BMI指数痩《や》せ過ぎの司に合うとは思わなかったが、男物の服を買ったこともないし、今どきの男の子の服の好みも知らなかった。同じ身長なら身幅くらいなんとかなるだろうと思ったのだが、ここまで大き過ぎるとは思わなかった。

司の横に立った美帆は、なんて声をかけていいか迷った末に、ヒップホップ系のストリートダンサーみたい、と言った。

司は笑うわけでも不愉快そうな顔をするでもなく、無表情なまま立っている。

内田は目を吊《つ》り上げながら、常にいまどこにいるか病院に連絡を入れることと、門限の十七時には必ず帰ること、それから、司に少しでも異変があったらすぐに戻るように指示を出した。美帆は何度も、はい、を繰り返し、待たせているタクシーの後部座席に司を乗せた。続いて美帆も司の横に乗り込む。

「駅まで」

タクシーの運転手に行き先を告げると、車はゆっくりと走り出した。

駅に着いた美帆は司に切符を渡すと、金成《かんなり》行きの快速に乗り込んだ。平日の午後ということもあり、車内は空《す》いていた。おかげで冷房の利きがいい。ほっと胸を撫《な》でおろす。空調管理が整っている病院で慣れた身体に、あまり外の刺激を与えたくなかった。

司を窓際に座らせると、自分も隣に腰掛けた。司は電車の揺れに身を任せながら、窓の外を見ている。意図的に周りの乗客を見ないようにしているのだろうか。視線は窓の外の一点に張り付いたまま動かない。美帆も司の視線を追い、窓の外を見た。

高城に司の外出許可を申請したのは、一昨日《おととい》のことだった。

指定入院医療機関で治療を受けている入院患者は、他害行為を行なった人間であっても犯罪者ではなく、医療観察法という法的枠組みのなかで病気治療を受ける患者として扱われている。

院内での規則も刑務所のような制限が多いものではなく、パブリックスペースでの患者同士の会話や読書、テレビの視聴なども基本的には自由だ。身内の面会も一般の病院規則と同じで、面会時間内にナースセンターで許可をもらえばすぐに可能だ。自分が入院している病棟から別の病棟に無断で移動するとか、医師の許可なく外出することを禁止している以外は、一般病院の入院生活とほぼ変わりはない。

外出や外泊も、治療段階二の回復期に入り担当医師の許可が下りれば、付き添いがつくことを条件に許される。司の治療段階は現在、入院当初の急性期を終えた回復期だった。

美帆は午前中の業務を終えると、自分の上司であると同時に司の担当医でもある高城のもとに向かった。自席についている高城に司の外出許可書を申請すると、高城は司を外出させる目的を尋ねた。

対象患者に対するチーム医療は、医師、看護師、作業療法士、精神保健福祉士などから構成され、患者に合わせて決められた治療計画に沿って、各担当者が責任をもって治療計画を進める。チーム医療における臨床心理士の役割は、患者の内面に深く関わることが多い。医師が患者と向き合う対面側にいるとしたら、臨床心理士は患者と同じ側に立ち、患者と同じ視点で物事を見なければならない。

特に、衝動特性や怒りといった感情特性によって他害行為に及んだ患者に対しては、患者が他害行為に及んだ特性を突き止める必要がある。他害行為に及んだ原因が、司のように怒りである感情特性によるものだとの判断がついた場合、怒りに繋《つな》がりやすい要因を探るために行動分析を行なう。その分析の結果に沿って、治療を施していくのだ。

美帆は、病院の中だけの情報では、司の中の何が怒りに繋がるのか見えてこない、違う環境での司の行動観察も必要だと高城に訴えた。

司の担当看護師として呼び出された内田は、猛反対した。司はまだ精神が不安定で外で暴れかねないという理由だ。美帆は、興奮することはあっても入院してから一度も人に危害を加えたことはない、それに、他害行為に対して自ら防止できる力を養うことも、必要な治療のひとつだと提言した。ふたりの主張をしばらく聞いていた高城は、外出先から常に内田主任に連絡を入れることと、こちらからいつでも連絡がとれるようにしておくことを条件に外出を許可した。

外出許可が下りたことを司に伝えると、司は驚いて外出する理由を尋ねた。美帆は、司から施設を調べてくれと言われた後、警察にいる友人から施設情報を手に入れたこと、そして、その資料から、公誠学園からある企業へ異常な数の障害者が就職している事実をつかんだことを伝えた。就職者が急に増えた時期と、彩が施設に入所した時期が重なっている。その一致が偶然のものなのか、それとも何かしらの理由があるのか知りたい。だからその企業に一緒に行って、担当者が本当のことを言っているかどうかその目で見てほしいと言った。大胆な目論見《もくろみ》を唖然《あぜん》として聞いていた司だったが、美帆が本気だとわかると力強くうなずいた。

東郷製作所は、終点の金成駅からタクシーで二十分ほど走ったところにあった。繁華街とは名ばかりの駅前通りを抜けてまっすぐ行くと、金成町と隣の小崎《こさき》町を隔てている小高い山の裾野《すその》に、工場らしき建物が見えてきた。そこを指差して、あれが東郷製作所だとタクシーの運転手は言った。

美帆はタクシーを帰すと、大きめのショルダーバッグから、一眼レフのカメラを取り出した。司にカメラを渡しながら、いまから自分は福祉雑誌の取材記者であなたは助手のカメラマンだ、と言った。

精神病を患っている入院患者とその担当カウンセラーが話を聞かせてくれと言っても、追い返されるのは目に見えている。だからそのような設定にした。

写真は適当でいいと言った。どうせ使うあてのない写真だ。司はカメラを不器用に構えた。

入り口の自動ドアをくぐり中に入ると、すぐ横に受付があった。ガラス張りの窓口の中で、数人の社員らしき女性が机に向かっている。誰もこちらに気づかない。木製のカウンターに置かれている呼び鈴を鳴らすと、受付の一番近くに座っていた女性が気づき窓口までやってきた。

「どのような御用でしょうか」

この春、入社したばかりだろうか。紺色の制服が真新しい。

美帆は女性に、先日電話で雑誌の取材をお願いした佐藤《さとう》だと名乗った。女性は、お待ちください、と微笑むと、受付の横にある内線電話をかけた。美帆たちの来訪を相手に告げて電話を置く。女性は受付の部屋から出てくると、美帆たちを建物の奥へ案内した。

いくつかの部屋の前を通り過ぎ、廊下の突き当たりまでくると、女性は応接室というプレートが掛けられた部屋のドアを開けた。

「こちらでお待ちください」

そう言い残し、女性は部屋を出て行く。

中には誰もいなかった。あたりをぐるりと見回す。応接室というところは、どうしてどこもかしこも、申し合わせたように同じ造りなのだろう。部屋の真ん中には、高そうな革張りのソファが置かれ、書棚には自分の企業の沿革が書かれた記念本が並んでいる。お決まりは、壁に飾られた賞状だった。表題は『表彰状、障害者雇用優良事業所』。国や県の行政機関から贈られたものだ。日付は昨年の九月になっている。

ふたりが応接セットのソファに腰掛けたとき、部屋にひとりの男が入ってきた。

男は待たせた詫《わ》びを言いながら美帆と司の向かいに腰を下ろすと、美帆に名刺を渡した。人事部長、大木戸隆《おおきどたかし》とある。

大木戸はひと口でいうと、下世話な布袋《ほてい》様といった感じの男だった。顔に満面の笑みを浮かべ、前に大きく突き出た腹をつねに撫でている。容貌《ようぼう》は福々しいが、開いた口の隙間から見えるすきっ歯と幼児が好みそうなキャラクターが描かれたネクタイが、大木戸を品のない男に見せていた。

「ええっと、今日取材にお見えになった用件は、企業側が障害者の雇用を決めるときに、どのようなところに重点を置いているのかをお知りになりたい、ということでしたよね」

美帆はうなずいた。でっち上げた取材の目的は、あらかじめ先方に伝えている。大木戸は手にしていた資料をテーブルに広げると、軽い咳払《せきばら》いをひとつした。

「まずですね、企業が障害者を雇用する場合、最初に市の障害者就労援助センターから障害者の紹介があるんですよ」

企業が障害者を雇用するまでのシステムを、大木戸は身振り手振りを交えながら説明する。

大木戸の話によると、障害者就労援助センターとは、文字どおり障害者の就職を支援するところで、障害者の就職を求める企業と、就職を希望している障害者の橋渡しの役割を担っている機関だった。援助サービスを受ける場合、障害者はセンターに行き、登録する。センターはひとりひとりにあった支援計画を作成し、必要ならば障害者に合いそうな企業の見学や職場体験実習の調整などを行なう。その後、本人が企業への就職を希望するならば、必要書類を作成し企業へ問い合わせ、場合によっては採用面接に同行する。

「じゃあ、企業側が人を選ぶというよりは、センターが、企業に就職させる障害者を選択しているのですね」

美帆が言うと大木戸は、ううん、と唸《うな》り「そうとも言えますかねえ。最終的には、こちらが決定権を持っていますがね」と言いながら、ちらりと司を見た。

司が何かしたのだろうか。

大木戸の視線を追い、司を見る。司は膝《ひざ》のうえに置いたカメラを握り締めたまま、大木戸の口元を凝視している。大木戸が、薄くなりかけた髪をいそいそと手で撫《な》でつけていることに気づいた美帆は、慌てて司の膝を手で叩《たた》いた。

「ほら、写真撮って。すみません、まだ新米で慣れてなくて」

我に返った司は、額に滲《にじ》む汗をシャツの袖《そで》で拭《ぬぐ》うと、ぎこちない手つきでカメラを構えた。大木戸は澄ました顔をつくると、カメラのレンズに目線を合わせた。司は闇雲にシャッターを切る。どこから見ても素人の手つきだ。少しはプロっぽい演技をすればいいのに、と歯がゆく思いながら大木戸に質問を続ける。

「取材するにあたり、こちらの企業を少し調べさせていただきました。それによると、こちらの企業で雇用している障害者は、勢多町にある知的障害者入所更生施設、公誠学園出身の方が多いですよね」

微笑みながらレンズを見ていた大木戸の顔色が、がらりと変わる。

「センターが市の機関ということは、市内のいろいろな施設から就職を希望する障害者の登録があるはずですよね。それなのに、なぜセンターはこちらにだけ公誠学園の障害者を多く紹介するのでしょう。何か特別な契約があるんですか」

「ありませんよ、そんなものは」

大木戸の怒声にも似た大きな声が、室内に響いた。

「結果的に公誠学園からの雇用が多いというだけで、そこに何かしらの契約とか特別な配慮なんてものはまったくないです」

大木戸は、もう写真を撮るな、とでもいうように身体の向きを司から美帆に変えた。

「佐藤さんとおっしゃいましたね。福祉関係の雑誌をつくってる方ならご存じでしょうから申し上げますが、国の制度に、障害者雇用率制度と障害者雇用納付金制度に基づく助成金、というものがあるのはご承知ですよね」

美帆はうなずいた。

障害者雇用率制度とは、ある基準以上の企業には、国が定めた割合で障害者雇用が義務付けられている制度で、助成金とは、障害者を雇用した企業に国からさまざまな名目での援助金が出るというものだ。毎年四月になると新聞の紙面に、厚労省が発表する県別障害者雇用率が載るので覚えている。

「じゃあ、障害者の数え方は知ってますか」

美帆は首を横に振った。そのような専門的なことまでは新聞には載らない。大木戸は何かに追いたてられるようにしゃべり続ける。

「ウチも国からある一定の障害者雇用が義務付けられていますが、雇用する障害者の数え方は、障害者が持つ障害レベルで違うんですよ。障害が軽度なら一人、重度なら一人で一・五人分。障害の種類が身体か知的かによっても違いますが、その中で一番カウントが稼げるのは、重度の知的障害者なんです」

稼げる、という言葉に嫌悪感を覚える。人間、ひとりは一人だ。端数や倍数で計算出来るものではない。

大木戸は、言葉を続ける。

「障害者を雇用すると、国から障害者の給与に対する補助金や、障害者を雇用するために必要な企業施設の改築の補助金といったものがもらえるんです。それらの補助金というのは、軽度障害者より重度障害者のほうが多いんですよ」

ここで大木戸は額に手を当てて、大げさに困ったようなそぶりを見せた。

「正直ね、ウチも経営が苦しいんですよ。いくらかでも国からの補助金が欲しいわけです。そこへいくと、公誠学園の入所者は優秀な人材が多いんですよ。よほどいい指導者がいるのかどうかわかりませんけど、同じ重度レベルの障害者でもほかの施設の障害者より程度が軽いんです。ひとりで障害者カウント二人分、補助金が多くもらえて、しかも症状はそう悪くない。となれば、その障害者を選ぶのは当然でしょう。そういう障害者が公誠学園には多くいる。だから結果的に、公誠学園からの雇用が多い。単純に、そういうことですよ」

早口でまくし立てる大木戸の口端に、泡が浮いている。大木戸は背広の内ポケットからハンカチを取り出すと、唾《つば》を拭った。

「でもね、結果的には障害者を雇ってやってるんだから、感謝されることはあってもケチをつけられる理由はないですよ。逆にああだこうだと理由をつけて、障害者を雇わない企業なんていっぱいあるんだから。ウチなんか障害者に貢献しているほうですよ」

　大木戸はハンカチを無造作に内ポケットに押し込むと、美帆を上目遣いに見た。その目に、脅しとも威嚇とも取れる色が浮かぶ。

「佐藤さんもいい大人なんだから、妙な正義感や理想論でウチを責めるようなことは書かないですよね。ウチは法的にちゃんと決められた割合の障害者を雇ってるんだ。変なことを書いたら名誉毀《き》損《そん》で訴えますよ」

　自分の企業の言い訳めいた言い分を一方的につきつけ、挙句の果てには脅しにも似た圧力を相手に加える。そんな大木戸に美帆の不愉快さは頂点に達した。そのとき、突然、隣で大きな音がした。驚いて横を見ると、司がカメラを床に落としていた。そのままの格好で身体を硬直させている。

「司くん！」

　司の肩に手をかける。骨ばった肩が小刻みに震えている。司は口に手を当てて、何度も唾を飲み込むようにしている。吐きたいのだ。

　ここで吐かれてはまずい。

　美帆は床からカメラを拾い上げると、司の腕をとった。

「すみません。ちょっと気分が悪いようです。今日はこのへんで失礼します」

　震える司を支えながらドアへ向かう。大木戸は、美帆に近づくと背後に立った。美帆の耳元に、大木戸の口が近づいた。

「こんどそのあたりのことを、改めて時間をとって話しませんか。何か美味《うま》いものでも食いながら」

そのあたりというのは、どのあたりのことなのかわからない。大木戸は新しい名刺を背広の内ポケットから出すと、ペンで何かをさらさらとしたためた。

「連絡はここにください。いつでもかまいませんから」

手に押し付けられた名刺を見ると、名前の下に携帯番号が書かれていた。大木戸のプライベートなものなのだろう。美帆は隣を見上げた。大木戸はすきっ歯を見せながら、にやついていた。

「男前に写ってる写真を使ってくださいよ」

美帆は無表情のまま答えた。

「ええ、できる限り」

東郷製作所の敷地を出たとたん、司はいきなり嘔吐《おうと》した。

「司くん、大丈夫？」

大きく波打っている背中を強く擦《さす》る。顔が真っ青だ。やはりこの外出は彼にとって負担が大きすぎたようだ。一刻も早く病院に戻ったほうがいい。

美帆は地面から立ち上がると、道路に身を乗り出した。タクシーが来ないか道路の奥に目を凝らす。その背中に、なにかぶつぶつとつぶやいている司の声が聞こえた。

後ろを振り返ると、司が、地面からゆっくりと立ち上がるところだった。司に駆け寄り、よろめく身体を支えた。

「いますぐタクシーを拾うから。じっとしてて」

司は焦点の合わない目で遠くを見ている。

「赤、紫、どぶ色……」

声の色だ。美帆は司の両肩を摑《つか》むと、司の目を覗《のぞ》き込んだ。

「色が見えたのね？　どんな色なの？」

興奮して尋ねる。

司は絞り出すように答えた。

「嘘、侮蔑《ぶべつ》、焦り……。臭いまでしてきそうな汚い色を吐きやがって。おれには見えた。あいつは嘘を言っている。あいつは何か隠してる」

司の膝《ひざ》が折れる。両脇に手を入れて、抱きとめる形で司を支えた。今日の外出はここまでだ。精神と体力の消耗が激しすぎる。

病院にこれから戻ることを伝えるために、バッグから携帯を取り出す。その手をいきなり摑まれた。顔を上げると、司が首を横に振っていた。病院に帰るのを拒んでいるのだ。

「今日はもう帰りましょう。身体がもたないわ」

司は首をさらに激しく振る。

「センターに行く」

「センター？」

先ほど大木戸が言っていた障害者就労援助センターのことだ。

「センターに行って、施設から企業に障害者を紹介している担当者に会う。そいつに訊《き》けば、何かわかるかもしれない」

美帆は戸惑った。たしかに司の言うとおりだ。大木戸の話を聞きながら美帆も同じことを考えていた。しかし、この状態の司を、これ以上、連れ回すわけにはいかない。今日はひとまず病院に戻り、日を改めて外出許可を申請したほうがいい。

司にそう伝えると、司は美帆を乱暴に突き飛ばし歩きはじめた。

「司くん！」

慌てて後を追う。前に回り込み止めようとするが、司は歩くのをやめない。ひたすらある一点を目指して歩き続ける。視線の先を見ると、数十メートル先にコンビニがあった。司はそこに向かっているのだ。

「あそこに何かあるの」

司は何も答えない。美帆が止めるのも聞かず店に入ると、店内を見回し、レジカウンターの横にあるタワー型の商品棚に目をとめた。司は商品棚に向かうと、そこからあるものを手に取った。

「これを買ってくれ」

差し出されたものに驚く。黒いサングラスだった。今日は晴れてはいるが、うす曇りで日差しは強くない。なぜサングラスが必要なのだろう。司はサングラスが必要な理由を説明した。

「昔から外で気分が悪くなると、よくサングラスをかけてたんだ。サングラスをかけると、少しは色が薄れるから受ける刺激が弱くなる。そのうち気分も治まってくるんだ」

司はサングラスを美帆の手に握らせた。

「何がなんでも、彩の自殺の真相が知りたい。それがわかるなら、何万回吐いてもいい。彩が抱えていた苦しみに比べたらこんな辛《つら》さ、苦しみのうちに入らない」

司のひたむきな目が、美帆を捉《とら》えた。

「先生。頼む」

美帆はサングラスを店員に差し出した。


障害者就労援助センターがある小宮柴《こみやしば》は、東郷製作所がある金成町から電車を乗り継いで三十分ほどかかるところにある町だった。

司がセンターに行くと言ったときは、熱意に押されて行こうと決心したのだが、いざ電車に乗ると不安が込みあげてきた。司は座席に座ると、うつむいたまま動かなくなった。今は落ち着いているようだが、いつまた気分が悪くなるかわからない。やはり引き返したほうがいいのではないか。そんな思いが頭をよぎる。だが司の「先生。頼む」と言ったときの目を思い出すと、やはり行くしかないと思った。司は自分が何を言っても帰らない。ひとりでもセンターに行くだろう。司の目には、何があっても自分の意志を曲げないという固い決意が浮かんでいた。

障害者就労援助センターは、小宮柴の駅と隣接しているステーションビルの一角にあった。エレベーターに乗り、五階のボタンを押す。エレベーターが止まりドアが開くと、通路が左右に分かれていた。右側の壁に「障害者就労援助センター」と書かれたプレートが貼られている。

案内に従って歩いていくと、突き当たりにガラス張りのフロアが見えた。ドアに緑の字で、「障害者就労援助センター」と書かれている。

美帆は司の顔を覗き込んだ。

「気分はどう。大丈夫？」

司はうなずいて、サングラスを外した。顔色が悪い。目の下が深くへこんでいる。しかし、目は強い光を放っている。美帆は覚悟を決めてガラスのドアを開けた。

部屋に入ってきたふたりに気づいた女性が、受付に近づいてきた。

「どちらさまでしょうか」

急いで笑顔を作る。

「先ほど電話した、福祉出版の者です」

美帆は東郷製作所のときと同じ手を使った。連絡は東郷製作所がある金成の駅から入れていた。人事担当者は在席していた。担当者は、夕方から会議が入っているのであまり長い時間がとれない、と言った。美帆はかまわないと答えた。いくら司が気力を振り絞っても、体力には限界がある。むしろ、そのほうがありがたい。

受付の女性は、フロアの中にあるパーティションで区切られた一角にふたりを案内した。ソファに座り担当者が来るのを待つ。パーティションの壁には、障害者の雇用を推進するポスターが貼られていた。美帆は横に座る司を見た。カメラを膝に置いたまま、うつむいている。息が荒い。思った以上に体力は残されていないようだ。

早く担当者を呼んでもらおうと、美帆が席を立ち上がりかけたとき、パーティションの後ろからひとりの男性が姿を現した。紺色のスラックスに青い作業用のジャンパー、事務用のサンダルをつっかけている。髪は真っ白で、額には深い横皺《よこじわ》が刻まれていた。孫の二、三人はいてもおかしくない年齢だ。定年後の天下りといったところだろう。

男性は向かいのソファに腰掛けると、神経質そうな細い指で名刺を差し出した。名前は西澤《にしざわ》利明《としあき》、役職は人材派遣部長となっている。

「こちらの機関の概要をお知りになりたいとのことでしたね」

西澤はテーブルのうえに数冊の小冊子を置いた。まずい、と美帆は思った。司の体力を考えると、悠長に説明を聞いている時間はない。かといって、取材に来ていながら説明はいらないとも言えない。司の精神と体力が持つことを願いながら、西澤の説明を聞くしかない。ひとつだけ助かったのは、西澤が写真を拒んだことだった。疲れきっている司に演技を強制するのはしのびなかった。

西澤がすべての冊子の説明を終えたのは、事務員が運んできたコーヒーがすっかり冷めた頃だった。司の顔は一段と青ざめ、緊張のためか唇も乾いている。西澤の言葉をひと言たりとも見逃すまいと見据える目だけが、ぎらぎらとした光を湛《たた》えていた。

「これでおわかりいただけたでしょうか」

焦《じ》れながら説明を聞いていた美帆は、西澤の説明が終わると間髪いれずに口を開いた。

「こちらが市内の障害者施設と企業を結ぶパイプラインだということはわかりました。それを踏まえてひとつお聞きしたいのですが、そのパイプが太い施設と細い施設はありますか」

西澤の一重の吊《つ》り目が、さらに吊り上がる。

「どういう意味ですか」

美帆は、今日センターを訪れた本当の目的を尋ねた。

「障害者受け入れ企業になっている、東郷製作所はご存じですよね。私どもが取材したところ、知的障害者入所更生施設の公誠学園から東郷製作所へ就職する障害者の方が、非常に多いことがわかりました。これは、施設と企業のパイプラインであるセンターが、公誠学園の障害者を東郷製作所に多く紹介しているということになりますよね」

西澤が息をのむ気配がする。美帆は言葉を続ける。

「特定の施設が企業に優先して紹介してもらえるシステムや、ガイドラインのようなものがあるのでしょうか。あるなら参考までに教えていただけませんか」

「そのようなシステムはありません」

西澤は説明していたときと変わらず淡々と、しかし、反論を拒絶するような強い口調で答えた。

「こちらは、公誠学園の入所者をほかの企業にも同じように紹介しています。東郷製作所さんだけに限りません。結果的に東郷さんが多く雇用してくださるというだけです」

「不思議ですね」

美帆は食い下がった。

「ここに来る前、東郷製作所にも取材に行ってきました。応対してくださった方は、公誠学園の障害者は優秀な人が多く、企業としても雇用しやすい。だから、公誠学園から多く採用していると言っていました。そんな優秀な人材をほかの企業が雇用しないなんて、不思議ですよね。紹介されているなら、きっと迷いなく採用するはずです」

最後の言葉は、西澤に対する挑戦だった。神経を逆なでして、なにか引き出せればと思った。しかし、西澤は挑発にのらなかった。冷静な口調で答える。

「私どもは障害者と企業の橋渡しをするだけで、企業側の事情まではわかりません」

「どの施設の障害者がどの企業に紹介されたのか記録されている、紹介リストのようなものはありますか」

「あります」

「それを見せていただけませんか」

「業務上の機密情報になります。お見せすることは出来ません」

「そこをなんとか……」

「いったいあなたは、何を知りたがっているんですか」

冷静だった西澤の声が乱れる。

そのとき、突然、隣で呻《うめ》き声がした。驚いて横を見ると、司が膝《ひざ》に頭をつける形で背を丸めていた。

「藤木くん！」

震えている肩を支える。さきほど胃の中のものをすべて吐いたせいで、胃液しか出ていない。司の異変に気づいた女性職員が、急いで手拭《てぬぐい》を持ってきた。美帆は手拭を手で断ると、自分のバッグからハンカチを取り出し、司の口に当てた。

「すみません。今日は朝から気分が悪かったみたいで」

美帆は急いで席を立った。司はもうこれ以上の緊張には耐えられない。

「行きましょう」

司はよろめきながら立ち上がった。

挨拶《あいさつ》もそこそこに、センターをあとにする。西澤は最後まで美帆を射るような目で睨《にら》みつけていた。

建物を出た美帆は、外の空気を深く吸い込んだ。西澤がいる五階を見上げる。部屋を出る自分たちを見ていた西澤の目が、脳裏から離れない。あの目はいったい何を意味しているのか。

　地上からセンターを見つめる美帆の背中に、じっとりと汗が滲《にじ》んだ。


　プラットホームのベンチに腰掛けた司に、美帆はスポーツドリンクを差し出した。

「飲める？」

　司は無言で受け取ると、蓋《ふた》を開けるのももどかしく容器に口をつけた。中身を飲み下す喉《のど》が、せわしなく上下している。中身を一気に飲み干すと、司は大きく息を吐き、口端からこぼれた中身をシャツの袖《そで》で拭《ぬぐ》った。

「赤」

　司がつぶやく。

　先ほど会ってきた西澤のことを言っているのだ。

　美帆はその場にしゃがみ、うつむいている顔を下から見上げた。

「見えたのね、色が」

　司はうなずいた。

「あいつが言ってたことは、ぜんぶ噓《うそ》だ。公誠学園の障害者を、他の企業に紹介なんかしてない」

　司が言っていることが本当ならば、公誠学園の障害者はすべて東郷製作所に紹介されていることになる。なぜセンターは東郷製作所にだけ障害者を紹介するのだろう。なぜその事実を隠すのだろうか。

「あいつ、怯《おび》えてた」

あいつというのは西澤のことだ。

司は記憶を辿《たど》るように、目を閉じた。

「真っ赤な中に、暗い紺色の粒子が混じっていた。紺色は恐れや怯えを表す色だ。あいつは何かを恐れていた」

「いったい、何を」

司は悔しそうに首を横に振った。

「わからない」

ホームに駅を通過する電車が入ってきた。舞い上がった風で司の前髪があがる。夕陽に染まる横顔には、体力の消耗だけでなく心神の疲れが克明に現れていた。

「このペットボトル」

司は手にしているペットボトルを見た。

「これが、どうかしたの？」

司は空になったペットボトルを、両手で包み込んだ。

「これ、彩が好きな飲み物だったんだ。彩が元気だった頃、ときどき一緒に外出してたんだ。彩が好きな小物が置いてある雑貨屋とか、美味《おい》しいクレープの店とか見て歩いてさ。でも彩は、ある決まった場所に行くと必ず気分が悪くなって、道端でよく休んでたんだ。そんなとき、このスポーツドリンクを、彩に買ってやってた」

美帆はスポーツドリンクの銘柄を見た。どこにでも売っているありきたりな商品だ。めずらしいものではない。

司はしばらくの間無言でペットボトルを見つめていたが、額に当てて辛《つら》そうな顔をした。

「どこに行っても彩がいる。何を見ても彩を思い出す。でも、もう彩はいない。いないんだ」

外界と遮断されている病院と違い、外には彩を思い出すものがたくさんあるのだろう。ペットボトルのカラひとつでさえ、司にとっては彩との思い出の品なのだ。彩の存在が司にとってどれだけ大きなものだったのか、いま改めて痛切に感じる。

美帆は思わず、嗚咽《おえつ》をこらえている司の肩をきつく抱き寄せた。

司を楽にしてあげたい。彩の死の真相を摑《つか》みたい。しかし、それ以上にいまは、一刻も早く病院に戻り、司を休ませてやりたかった。

美帆は司から身体を離すと、意識して明るい声で言った。

「早く戻りましょう。帰るのが遅くなったら、内田主任から大目玉をくらうわ」

司はゆっくりと顔を上げた。

「おれ、あいつのこと前から知ってるんだ」

「あいつ?」

誰のことかわからず聞き返す。

「内田」

意外な名前に驚く。

「病院に来る前から内田主任を知っていたの?」

司はうなずくと、内田を知っている理由を話しはじめた。

「施設に入所してまもなく、おれは検診のために県立病院に連れていかれたんだ。そこに内田がいた。おれのカウンセリングの担当者だった」

そういえば、以前、遥から、内田は今の病院に来る前は県立病院に勤務していたのだ、と聞いたことがある。

「そのカウンセリングがすごくしつこかったんだ。適当に答えると、どうしてそう思うのか、とか、そのときどう感じたのかっていうことを、こと細かく聞いてくる。そのときのあいつの声は、疑いや興味といった色ばかり。まるで尋問だった。それが嫌で、それきり病院にいかなくなった。でも」

司は言葉を続ける。

「それからしばらくして、内田が施設にやってきたんだ。最初は、おれを無理やり病院に連れて行くために来たのかと思ったんだけど、そうじゃなかった。内田はおれが入所する前から、施設に出入りしていたんだ。来るとあいつは、安藤と長いあいだ話し込んで帰っていく。ときどき、あいつと廊下ですれ違っても、おれは無視してた」

司は悔しそうに唇をきつく嚙《か》んだ。

「あいつはいまもそれを根に持ってるんだ。だからおれにきつくあたる。そして」

と言って、すまなそうに美帆を見た。

「担当の先生にも」

司と内田が面識があったなんて、思いもよらなかった。

内田が施設を訪れていた理由は思い当たる。安藤と内田は遠い親戚《しんせき》だと遥が言っていた。おそらく身内がらみの用事だろう。しかし、どうして内田は司と面識があったことを黙っていたのだろう。内田が司の担当だったなんてひと言も聞いていないし、前任から引き継いだ報告書にも記載されていなかった。何か知られたくない事情があるのだろうか。

司は辛そうに背を丸めた。身体が苦しいのだ。

とにかく今は帰ろう。司の体力はもう限界だ。帰りの電車がホームに滑り込んできた。

「立てる？」

美帆が尋ねると、司はうなずいた。ベンチから立ち上がろうとする司に、美帆は肩を貸した。

病院を出た頃には、あたりはすっかり暗くなっていた。

初夏の生ぬるい夜気が、疲れた身体に重く伸《の》しかかる。風に吹かれた長い髪が、汗ばんだ首筋に張りついた。乱暴に手で払う。

美帆たちが病院に戻ったのは、門限を三十分も過ぎた時間だった。司を病室におくりとどけナースセンターにいくと、内田が鬼のような形相で駆け寄ってきた。

「いったい今まで、何をしていたんですか！」

そのあとに続く内田の言葉は、耳を塞《ふさ》ぎたくなるようなものだった。美帆の臨床心理士としての能力のなさを蔑《さげす》み、病院の規則を守れない常識のなさを叱責《しっせき》した。

内田の激昂《げきこう》にほかの看護師たちは怯え、廊下を歩く患者たちは何ごとかとナースセンターを覗《のぞ》き込んだ。

美帆は遅れた理由を、外出先で司の気分が悪くなり落ち着くまで待っていた、と説明したが、内田は耳を貸そうとしない。顔を真っ赤にして美帆に罵声《ばせい》を浴びせる。拷問にも似た責めは、見かねた看護師が仲裁に入るまで続けられた。

看護師に宥《なだ》められた内田は乱れた髪を手で整えながら、今回のことは高城先生にすべて報告し厳重に注意してもらう、と言い捨て現場に戻っていった。

司と面識があることをどうして黙っていたのか、内田に訊《き》きたかった。しかし、あの剣幕を前にしては、訊けなかった。今日のところは諦《あきら》めて、日を改めて尋ねることにした。

美帆は、司の様子を見るために病棟に戻った。司は眠っていた。安定剤が効いているようだ。何の苦労も知らない赤子のような顔をしている。

ふと、このまま目が覚めなければいいのに、という思いがよぎる。美帆が知っている司は、いつも辛そうにしている。すべてを拒絶した目でどこか遠くを見ているか、苦痛に顔を歪《ゆが》めているか、錯乱状態で喚《わめ》いているかしかない。目が覚めれば、また苦しみが待っている。そう思うと、このままずっと眠らせてやりたいと思った。

病院を出ると駅に向かった。病院から駅まで歩いて二十分。いつもなら運動不足の解消にちょうどいいと思える距離が、今日はやけに長く感じる。足が鉛のように重い。

アパートからふたつ前の駅で電車を降りる。途中下車するのは、病院に勤めてからはじめてだった。

駅からみっつ目の信号を右に曲がる。雑居ビルの一階に、毛筆書体で「千鳥《ちどり》」と書かれた看板が見えた。

縄のれんをくぐり中に入る。店の中は五人がけのカウンターと、こあがりがみっつあった。カウンターのなかに女将《おかみ》らしき女性がいる。連れと待ち合わせをしている、と伝えると、女性は濡《ぬ》れた手を割烹着《かっぽうぎ》の裾《すそ》で拭《ふ》きながら、美帆を一番奥の座敷に案内した。竹の模様が描かれている襖《ふすま》を開けると栗原がいた。すでにビールを飲んでいる。

美帆が向かいに座ると、栗原はビールを差し出した。

「お疲れ」

「ごめんなさい。急に呼び出して」

「もう慣れたよ」

栗原は真顔で言う。

美帆は今日の外出報告書を作り終えると、栗原に電話をかけた。たまにはコーヒーではなくビールでも飲まないかと誘った。栗原は、いいな、と言ってこの店を指定した。

「いいお店ね。よく来るの？」

床の間つきの部屋には紫陽花《あじさい》が飾られ、壁には花鳥の掛け軸がかけられている。ときどきここで晩飯を食ってるんだ、と言いながら栗原は麩《ふ》の煮つけを口にした。

栗原が住んでいる警察官舎は、千鳥から歩いて十五分ほどのところにある。飲んでから電車で帰るのが嫌だ、というのが、栗原がこの店を選んだ理由だった。面倒なことを嫌う栗原らしい。

運ばれてくる料理を食べながら、昔話や同級生の近況で盛り上がる。ひとしきり笑い話が途切れると、栗原はぽつりと言った。

「で、今日は何だよ」

「何って？」

栗原は口に入れた枝豆をビールで流し込むと、コップを持ったまま美帆を見た。

「お前がなんの用事もなく、おれを呼び出すはずがないだろう。こんどは何だよ、早く言えよ」

怒っているわけでもなく、突き放した言い方でもない。淡々とした言い方が、逆に美帆の胸をついた。

今日、栗原を呼び出した理由は、頼みがあったからではなかった。疲れていた。今夜だけは司を忘れたかった。それなのに、栗原と笑いながら酒を酌み交わしていても、司を思い出してしまう。司の苦痛に歪む顔が、頭から離れないのだ。

美帆は箸《はし》を置いた。

「わからないの」

栗原に電話をかけた時点では、今日あった出来事を話すつもりなどなかった。栗原に無理を言って資料を揃《そろ》えてもらったが、結局何もわからずじまいだったなんて、とても言えなかった。

怒られるのも、呆《あき》れられるのも、同情されるのも嫌だった。これ以上惨《みじ》めになりたくなかった。でも、今の栗原なら美帆の話を、感傷を交えずに聞いてくれるかもしれないと思った。

美帆は今までの出来事をすべて話した。彩が以前から自傷行為を繰り返していたこと、ピルを服用していたこと、リストカットをするようになったのは施設長の安藤が連れ出すようになってからということ。そして、今日訪ねた東郷製作所の大木戸と障害者就労援助センターの西澤の話から、センターが公誠学園の障害者を優先的に東郷製作所に紹介している疑いがある、と説明した。

「それに、公誠学園の入所者の雇用数が多くなったのは、彩さんが入所した三年前からなの。変だと思わない？　でも」

美帆は畳に視線を落とした。

「おかしいと思うだけで、何もわからないの。憶測だけで何の証拠もないのよ」

栗原はうなずくでも相づちを打つでもなく、美帆の話を聞いている。

美帆はバッグから、小さなポーチを取り出した。中には彩の写真が入っていた。必要になるかもしれないからという理由で、司から借りてきたものだった。司は、安藤が写っているから見たくもない、と言って集合写真を美帆に渡した。

美帆は写真をじっと見つめた。心で彩に、何があったのか問いかける。しかし、写真の中の彩は無言でこちらを見ているだけだった。

「何の写真？」

栗原はテーブルの向かいから首を伸ばした。栗原に写真を差し出す。

「施設で撮った集合写真。彩さんが写ってるの。一番右側に立ってる子よ」

ひとりひとりを栗原は目で追う。その栗原の顔色が変わった。

「この子も施設の子なのか？」

美帆は座卓を回り込み、栗原の横から写真を見た。

「どの子？」

「これ」

栗原が指差している子は、着替えが嫌で逃げ回っていた子だった。

「ええ、そうよ。いまも入所しているわ。この子がどうかしたの」

「この子、どこかで見たことがある」

栗原はじっと少女を見つめている。いつになく表情が険しい。

「街で見かけたのかしら」

美帆が言う。

少女が外出したときに、見かけた可能性もある。

栗原はテーブルに写真を置いた。

「わからない。でも、この子の独特な洋服をおれは見てるんだよ。どこかで」

このような奇抜な組み合わせの洋服を着ているものは、まずいないだろう。栗原は少女をどこかで、見ているのだ。

栗原は美帆が持っているポーチを顎《あご》で指した。

「ほかに何が入ってるんだ」

美帆はポーチのなかから、USBメモリーを取り出した。

「彩さんが使っていたものなの」

栗原に、中には彩が失語症患者専用ソフトで作成した文書データが入っている、と説明する。

「彩さんの自殺の動機に結びつく手がかりがあるかもしれないの。でも、データはロックされていて開けないのよ。思いつく限りの数字や単語を入力したんだけど、全部だめだった」

美帆は自虐的におどけてみせた。

「あっちもお手上げ、こっちもお手上げ。すべてお手上げよ」

口にしたとたん、虚《むな》しくなった。今日の夕方、内田が美帆に浴びせた罵倒《ばとう》が耳に蘇《よみがえ》ってくる。いまなら内田に同意できる。自分は役立たずの無能者だ。

テーブルに肘《ひじ》をつき、両手で顔を覆った。

「司くんのために何かしてあげたいの。でも、何も出来ないの。情けないわ」

滅多に言わない愚痴《ぐち》が、口をついて出る。酔っているようだ。

栗原は空になったコップに、手酌《てじゃく》でビールを注いだ。

「そのメモリーに入っているデータのコピー、おれによこせ」

意外な言葉に驚いて顔を上げると、目の前に箸先があった。栗原が自分に向かって箸を突きつけていた。

「パスワードには一定の法則のようなものがあって、それを片っ端から入れていけばだいたい解けることになっているんだ。女だったら好きな花の名前や、彼氏の名前、好きな芸能人とかあるだろう。それに自分の誕生日などの個人的な情報を組み合わせる。パスワードの大半はそんなもんだ」

「栗原くんなら解けるの？」

突きつけられている箸先を手で避ける。

「やってはみる。でも、解けるという保証はない」

「そんな。さっき、ほとんどが解けるって言ったじゃない」

栗原は声を荒らげる美帆にかまわず、料理を口に運ぶ。

「それはパスワードを設定した人物と、深い交流がある人間ならってことだ。そいつなら、パスワードを設定した人間が関心を持っていたことを知っているだろう。開ける可能性は高い。でも、おれは彩って子をまったく知らない」

結局、開けないのか。期待させておいて希望を打ち砕くようなことを言う栗原に苛立《いらだ》つ。睨《にら》みつけられても、栗原は平然として美帆にビールを勧めた。

「必ず開けるなんて約束はできない。でも、お前よりはネット周りに詳しいおれのほうが、開ける可能性は高い。彩って子を知らなくても、パスワードにありがちな組み合わせの情報は持ってるからな。それに、ひとりよりふたりのほうが、解ける可能性は上がるだろう。だから、データを預けろって言ってるんだ」

表情のない顔に、突き放した言い方。表面上は冷たく見えるが、栗原は協力してくれてる。嬉《うれ》しさに、胸が熱くなってくる。

礼を言いかけたとき、襖《ふすま》が開いて店の従業員が顔を出した。

「おまたせしました」

手に持った皿の上に、炙《あぶ》りたてのイカが載っている。栗原は皿を受け取ると美帆の前に置いた。

「まあ、今日はぜんぶ忘れて飲め。少しは休まないと倒れるぞ」

栗原の言葉に、今日は司のことを忘れたかったことを思い出す。美帆は自分の前にある気の抜けたビールを飲み干すと、イカに箸を伸ばした。


栗原から電話が入ったのは、千鳥で飲んだ二日後のことだった。

美帆が入院患者の臨時面接を終え医務課に戻ると、机の引き出しの中で携帯のライトが光っていた。着信履歴を見る。栗原からだ。着信時間は二十分前。ちょうど正午を過ぎた頃だった。真っ先に頭に浮かんだのは、彩のデータだった。パスワードが解けたのだろうか。

廊下に出て、フリースペースで電話をかける。二回目のコールで栗原が出た。

「栗原くん、私。電話くれたみたいだけど、何かあった？　データが開けたの？」

美帆の質問に栗原が口にした答えは、美帆の頭の片隅にもないものだった。

「思い出したんだよ。あの子をどこで見たのか、思い出したんだ」

一瞬、誰のことを言っているのかわからなかった。しかし、すぐに「あの子」というのが、奇抜な洋服の少女のことを言っていることに気がついた。少女をどこで見たかなんて、わざわざ勤務時間に電話してくるほどのものではない。何をそんなに慌てているのか。

栗原は興奮気味に言葉を続けた。

「ネットだよ。ネットの猥褻《わいせつ》サイトに、あの子の画像が投稿されていたんだ」

信じられない話に言葉を失う。

「おれがいま配属されているハイテク犯罪対策室は、ネット犯罪を検挙するのが仕事だ。今日、いつもどおりネットパトロールをするためにパソコンを開いて思い出したんだよ。おれはあの子を、街や道端で見かけたんじゃない。ネットの中で見たんだ。マークしているサイトを片っ端から確かめたら、やっぱりマニア向けのサイトの中にあの子がいた」

「マニア向け？」

栗原はうなずいた。

「障害者専門の猥褻サイトだ。そこであの子が、裸で男に抱かれている動画があった」

「本当に、あの子なの？」

声が震える。

「顔は映っていない。首から下だけだ。顔が映っているものがあってもモザイクがかかっている。でも、画面の中にいる子が着ている洋服は、間違いなくあの子が着ていたものだった。普通なら着ている洋服だけで人物を特定するのは難しい。でも、あんな変わった組み合わせの洋服を着ていて、しかもそれが障害者となると話は別だ。ふたりが同一人物である確率は高い。いや、ほぼ、間違いないと言っていい」

あの子が。

美帆の脳裏に、職員から叩《たた》かれていた少女のむき出しの腿《もも》が浮かぶ。白く張りのある肌。あの腿を男の手が這《は》い回り、そのさらに奥まで汚《けが》したというのか。

怖気《おじけ》が走る。自分で自分を抱くように腕を回し、震える身体を押さえた。

「信じられない。健常者を強姦《ごうかん》することも許されないことなのに、抵抗できない障害者を性の対象にするなんて」

「強姦とは言い切れない」

「どういうこと？」

美帆は訊《たず》ねた。

「ネット犯罪には詐欺や著作権法違反、出会い系、児童買春などがある。そのなかにわいせつ図画公然陳列ってのがあるが、これは卑猥《ひわい》な画像や映像をネット上に垂れ流しにする行為だ。今回、彼女の猥褻画像がネットにあがっているのは、このわいせつ図画公然陳列にあたる。しかし、それだけで彼女が強姦されているとは言えない。ネットに画像があがっている女性のすべてが、無理やり性行為を強要されているとは限らないんだ。中にはネットにあがることを知りながら嬉々《きき》として脚を開いている女もいる。それは障害者だって同じだ。障害者にだって性欲はある。健常者も障害者も関係ない」

障害者にだって性欲はある。その言葉に、倉庫での出来事が蘇った。美帆を襲った少年は、自分の性欲を忌《い》んでいた。泣きながら美帆に、いや、性衝動を抑えきれなかった自分に謝っていた。どうしようもなく込みあげてくる性衝動は、健常者、障害者、問わず誰でも持っている。

ふいに、あの少女の年齢を思い出した。安藤はあの子を十八歳だと言っていた。知能は幼くても、身体は大人だ。性欲を持っていてもおかしくない年齢だ。栗原が言うとおり、彼女が性欲を持ち、自ら男に抱かれているのかもしれない。でも。

美帆は何かを否定するように、首を横に振った。彼女が望んでいたとしても、ネットの画像は納得できない。明らかに犯罪だ。その犯罪に彼女は利用されているのだ。許せない。

美帆はきつく目を閉じた。

「いったい誰が彼女の画像を……」

携帯の向こうで栗原が答える。

「エロサイトにはロリコン、同性愛、SM、熟女、いろんな嗜好《しこう》のものがある。猥褻サイトの多くは、課金やDVD販売で儲《もう》けるのが目的だ。マニアは画像やDVDを手に入れるためなら、いくらでも金を積む。必ず何らかの方法で管理者と連絡が取れるようにしてある」

美帆は目を見開いた。

「そこまでわかってるなら、すぐにそのサイトの管理人をつきとめて逮捕してよ。そいつに、あの子の画像をアップした人間が誰か吐かせればいいじゃない」

「おれだって、そうしようとしたさ」

栗原の声に苛立ちが混じる。

「サイトを発見してすぐに、管理人と連絡を取る方法が載ってないかサイト内を隅々まで調べたさ。だけど、どこにもそんな情報は載っていなかった。おそらく、投稿者と管理人の間だけで連絡が取れる仕組みになってるんだろう。管理人が投稿者から猥褻DVDを購入し、それを独自のルートでマニアに売りさばいているのさ。これじゃ、サイト側から突き止めるのは無理だ。となると、サイトの裏側、管理人が契約しているプロバイダ業者の方から探るしかない」

じゃあすぐに探ってよ。そう言おうとした美帆の気持ちを察したように、栗原は先回りして言った。

「すぐには無理だ。お前、法律にプロバイダ責任制限法ってのがあるって知ってるか。プロバイダに、サイトを開設した人物の住所、氏名などの開示を請求できる法律だが、それには地裁への申し立てが必要だ。今、地裁に開示を求める文書提出命令を申し立てる。地裁が請求を認めるまで待つしかない」

「地裁が認めれば、サイトの管理人に行きつけるのね」

縋《すが》るように尋ねる美帆への返事は冷たいものだった。

「いや。そう簡単にはいかない。地裁もプライバシーの侵害や個人情報漏洩《ろうえい》の問題を考慮して、そう易々《やすやす》と出さないんだ。それに、もしスムーズに開示請求が認められて管理人の特定が出来たとしても、管理人が投稿者の住所や氏名を知ってるかどうかわからない。管理人にすれば物さえ手に入れば、相手の素性なんて関係ないからな。管理人が投稿者の身元を知らなければ、アウトだ」

美帆は唇を嚙《か》み締めた。

「そんな、じゃあ、あの子と肉体関係を持っている人間の特定は無理だっていうの」

ふたりのあいだに沈黙が広がる。わずかな間のあと、栗原のいつもと同じ冷静な声がした。

「この事件に関わっている人間が男か女か、単独なのか複数なのかはわからない。でも、必ず関係している人間がひとりだけいる」

美帆は携帯を握り締めた。

「誰」

「施設の人間だ」

施設。その言葉に息をのむ。

「入所者は常に施設の管理下に置かれているはずだ。彼女がひとりで行動出来るはずがない。付き添い人が必ずいる。それが出来るのは、施設の人間だけだ」

「施設の誰が」

携帯を持つ手が震える。

「施設で一番権限を持っている人間。入所者の行動を自由に出来る立場の人間である可能性が高い」

一番権限を持っていて、入所者の行動を自由に出来る立場の人間。

安藤。

脳裏に整髪料をたっぷりつけた髪や贅肉《ぜいにく》がついた腹、金縁のメガネの奥の異様に光る小さい目が浮かぶ。安藤が彼女の穿《は》いているスカートを脱がす図が浮かぶ。生理的な嫌悪感が身体の奥から湧きあがってきた。

「施設で一番権限を持っているのは、施設長の安藤って男よ。まさか入所者を守る立場にある彼が、彼女に猥褻な行為をするなんて……」

「いや」

栗原は美帆の言葉を遮った。

「たしかに安藤って奴は、この事件に関わっていると思う。でも、だからといって相手が安藤だとは限らない。画像に映っていた彼女が抱かれていた部屋は、どこかのホテルの一室だった。施設の中じゃない。となると、安藤が彼女をホテルに連れて行き、そこに第三の人物が現れることも考えられる。複数の人間が関わっている可能性もある」

ひとりも複数も、安藤が関係しているという事実は変わらない。やりきれない思いが胸に込みあげてくる。

黙り込んだ美帆に、栗原は静かに言った。

「おそらく、この事件に彩って子も関わっている」

美帆は目を見開いた。

「どうしてそう思うの」

「ピルの服用、繰り返されていた自傷行為、同じ施設の入所者の猥褻《わいせつ》画像ネット掲載。そこから導き出される結論はひとつ。彼女もあの子同様、誰かと性交渉を持っていた。いや、彼女の場合、持たされていた、のほうが正しいかもしれない。自傷行為を繰り返していたからな。性行為を強制されることに耐えられなかったんだろう」

美帆は再び目を閉じた。

彩が無理やり男に抱かれていたなどと、認めたくなかった。しかし、すべての事実がひとつの方向を指している。栗原の推論はきっと当たっている。胸に、やりきれなさに代わり怒りが込みあげてくる。

「栗原くん。施設を強制捜査して。安藤を逮捕してよ」

栗原は無情にも、無理だ、と答えた。

「警察は、誰が見ても黒だと思う人間がいたとしても、憶測の域では動けない。明らかな物的証拠や強制捜査を行なうだけの証明がない限り、逮捕状の請求どころか取り調べすらできない。警察が動くには、証拠が必要だ」

「証拠があればいいのね」

美帆がつぶやく。その言葉に、栗原の声が険しくなった。

「おまえ、なに考えてるんだ」

美帆は栗原の問いに答えず、逆に問い返した。

「証拠があれば、警察は動くのね」

少しの間のあと、栗原が答えた。

「ああ、証拠があればな」

「わかった。また連絡する」

「おい、佐久間。待てよ。お前いったい何を……！」

栗原との電話を一方的に切る。午後から休暇をとるために、美帆は医務課へ向かった。


美帆はある家の塀の陰から、正門を覗《のぞ》いた。

誰も出てくる気配はない。校舎のなかから子供たちの騒ぐ声が聞こえる。まだ、下校時間ではないようだ。

目の前を買い物帰りの主婦が通りかかった。美帆は繋《つな》がっていない携帯を耳に当てた。誰かと話している振りをする。主婦は美帆など気にもとめず通り過ぎていく。美帆はほっとして携帯を耳から外した。この場に張り込んでからすでに一時間が経っている。不審に思われないようにするのもひと苦労だ。

美帆は塀に背をあずけて、ため息をついた。

美帆がいる場所からは、公誠学園と隣接している公誠学校の正門がよく見えた。ここにいれば、授業を終えて出てくる生徒を一望できる。

栗原との電話を切ったあと、美帆は休暇をとり公誠学園に向かった。栗原が言った、証拠を手に入れるためだ。栗原は証拠があれば警察は動くと言った。ならば証拠をつかむまでだ。

その証拠は、猥褻サイトに画像があがっていた少女だと思った。彼女に会えば証拠が手に入るかもしれない。そう思い彼女を探しにきた。

学校のチャイムが鳴った。腕時計を見る。二時三十分。公誠学校の一時限は、三十分で区切られている。まだ授業があるのだろうか。授業が続くならば、また三十分、立ちっぱなしだ。

しばらく様子を見ていると、正門のあたりがざわついてきた。門のあたりに人の気配が集まってくる。どうやら授業は終わったようだ。

美帆は正門に目を凝らした。

学校の裏手から、一台のバスがこちらに向かってゆっくりと走ってくるのが見えた。バスは角を曲がると正門の前で止まった。白い車体の横に赤い文字で、学校法人公誠養護学校と書いてある。公誠学校のスクールバスだ。

胸に不安がよぎる。もし、彼女が自宅から通っていて、スクールバスを利用しているならば、少女と接触できない。移動手段がない美帆は、バスのあとを追えないのだ。

美帆は少女と公誠学園で会っている。公誠学園は公誠学校の児童が暮らす生活施設だ。通学の生徒が学園校舎にいたとは考え辛《づら》い。それに、少女は学園の行事写真に写っていた。きっと彼女は公誠学園の入所者だ。

生徒が次々とバスに乗り込んでいく。美帆はひとりとして見逃すまいと、生徒たちの顔をじっと見つめた。

列の最後の少年がバスに乗り込むと、バスの扉が閉まった。車のエンジンがかかる。乗り込んだ生徒の中に、やはりあの少女はいなかった。ほっと息を吐く。

バスが出て行くと、正門から別な生徒たちが出てきた。生徒は道を右や左に分かれて、学校を出て行く。徒歩で通学している生徒たちだ。施設の入所者は徒歩通学に含まれているはずだ。きっとこのなかに少女がいる。

生徒の顔がもっとよく見えるように、塀から身を乗り出す。いきなり、教師らしき女性が正門から姿を現した。慌てて身を引く。女性は帰路につく生徒たちの安全を確認するようにあたりを見回すと、中へ戻っていった。

正門から、また生徒たちが出てくる。生徒の顔に目を凝らす。

ふと、視界が遮られた。目の前の道路を車が横切ったのだ。車はあとから数台、続いてくる。視界が途切れるのはわずかな時間とはいえ、出てきた少女を見逃すかもしれない。とっさに塀から出て正門に近づく。

すると、車が途切れた目の前にひとりの少女が立っていた。正門の前で紺色の手提げバッグを乱暴に振り回している。

あの子だ。美帆は息をのんだ。

少女は施設で会ったときと同じ、花柄のスカートにフリルのついた水玉のブラウス、赤いエナメル靴を履いていた。数人の列に混じり、施設へ向かって歩いていく。美帆はあたりに職員がいないことを確かめると、道を横切り少女に駆け寄った。少女を追い抜くと、少女の行く手にわざと自分のバッグを落とした。慌てた振りを装い、後ろを振り返る。

少女は両足をぴたりと揃え、目の前に落ちているバッグを見つめていた。美帆は少女に微笑《ほほえ》みかけた。

「ごめんなさい。バッグ、拾ってもらえるかな」

少女は言われるままにバッグを拾うと、美帆に差し出した。美帆は身をかがめて、少女の顔を覗き込んだ。

「ありがとう」

礼を言われた少女は、歯を見せて笑った。

幼い、と美帆は思った。実年齢は、十八歳と聞いているが、笑った顔は小学生のように子供っぽかった。この少女が、本当に異性と性交渉を持っているのだろうか。美帆にはまだ信じられなかった。

道端に立っているふたりを、後ろからくる生徒がちらちらと見ながら追い越していく。我に返った美帆は少女の手を引くと、さきほど自分が身を潜めていた場所に連れていった。

塀のところまで来ると、美帆は少女の肩に手を置き目線を合わせた。

「あなたに聞きたいことがあるの。ちょっといいかしら」

少女は美帆に向かって首を横に振った。

「帰るの。寄り道はだめなの。先生に叱《しか》られる」

まるで、幼稚園児の受け答えだ。美帆は、ちょっとだけ、と言うと、しゃがんで目の高さを合わせた。

「お名前は？」

「可奈《かな》」

「そう、可奈ちゃんっていうの。あのね、おねえさん、可奈ちゃんに教えてもらいたいことがあるの」

「なに」

小首を傾げる。仕草も幼ない。

「可奈ちゃんは、施設から学校に通ってるよね」

「しせつ？」

可奈は、顎《あご》をしゃくりあげた。施設の意味がわからないらしい。美帆は質問を変えた。

「可奈ちゃんは、学校のお隣に住んでいるのよね」

「そう、あそこのおウチに住んでるの」

可奈はおウチと言って施設を指差した。

「可奈ちゃんは、学校がお休みのときとか、どこかにお出掛けすることある？」

「ある」

「どこに行くのかな」

可奈はそこで、ぴたりと口を噤《つぐ》んだ。表情がしだいに強張《こわば》ってくる。可奈が答えやすいように、こちらから選択肢を与える。

「お買い物？」

可奈は首を横に振る。

「お食事かしら」

これも同じだ。可奈は怒ったような顔をして、ただ激しく首を振る。

美帆は質問を変えた。

「お出掛けは、誰と行くの？」

こんどはすんなり答えた。

「えんちょお先生」

園長とは施設長のことだろう。

「そう、園長先生とお出掛けするのね。お出掛けは、ずっと園長先生とふたり？　お出掛けの途中で、誰かに会う？」

可奈は、また口を噤んだ。どうやら口止めされているらしい。美帆はさらに突っ込む。

「ずっと園長先生とふたりなのかしら。おじさんに会うとか、お兄さんに会うとか、教えてくれないかな」

美帆も必死だった。ここで何か摑《つか》まなければ、せっかくの接触が無駄になってしまう。

可奈は地面を睨《にら》みながら、口を固く結んでいる。よほどきつく口止めされているのだろう。誰かに言えば体罰を与える、とでも言われているのだろうか。

可奈が不憫《ふびん》に思えてくる。

思わず可奈の手を握る。

可奈は美帆の顔を見た。美帆が微笑むと可奈も無邪気に微笑んだ。思わず力ずくででも本当のことを言わせようか、と思った。可奈が本当のことを言えば彼女を救える。しかし、すぐに思いとどまった。可奈は精神遅滞者だ。警察が可奈の自供をどこまで信用するかわからない。やはり、決定的な証拠を摑まなければいけない。

美帆は可奈の手を握ったまま質問を続けた。

「お出掛けって、いつも行くのかしら。それとも、ときどき？」

「ときどき」

「何曜日か決まってるのかしら」

「なんようび？」

可奈は曜日が理解できないようだ。美帆は質問を変えた。

「じゃあ、こんどいつお出掛けするか決まってる？」

「つぎの、お休み」

「学校がお休みの日ね」

可奈はうなずいた。質問にすらすら答える。どうやら口止めされているのは、どこで誰と会うのか、というところだけのようだ。

　こんどは可奈のほうから口を開いた。

「いつも、赤いお休みの日にお出掛けするの」

　言ってる意味がわからない。赤い休みとはなんだろう。

「お休みに色があるの？」

　可奈がうなずく。

「お休みには、赤と青があって、お出掛けするのは、赤の日」

　赤と青。そこまで訊《き》いて、可奈が言う赤と青はカレンダーの色だと気がついた。学校は週休二日制で土日休みだ。青い休みは土曜日で、赤い休みは日曜日。すると可奈の次の外出は、こんどの日曜日ということになる。

　美帆は、可奈の手を握る手に力を込めた。

「いつお出掛けするのかな。朝？　それともお昼を食べたあとかしら」

「マンガが終わってから」

「マンガ？」

「これ」

　可奈は自分の手提げバッグから筆箱を取り出し、美帆に見せた。蓋《ふた》に羽が生えた妖精《ようせい》が描かれている。日曜日の夜七時半から放送しているアニメ番組のキャラクターだ。病院に入院している女の子が、いつもその番組を病室のベッドで観ていたので知っている。

闇雲に探していたものを、やっとつかみかけた感触を覚える。昂奮《こうふん》に顔が熱くなってくる。

「もう、帰る」

耳に消え入りそうなか細い声が聞こえた。はっとして顔を上げると、可奈が今にも泣きそうな顔をしていた。

「寄り道はだめなの。叱られるの」

美帆は慌てて立ち上がった。

「ごめんなさい。バッグ、拾ってくれてありがとう」

可奈は道路を横切り、施設に向かって走っていく。走る勢いでスカートが捲《めく》れる。でも可奈は気にしない。全速力で駆けていく。その後ろ姿からは、性の匂いは微塵《みじん》も感じられなかった。

車のダッシュボードの上に置かれた携帯画面で、羽の生えたアニメキャラクターが元気に飛び回っている。可奈が言っていたアニメ番組だ。番組は夜七時半から三十分間、放送される。今、七時五十分。番組は間もなく終わる。いまごろ可奈もテレビを観ているのだろうか。

運転席に座る栗原は、脚のあいだに挟んだスナック菓子を食べながら、持ってきた小説をずっと読んでいる。まるで自室にでもいるようなくつろぎぶりだ。美帆は思わず助手席から栗原を睨んだ。

「栗原くん。ちょっとリラックスしすぎじゃないかしら」

栗原は、何が、というように美帆を見た。

「今、目の前の施設でひとりの少女がテレビを観ている。その少女は番組が終わったら、施設長にどこかへ連れていかれて屈辱的な行為を強制されるかもしれないのよ。ちょっと緊張感なさすぎなんじゃない？」

ふん、と栗原が鼻を鳴らした。

「お前は黙って、言われたとおり見張っていればいいんだよ。何も起こらないうちからガチガチに緊張して、いざというときヘロヘロになっちゃ意味ないだろう。第一お前、おれに何か言える立場か」

美帆は返す言葉に詰まった。

美帆と栗原は、施設のそばの路上にいた。ふたりを乗せた車は、施設の敷地の角に止まっている。そこからは施設の入り口と裏手にある車庫が見渡せた。

車庫には二台の車が止まっていた。一台は白いクラウン。もう一台は黒のアウディ。どちらも安藤の私用車だろう。ここからなら可奈がどちらから連れ出されても、見逃さずにすむ。

可奈が言ったとおりならば、番組が終わる八時過ぎに可奈は出掛ける。

美帆は可奈と接触した後、栗原に連絡をとった。可奈が連れ出されるかもしれない日を突き止めたが、ひとりでは不安だ。一緒に張り込んでくれ、と頼んだ。栗原は、その日は夜勤が入っているから無理だ、と一度は断ったが、美帆の強引な説得に負けて、今、隣にいるのだった。

「栗原くんには悪いと思ってるわ。でも、どうしても真面目さが感じられないの。本当に事の重大さがわかってる？」

栗原は空になったスナック菓子の袋を乱暴に丸めると、ドアの内ポケットにねじ込んだ。

「わかってるから、こうして夜勤を交代してまで付き合ってるんだろう」

栗原の口調に苛立《いらだ》ちが混じる。美帆が慌てて詫《わ》びようとしたとき、アニメのエンディング曲が流れた。

番組が終わる。

栗原は携帯のテレビ画面を消した。車中が急に静かになる。聞こえるのは、遠く離れたバイパスを走る車の音だけだ。栗原が座席に浅く腰掛け、身を低くした。美帆も同じ体勢をとる。

ボンネットすれすれに外が見える。息を詰めて双方の出口を交互に見る。

速く打ちつける動悸《どうき》とは逆に、時間はゆっくりと過ぎていく。腕時計の文字盤を、街灯の明かりにかざす。二十時十分。番組が終わってから、まだ十分しか過ぎていない。もう三十分も待っている気分だ。

美帆の頭に、不安がよぎる。もしかしたら、今日は出掛ける日ではないのかもしれない。可奈が日にちを間違えたか、もしくは、急に予定が変更になったのかもしれない。

不安とは逆に、このまま可奈が出てこなければいいという矛盾した思いも感じる。出てこなければ、少なくとも今日は強制的な性行為を受けなくて済む。しかし、その考えをすぐに打ち消した。今日いち日、無事に過ごせたとしても、それは単なる一時《いちじ》凌《しの》ぎに過ぎない。ここで真実を突き止めなければ、可奈はこれからもずっと犯罪に利用されるのだ。

気合いを入れ直し、暗がりに目を凝らす。

そのとき、車庫で黒い影が動いた。影はふたつ。ひとりは腹が出ている肥満体で、顔を左右に向けあたりの様子を窺《うかが》っている。もうひとりは、隣の影よりすこし背が低く、動きが鈍い。どうしたらいいのかわからないというように、車の周りをうろうろと歩き回っている。

いきなり、車庫の軒に取り付けられた外灯が点《つ》いた。自動センサー付きなのだろう。人影を察知して点灯したのだ。

灯《あか》りに照らしだされた人影に、美帆は目を見張った。

可奈と安藤だった。安藤はスラックスにシャツというラフな格好で、可奈はいつもの花柄のスカートを穿《は》いている。安藤はアウディの助手席に可奈を乗せると、自分は運転席に乗り込んだ。

アウディのエンジンがかかる。

「栗原くん」

横を見ると、栗原が先ほどとは一変した真剣な目で安藤の車を睨《にら》みつけていた。

「わかってる。ここからが、いざってときだ」

栗原はキーを回すと、思い切りアクセルを踏んだ。

可奈を乗せた車は住宅街を抜け、バイパスに乗った。栗原は一定の距離を保ちながら、アウディを追跡する。途中、車間に別な車が入り、可奈たちを見失わないかとはらはらしたが、栗原は慣れたハンドルさばきで車線変更を繰り返しながら、常に可奈たちと一定の間隔を保っていく。

二十分ほど走ったところで、アウディがバイパスを下りた。栗原も後に続く。

標識に三須《みす》町とある。街の中心部から離れた、主にベッドタウンとして使われている町だ。

可奈たちは駅へ向かった。信号をいくつか過ぎ、線路を越えると駅裏に出た。道路の両側に大小さまざまなビジネスホテルが連なっている。車はその中のひとつに入っていった。

後を追い入り口をくぐると、道が下り坂になっていた。道に沿って下りていく。

地下は駐車場になっていた。中はロータリー式になっていて、ぐるりと一周する形になっている。五十台は停められる広さだ。コンクリートの壁に囲まれているため、エンジン音が大きく反響する。

駐車場は半分くらい埋まっていた。栗原は車を停める場所を探す振りをして、車をゆっくり走らせる。

駐車場の一番端に安藤の車を見つけた。ちょうど、安藤が可奈を車から降ろしているところだった。

美帆は自分のバッグから、デジタルカメラを取り出した。昨日、近所の電器店で買ったものだ。いろいろなカメラの中から、コンパクトで画素数が高く、望遠機能が付いているものを選んだ。

安藤と可奈は、ホテルと直結している専用通路から中に入っていく。美帆は車のドアを開けると、まだ停まりきっていない車から飛び降りた。

「馬鹿、あぶないことするな！」

栗原が叫ぶ。

「早く、あの子を見失っちゃう」

美帆は専用通路に向かって駆け出した。

通路を駆け抜けてホテルに入った美帆は、慌てて側にあった観葉植物の陰に身を潜めた。

あとから追いついた栗原が、美帆に声をかける。

「どうした」

美帆は、静かに、というように、人差し指を自分の唇に当てた。

「あそこ」

唇に当てていた指で奥を差す。通路の先はホテルのロビーになっていた。

フロントで安藤が、ペンを走らせていた。チェックインの手続きをしているのだろう。

可奈はフロントの横にあるソファに腰掛けていた。脚をぶらぶらさせている。落ち着いた様子に、このホテルがはじめてではないことがわかる。安藤はフロントで鍵《かぎ》を受け取ると、可奈をソファから立ち上がらせて、フロントの奥にあるエレベーターに向かった。

安藤がエレベーターのボタンを押す。美帆はカメラを構えた。エレベーターの前で、エレベーターが降りてくるのを待っているふたりに焦点を合わせる。夢中でシャッターを切る。しばらくするとエレベーターの扉が開いて、ふたりが中に乗り込んだ。

扉が閉まると同時に、美帆はエレベーターに駆け寄った。ドアの上にある階数表示灯を見る。エレベーターは八階で止まった。ホテルは十二階建てだ。途中、誰かが乗ったということも考えられる。しばらく様子を見ていると、エレベーターは下降してきた。

急いで観葉植物の陰に戻る。扉が開く。エレベーターの中には誰もいなかった。ふたりは八階で降りたのだ。

美帆は困惑した。これからどうしよう。ふたりを追いかけて八階に行っても、部屋番号がわからない。フロントに訊《き》いても、教えてくれるわけがない。

必死に考える美帆は、名前を呼ばれて我に返った。

声がしたほうを見ると、ロビーの中央で栗原が手まねきしていた。美帆が駆け寄ると栗原は美帆の腕を摑《つか》み、ロビーの一番窓際のソファに座らせた。

「栗原くん、これからどうしよう」

隣に座った栗原に、美帆は小声で訊いた。栗原も小声で返す。

「ここからならエレベーターの乗り降りがよく見える。ここに張り込む」

美帆が座ったソファからは、エレベーターがよく見えた。フロントからも死角になっている。ソファを囲むように置かれている観葉植物もいい目隠し代わりで、エレベーターからこちら側が見えにくくなっている。格好の見張り場所だ。

「いいか、お前はいまから、エレベーターを使う人間をかたっぱしからカメラにおさめろ。もし、可奈の相手がほかにいるなら、そいつは今からここに来る。安藤がチェックインの手続きをしたってことは、相手はまだ来てないってことだからな」

そう言うと栗原は、上着のポケットから一冊の本を取り出した。車のなかで読んでいた小説だ。こんな緊迫した状態のなかで本を読むのか。美帆が睨むと栗原は、察しの悪い美帆に呆《あき》れたように、首を軽く振った。

「いい大人がふたり、何もしないでぼうっとしてたら、不審に思われるだろう。これは目くらましの道具。お前もそのへんから雑誌を持ってきて、読む振りでもしてろ」

栗原の言うことはもっともだ。言われたとおり、ロビーに置いてある書棚から適当な本を持ってくる。

ソファに座りページを開いたとたん、胸にざわりとした感触が込みあげてきた。

今ごろ可奈はどうしているのだろう。これから来る相手のためにシャワーを浴びているのだろうか。それともすでに安藤に抱かれているのだろうか。

頭の中に、可奈の裸体に覆いかぶさる安藤の姿が浮かぶ。

美帆はその光景を打ち消すように、きつく目を閉じた。胸がぎりぎりと痛い。いますぐにでも部屋を突き止め、可奈をここから連れ出したい衝動に駆られる。

助けたい。そう思う気持ちをねじ伏せる。本当に可奈を救おうと思うなら、今は耐えるしかない。

時間がゆっくりと過ぎていく。

日曜の夜は飲食店同様、ホテルも暇なのか、可奈が部屋に入ってから十分が過ぎても、ホテルにはひとりも客は入ってこなかった。

やはり相手は安藤なのか。

落ち着かずそわそわしていると、栗原が手元の本を見ながらつぶやいた。

「一分おきに玄関を見るのはやめろ。私は張り込んでます、って言ってるようなもんだ」

静かだが強い口調に身が竦《すく》む。

美帆は慌てて背を丸めると、雑誌の誌面に目を落とした。目は活字を追っているが、神経はすべて耳に集中していた。自動ドアが開く音がするたび、目だけでドアを見た。大半はホテルの従業員や関係者で、客ではなかった。

張り込んでから二十分が過ぎた頃、宿泊客と思《おぼ》しき人間がちらほらと入ってきた。美帆はエレベーターを使う人物を、片っ端からカメラにおさめた。女性客もすべて撮った。可奈の相手が男性だとは限らない。

人の波が一段落して、再びロビーに静けさが戻った。時間は九時を回っている。張り込んでから三十分が過ぎた。

自動ドアが開いた。美帆はカメラを構えた。入ってきた人物は年配の男性のようだった。髪は白く、紺色のスーツを着ている。出張中のサラリーマンのようだ。

男はフロントのボーイに何か話しかけると、鍵を取らずにエレベーターに向かった。鍵を持たずに部屋に向かうということは、先に連れがチェックインしているのだろう。

美帆は男にカメラを向けた。望遠を最大にして焦点を合わせる。ファインダーに映った横顔に、声をあげそうになった。白髪に細みの輪郭、削《そ》げたような頬《ほお》に一重の吊《つ》り上がった目。男の顔に見覚えがあった。障害者就労援助センター人材派遣部長、西澤利明だ。

西澤が可奈の相手だ。

直感だった。

全身に鳥肌が立つ。美帆は夢中でシャッターを切った。エレベーターの扉が開き、西澤が中に乗り込む。西澤を乗せたエレベーターは、八階で止まりまもなく降りてきた。開いた扉の中に、西澤の姿はなかった。八階で降りたのだ。

カメラを持つ手が震える。西澤が可奈の相手だったのだ。

「どうした」

美帆の様子がおかしいことに気づいたのか、栗原が美帆の顔を覗《のぞ》き込んだ。

美帆は栗原を見た。

「あの男。今エレベーターに乗っていった人間」

「知ってるのか」

美帆はうなずく。

「障害者就労援助センター人材派遣部長、西澤利明よ」

栗原の顔色が変わる。

「障害者就労援助センターの人材派遣部長」

栗原が美帆の言葉を繰り返したとき、再びエレベーターのドアが開いた。はっとしてエレベーターを見る。開いた扉の向こうに、ある男性が立っていた。安藤だった。安藤がひとりで八階から降りてきたのだ。

美帆は急いでカメラを安藤に向けた。安藤はフロントの前を横切ると、そのまま外に出て行った。可奈の相手が現れたので、どこかで時間をつぶしてくるのだろう。

「撮れたか？」

栗原が声をかける。声が心なしかうわずっている。栗原も気が昂《たか》ぶっているようだ。

デジカメの画像を確認する。液晶画面にエレベーターに乗り込む西澤の姿と、エレベーターから降りてくる安藤の姿が写っていた。

「だいじょうぶ。撮れてる」

「なるほどな」

栗原はソファに背を預けた。すでに冷静さを取り戻している。

「施設入所者と、障害者関係機関の人材派遣部長との性的関係。そして、障害者施設と障害者雇用企業との密接な繋《つな》がり。安藤は施設に入所している少女の身体を与える代わりに、自分の施設の障害者を優先的に企業に紹介してもらっていたんだ」

栗原の言葉に、彩が入所した頃から東郷製作所への雇用が多くなっていたことを思い出す。司も西澤の声が嘘の色をしていたと言っていた。

安藤は自分の施設の成績を上げるために、抵抗できない人間を犠牲にしたのだ。その結果、彩は死んだ。

写真の中で佇《たたず》んでいた、まだ幼さが残る彩の顔を思い出す。

美帆はカメラをバッグにしまい込むと、ソファからいきなり立ち上がった。栗原は驚いて美帆を見た。

「どこ行くんだ。トイレか」

美帆は栗原を見た。

「あの子を助ける。フロントに部屋番号を聞いてくるわ」

足を踏み出した瞬間、強く腕を摑まれた。振り返ると栗原が、恐ろしい顔で美帆を見上げていた。

「離して。早くしないとあの子を助けられない」

栗原の手を振りほどこうと、腕に力を込める。栗原は離さない。さらに強い力で、美帆を引き止める。

「落ち着けって。いま踏み込んでいったって無駄だ」

「どうして」

美帆は栗原を睨《にら》みつけた。

「こんなに証拠が揃ってるじゃない。あの子が映っている猥褻《わいせつ》サイトがある。あの子が連れ込まれたホテルに、障害者関係機関の関係者が来た。その男はあの子がいる八階で下りた。その直後、安藤がひとりで部屋から出てきた。これだけの証拠があるのにどうして無駄なのよ」

栗原は美帆を、力ずくでソファに座らせた。

「大きな声を出すな。いいか、いま乗り込んでいって買春現場を押さえられればいいさ。だが、もし何もしてなかったらどうする」

「何もしてないなんてあり得ない」

「そういうことじゃない。おれだって、西澤は買春してると思う。ただ、買春ってのは現場を押さえるのが難しいんだ。乗り込んでいったときに、ふたりが裸でいればいいさ。だが、もし服を着ていたらどうする。お茶を飲んでました、って言われたら、こっちはどうにもできない。任意同行を求めても拒否されたらそれまでだ。下手すりゃ変態扱いされて訴えられるぞ」

返す言葉に詰まる。

「じゃあ、どうすればいいの」

栗原は諭すように言った。

「耐えろ。一時の感情で動いても何もならない。彼女の今じゃなく、未来を救う方法を優先しろ。お前が今すべきことは、可奈と安藤がホテルを出るまでのあいだにエレベーターを使った人間を片っ端からカメラにおさめることだ。可奈の相手は九十九パーセント西澤だと思う。でも、どんな事件においても、残り一パーセントの可能性も考えるのが警察だ。別に可奈の相手がいるかもしれない。それを想定して行動しろ」

今すぐ可奈を救えない悔しさに、下唇をきつく噛《か》む。栗原は美帆の目をまっすぐに見た。

「とにかく、今このホテルに可奈と西澤がいる。そのことを安藤も知っている。その事実はきっちりカメラにおさめてある。あとはおれに任せろ。お前の推測は善良な市民の通報として、おれが責任を持って警察上部まで通してやる。警察が動かなければ、警察の記者室におれが匿名で投げ込んでもいい。警察がだめならマスコミを使うさ。だから、今は写真を撮りまくれ。可奈を助けたいと思うなら、どんな小さな証拠も逃すな」

美帆はきつく目を閉じ、心で可奈に詫《わ》びた。そして、一度はしまい込んだカメラをバッグから取り出した。

安藤がホテルに戻ってきたのは、ホテルを出て行ってから一時間が過ぎた頃だった。

そのあいだホテルに入った人間は、わずか三組。若いカップルが一組と、一人旅と思《おぼ》しきラフな服装の男性がひとり、そして、母娘と思える女性のふたり組がエレベーターで上にあがっていった。美帆はすべての人間を、カメラにおさめた。

安藤はエレベーターに乗り、上にあがっていった。エレベーターは八階で止まり、しばらくすると降りてきた。開いた扉のなかに西澤がいた。西澤はひとりでホテルを出て行った。その十分後、可奈を連れた安藤が降りてきた。

安藤はフロントにキーを戻し、可奈を連れてロビーを出て行く。美帆はいま目の前で起きているすべての出来事をカメラにおさめた。そうすることが可奈を救うと信じて、ひたすらシャッターを切った。

可奈と安藤の姿が通路の奥に消えたとたん、目眩《めまい》を覚えた。張っていた気が一気に抜けたのだ。思わずソファに座り込む。

「おい、大丈夫か？」

栗原が美帆の身体を支えた。美帆はうなだれたままつぶやいた。

「これで、あの子を救えるわよね」

美帆の身体を支えている栗原の手に力がこもる。

「ああ、きっと」

美帆は目を閉じた。

これですべてがはっきりする。あの子と肉体関係をもっている人間が誰かも、彩の自殺の真相もすべてが明確になる。それは司にとって辛《つら》い真実かもしれない。でも、これは彼にとって必要なことなのだ。彼がこれから前に進むために、直視しなければいけない事実なのだ。

美帆は真実をおさめたカメラを、胸にきつく抱きしめた。


管理棟の廊下を歩いていた美帆は、後ろから名前を呼ばれて振り返った。

遥が廊下の奥から小走りに駆けてくる。遥は美帆に追いつくと、胸に手を当ててあがった息を整えた。

「やっと捕まえた。さっきから呼んでるのに、美帆さんったらまったく気がつかないんだもん」

昨夜、美帆と栗原は安藤の車が施設に戻っていることを確かめてから、帰路についた。栗原は美帆をアパートまで送ると、別れ際に「あとは警察に任せてじっとしてろ。ことが動いたらすぐに連絡するから」と言って、ホテルで撮った画像が入っているSDカードを美帆に見せた。

美帆は部屋に入るとそのままベッドに横になった。食欲などなかった。身体も心も疲れていた。とにかく眠りたかった。しかし、気が昂《たか》ぶっていて眠れない。結局一睡も出来ないまま、朝を迎えた。出勤しても昨夜の出来事が頭から離れず、どこかうつろな状態だった。

美帆は気がつかなかったことを詫び、遥に用件を尋ねた。

「藤木さんですよ」

「司くん？」

心臓が大きく跳ねる。司に何かあったのだろうか。

「彼が、どうかしたの」

「藤木さんが、美帆さんを呼んでるんです」

「私を？」

遥がうなずく。

「さっき午前中の回診で、藤木さんのところに行ったんですよ。そしたらめずらしくベッドの上に起き上がってて、先生を呼んでくれって言うんです。私じゃだめかしらって言ったら、だめだって言われちゃって」

遥の頰が大きく膨らむ。

美帆は困惑した。司とは、一緒に外出した先週の水曜日から会っていなかった。司はあの日の夜から熱を出し、解熱剤と安定剤の点滴を受けていた。部屋に様子を見に行っても薬のせいで眠っている。そのまま日にちが過ぎ、顔を合わせないまま週を越した。

今朝、病院に来てから様子を見に行こうと思ったが、司に会う自信がなかった。会えば司は必ず事件の進展を訊《き》いてくる。司に嘘は通用しない。安藤が障害者就労援助センターの西澤に、入所者を融通していたことを言わなければいけなくなる。

しかし、今の段階ではその情報を司の耳には入れたくなかった。事件の真相はまだ何もわかっていない。安藤が猥褻犯罪に関わっていることは確かだが、可奈のほかに被害者がいるのか、彩も可奈と同じく誰かと性行為をもっていたのかなど、曖昧《あいまい》な部分が多すぎる。不確かな情報だけを与えて混乱させるより、すべてがはっきりしてから真実を告げたほうがいいように思えた。

しかし、いつまでも司を避けられない。警察が動くのが一週間後なのか、ひと月後なのかわからない。その間、司と顔を合わせないまま過ごすなど無理だ。遅かれ早かれ、今の状況を彼に伝えなければならない。

美帆は諦《あきら》めてうなずいた。

「わかった。司くんの病室に行ってくる」

歩きはじめると、また背後から声がした。

「今週の土曜日も合コンありますから。気が向いたら来てくださいねえ」

ドアをノックして病室に入ると、遥の言ったとおり司はベッドの上に起き上がっていた。

「体調はどう」

美帆が声をかけると、司は肩をぴくりとさせて美帆を振り返った。最後に会った先週の水曜日に比べると、だいぶ顔色がいい。血色が戻っている。少しは体力が回復したようだ。

「湯守さんから、司くんが私を呼んでるって聞いたの」

司はベッドの側に立つ美帆を、縋《すが》るような目で見た。

「あれから、どうなった。何かわかったのか」

司が言う、あれから、というのが、先週の外出を指しているということはすぐにわかった。何もないと言っても、司には通用しない。しかし、何から切り出せばいいのかわからない。沈黙から美帆の困惑を察したのか、司はベッドから身を乗り出して美帆の手を摑《つか》んだ。

「何かあったんだな。彩のことか」

必死の眼差《まなざ》しに、本当のことを伝えるしかないと決意する。美帆は司の視線を真っ向から受け止めた。

「ええ、彩さんの死に関係あるかもしれないことを突き止めたわ」

司の目が見開かれる。

「どうして、彩は死んだんだ」

「それは」

言葉が途切れる。

「それは、何だよ」

司が言葉の続きを促す。しかし、言葉が出てこない。美帆の手を摑んでいる司の手に力がこもる。

「言えよ。どうして彩は死んだんだ」

美帆は唾《つば》を飲むと、努めて冷静に答えた。

「彩さんは、性行為を強制されていたかもしれないの」

司は目を見開いたまま、ぴくりとも動かない。声は司の耳に届いているはずだ。自分が真実を言っているということも、声の色でわかっているだろう。しかし、司は首を横に振ると、喉《のど》の奥から絞り出すような声でつぶやいた。

「うそだ」

胸がきりっと痛む。司は美帆が嘘を言っていないとわかっている。それでも、感情が認めたくないのだ。

美帆は自分の手を摑んでいる司の手を強く握り返した。

「彩さんは、無理やり性交渉をもたされていた可能性が高いって言ったのよ」

司の頰が小刻みに震えだした。

「いったい、誰に」

美帆は目を伏せた。

「まだはっきりわからない。でも、安藤が絡んでいるのは確実だと思う。あなたも覚えていると思うけど、施設で暮らしていた可奈って子がいたでしょう。派手な花柄のスカートをいつも穿《は》いていた女の子。その子の猥褻《わいせつ》画像が障害者専門の猥褻サイトにあがっていたの。その子を車で施設から連れ出していたのが安藤なの」

美帆は昨日、ふたりを尾行したホテルで起きたことのすべてを伝えた。

「私の友人に栗原っていう警察官がいるの。その友人がいま、証拠の画像が入っているデータを警察に提出しているわ。サイトの管理者や西澤のことも調べている。彩さんが性行為を強制されていた証拠はまだあがってないけれど、出てくるのは時間の問題だと思ってる」

司は無言で美帆を見ている。しかし、視線は美帆をすり抜けていた。美帆は身体をかがめて、視線を合わせた。

「今の話が司くんにとって、どれだけショックなことかわかるわ。でも、いま私が話したことは、まだ憶測の段階なの。証拠が出ない限り、誰も動けないのよ。何かわかり次第、栗原くんが連絡をくれることになってる。今はじっと耐えて……」

そのあとに続く言葉は、司の絶叫にかき消された。

「殺してやる！　安藤も、相手の男も、みんなぶっ殺してやる！」

司は握っていた美帆の手を力まかせに振り払った。振り払われた反動で窓枠に背中を強打する。司はベッドから降りると、部屋を飛び出した。

「待って、司くん！」

美帆は咳《せ》き込みながら司の後を追った。

部屋を出ると、廊下を全速力で走っていく司の背中が見えた。司は、殺してやる、と叫びながら病棟と管理棟を結んでいる連絡通路に向かっていた。外に出ようとしているのだ。

通りかかった看護師が、司を止めようとする。司は取り押さえようとする手を、身を低くしてすり抜ける。

異変に気づいた看護師や医師たちが集まってきた。

司の後を追う美帆は、連絡通路に続く角を曲がった瞬間、顔を歪《ゆが》めた。

連絡通路の途中には、警備員がつめている事務室がある。司は事務室に待機していたふたりの警備員から羽交い締めにされ、廊下の壁に押し付けられていた。

「離せ、ぶっ殺す。彩を殺した奴をぶっ殺してやる！」

壁に腹をつけていた司は、身をよじり体勢を変えると、顔を合わせた警備員の腹を膝《ひざ》で蹴《け》り上げた。

「ぐう！」

呻《うめ》き声をあげて、警備員が膝をつく。

「司くん、やめて！」

美帆は司に近づこうとした。しかし、司を取り押さえようとしている警備員の肘《ひじ》に突き飛ばされて廊下に倒れた。床に頭を打ち意識が朦朧《もうろう》とする。司の叫び声が廊下に響く。

「殺してやる！　みんな殺してやる！」

止めなければ。

起き上がろうと身体に力を入れたとき、司を囲むように集まっていた野次馬の輪が左右に割れた。その間からひとりの看護師が姿を現した。看護主任の内田だった。手に注射器を持っている。

「はやく、押さえてください」

警備員に向かって、内田が叫ぶ。腹を蹴り上げられ膝をついていた警備員が、咽《む》せながら床から立ち上がった。

警備員はふたりがかりで司を取り押さえる。それでももがく司の腹に、腹を蹴られた警備員がお返しの一発を打ち込んだ。司の身体がふたつに折れ曲がる。すかさずもうひとりの警備員が、司を床に押し倒し馬乗りになった。内田が司の病院着の袖《そで》を捲《まく》りあげる。司は抵抗をやめない。床の上でもがき続ける。

「離せ、この野郎！」

内田は司のそばに膝をつくと、細い腕を脱脂綿で乱暴に拭《ぬぐ》い、静脈に安定剤を注射した。司の叫び声が次第に弱くなっていく。一分後にはまったく動かなくなった。

馬乗りになっていた警備員は、額の汗を拭《ふ》きながら司から降りた。内田が野次馬の後ろに向かって、お願いします、と叫ぶ。野次馬の後ろから、タンカを抱えた職員が現れた。司はタンカに乗せられ、病棟の奥に戻っていった。

美帆はふらつく足に力を込めて、立ち上がろうとした。うつむいている視線の先に、白い病院用のサンダルが映る。顔を上げると、白衣のポケットに両手を突っ込んだまま美帆を見下ろしている内田がいた。内田は床に膝をついている美帆に手を貸すでもなく、冷ややかに言った。

「いますぐ、相談室Cに来なさい。話があります」

内田が管理棟に戻っていく。もう見世物は終わりだとでも言わんばかりに、警備員が野次馬を手で散らしている。廊下に静けさが戻る。ひとり取り残された美帆は、よろめきながらようやく立ち上がった。

相談室に行くと、内田は先に来ていた。高城の姿もある。高城は美帆が部屋に入ってきたことに気づくと、自分が座っている向かいの席を勧めた。促されるまま席につく。

「いったい何があったんだ」

高城はいきなり本題に入った。美帆はびくりと肩を震わせた。高城の質問に正直に答えるならば、司の非科学的な能力のことから、彩の自殺動機を探るために嘘をついて司を外出させたこと、そして、安藤を疑い張り込み写真を撮ったことも言わなければならない。しかし、司の特異な能力を高城が信じるとは思えなかった。栗原からも、事件について一切誰にも言うな、と口止めされていた。

別な理由を必死に考えるが、何も浮かばない。黙り込んでいる美帆に、内田が金切り声をあげた。

「佐久間さん、聞こえないんですか。高城先生の質問に答えなさい。藤木司は、なぜあれほど取り乱したの」

額に汗が惨んでくる。

高城は静かに言った。

「では、質問を変えよう。藤木司が、殺す、と叫んでいた安藤とは誰のことだ」

美帆は、はっとして顔を上げた。高城は美帆の答えを待たずに、自分で正解を口にした。

「彼が入所していた、公誠学園の施設長だな」

司のプロフィールは高城も読んでいる。そこで安藤の名前を見たのだろう。もはや言い逃れはできない。美帆は、はい、と小さく答えた。

高城は質問を続ける。

「彼は男も殺すとも言っていた。その男とは誰だ」

動悸《どうき》が激しくなってくる。じりじりと崖っ縁《がけぷち》に追い詰められている心境だ。唇を嚙《か》み締めて、うつむくことしか出来ない。横から内田が口を挟んだ。

「黙秘権ってところかしら。それならそれもいいでしょう。詳しいことは、本人から聞きますから」

驚いて顔を上げる。傷ついている司を刺激してほしくない。

内田はここぞとばかりに、高城に詰め寄った。

「先生、この仕事は資格や技術だけでなく信頼が大切です。隠し事をしている彼女は信用できません。彼女を今この場で、藤木司の担当から外すべきです」

「待ってください」

美帆は叫んだ。

「お願いです。それだけは許してください。あと少しで、彩さんがなぜ死ななければならなかったのかがわかるんです」

高城は眉《まゆ》をひそめた。

「どういうことだ」

もう隠し通せない。美帆は内田を見た。内田は美帆を嫌っている。美帆のわずかな落ち度も見逃さず、担当から下ろそうと目論《もくろ》んでいる。司の特異能力の話を聞いたら、美帆を司の担当から外すどころか、美帆を精神科に入院させろと言い出しかねない。内田の前では話したくない。美帆は高城を見た。

「彼が取り乱した理由をお話しします。その前に、ひとつお願いがあります」

「あなた、条件をだせる立場だと思っているの」

内田の怒声を、高城が手で遮った。

「いいだろう、何だ」

「内田主任に、この部屋から出て行っていただきたいのです」

怒りに紅潮していた内田の顔が、耳まで赤くなった。

「さきほど私が言ったことが、まったくわかっていないようですね。この仕事は信頼が大切だと言ったでしょう。スタッフのなかで隠し事をするなんて、そんなことが許されるとでも思ってるんですか」

怒りと屈辱に、声が震えている。美帆はきっぱりと言った。

「患者のプライバシーを守るのも、医療スタッフの義務です」

「あなた、いったい自分を何様だと思っているの！」

内田の怒りが頂点に達した。美帆に詰め寄ろうとする。それを高城の声が制した。

「部屋から出ていってくれないか、内田主任」

内田が高城を振り返る。目が怒りで血走っている。高城は有無を言わさぬ強い口調で、同じ内容を繰り返した。

「ふたりだけにしてくれないか、と言ったんだ」

内田の瘦《や》せた頰が引きつる。内田はしばらく拳《こぶし》を握り締め立ちつくしていたが、高城の気持ちが変わらないとわかると、わかりました、と言い残し部屋を出ていった。

美帆は内田が出ていったドアを見つめた。内田には悪いと思ったが、邪魔だけはされたくなかった。

「話を聞こう」

高城は椅子の背に身を預けて腕を組んだ。美帆は大きく深呼吸をして、先生は共感覚という言葉をご存じですよね、と話を切り出した。

「信じられないかもしれませんが、藤木司は共感覚保有者の可能性があります。彼は、人の声が色に見える、と言っています。その色から、人の感情がわかるんです」

部屋の中に沈黙が広がる。高城が信じられないのは当然だ。自分も信じるまで時間がかかった。でも今はすべてを話すしかない。美帆はいままでの経緯を高城に語った。

司が起こした事件の原因は、司が持っている声が色に見えるという特異能力によるもので、彼を救うには彩の死の真相を突き止めなければならないと思ったこと。彩の事件を調べていくうちに、彩がピルを服用していたことや公誠学園と障害者雇用企業の東郷製作所、その仲介役を務めている障害者就労援助センターの明白な繋《つな》がりが見えてきたこと。猥褻《わいせつ》なサイトに公誠学園の入所者の画像がアップされていて、そこに施設長の安藤とセンターの人材派遣部長である西澤が深く関わっていること。その証拠写真も手に入れていること、を伝えた。

「証拠の画像は、いま警察が検証しています。可奈という子の画像がアップされていたサイトも、警察の友人が必死に追及しています。近いうちに施設と障害者就労援助センターに、強制捜査が入るのは間違いないでしょう。安藤と西澤が逮捕されるのも時間の問題です」

美帆は机の上に身を乗り出した。

「だから、もう少し時間をください。この事件がはっきりすれば、彩さんも司くんも施設の少女も救われるんです。それまで私を、彼の担当から外さないでください」

身じろぎもせずに美帆の話を聞いていた高城は、預けていた背もたれから身を起こすと、机に両肘《りょうひじ》をつき手を組んだ。

「まずはっきり言おう。私は彼の非科学的な能力を認めることは出来ない」

予想していたとおりの返答にうつむく。自分も司の能力を信じるまで時間がかかった。

高城がすぐに信じられないのも無理はない。

しかし、と高城は言葉を続けた。

「事実は事実として認めなければならない。マニア向けの猥褻サイトの存在と、そのサイトに公誠学園の少女の画像があがっているという事実、そして、施設長の安藤と可奈という少女がホテルに入り、同じホテルに施設と企業の仲介役を務めている男性が現れたというふたつの事実だ。それは、彼の能力の有無とは関係ない。現実に起こっていることだ。事件の真相は、警察が明らかにするだろう。もし、君の話が本当ならば、安藤と西澤は法に罰せられる。いや、罰せられなければならない」

高城は椅子から立ち上がった。

「藤木司の担当は、引き続き君に任せよう。彼は君を一番信頼している。彼も君になら何でも話すだろう。彼の証言は事件の謎《なぞ》を解く重要な手がかりになる」

美帆は胸が熱くなった。多くの人間は司の能力を聞いた時点で一笑に付し、話も聞かないだろう。しかし、高城は事実を冷静に受け止め対処してくれている。しかも、司の担当を続けたいという美帆の要望まで聞き入れてくれた。

「ありがとうございます。私」

がんばります。そう続けようとした言葉を高城の「ただ」という声が遮った。

「ひとつだけ守ってもらいたいことがある。私は医務課の責任者だ。患者が置かれている状況を把握しておく義務がある。警察に友人がいると言ったね。その友人から何か情報が入ったら、必ず私に報告しなさい」

警察内部の情報をほかに漏らすな、という栗原の言葉を思い出す。一瞬、躊躇《ちゅうちょ》したが、すぐに思い直した。高城の指示に従わなければ、司の担当を外される。高城を敵に回すことは出来ない。美帆は高城の目をまっすぐに見て答えた。

「わかりました。報告します」

高城はうなずくと、出口へ向かった。ドアノブに手をかけて、美帆を振り返る。

「患者を救うのは医師の仕事だ。藤木司は君の担当患者でもあるが、私にとっても大切な患者だ。彼のためになることがあれば、何でも言いなさい。出来る限り力を貸そう」

美帆は深々と頭を下げた。

高城が部屋を出ていく。ひとりになった美帆は、椅子に崩れ落ちた。身体中に充実感と安堵感《あんどかん》が込みあげてくる。ひとりで闘ってきた戦に、強力な助っ人を得たような気分だった。

美帆は昂奮《こうふん》に高鳴る鼓動を鎮めるために、胸に手を当てた。

四

帰る途中に立ち寄った近所のスーパーは、閉店の準備に取り掛かっていた。店内の音楽はとまり、照明も半分落ちている。

美帆は腕時計を見た。閉店の十時まで十五分ある。

急いで店に入る。

惣菜《そうざい》コーナーに向かい、商品が残っていないか探す。巻き物が一点と揚げ物が数種類、売れ残っていた。買い物かごに巻き物と唐揚げを入れてレジに向かう。途中、ビールが切れていたことに気がつき、売り場に戻ろうとした。そのとき、ジャケットの胸ポケットで携帯が震えた。栗原からだった。美帆は急いで通話ボタンを押した。

「もしもし、私。うん、今、大丈夫よ」

栗原とホテルを張り込んだ日から、今日で六日が経っていた。待ちわびていた電話に、思わず声が大きくなる。

「あれからどうなった。何かわかった？」

安藤と西澤が児童買春していた証拠があがった、という返事を美帆は期待していた。

しかし、栗原の答えは想像もしないものだった。

「安藤が死んだ」

とっさに意味がつかめなかった。栗原に訊《き》き返す。

「安藤が、死んだ？」

「そうだ。今日未明、マンションの屋上から転落して死んだ」

贅肉《ぜいにく》がたっぷりついた安藤の身体が、路上で血まみれになっている姿を想像する。身体に震えが走る。

「どうして。いったい何があったの」

栗原の説明によると、ふたりでホテルを張り込んだ翌日、栗原はホテルで撮った画像を少年課の課長、岩井《いわい》健次《けんじ》のもとに持ち込んだ。岩井は栗原の元上司で、栗原が現場にいた頃、様々な事件をともに乗り越えてきた間柄の男だった。

証拠画像が入ったデータを岩井に差し出し、障害者施設の入所者が猥褻行為を強制されている可能性がある。安藤を張り込み、安藤の自宅や施設の強制捜査令状が取れるだけの証拠をつかんでほしい、と頼み込んだ。

疑惑の段階での人員出動は、本来、規則で出来ないことになっている。しかし、岩井は栗原に大きな借りがあった。栗原がそのときの貸しを仄《ほの》めかすと、岩井は「わかった」と二回繰り返し、栗原の要求を飲んだ。

その日から、安藤の張り込みがはじまった。身辺を探り、不審な動きがないか私服警官が見張った。しかし、張り込みを開始してから四日目、張り込み中の私服警官が安藤を街中で見失ってしまった。すぐに安藤が立ち寄りそうな所をあたったが、安藤は見つからない。

警察から見張られていることを安藤は知らない。意図的に姿をくらましたとは考えにくい。旅行、あるいは知人のところに泊まっているのかもしれないと考え、警察はしばらく様子を見ていた。

しかし、いなくなった翌日、安藤は死体で発見された。

安藤を発見したのは、新聞配達の青年だった。青年は朝刊の配達の途中、路上でひとりの男性がうつぶせの状態で死亡しているのを発見した。

警察の調べによると、男性は死亡現場のすぐ側に建っているマンションの屋上から転落死したもので、遺体から採取した血液からは、多量のアルコールと睡眠薬が検出された。

男性の身元は、屋上に置かれていたバッグの中にあった免許証から割れた。死亡した男性は安藤守雄、知的障害者入所更生施設公誠学園の施設長と判明した。現在、警察は事件と事故の両面で捜査を進めているとのことだった。

「どうして、安藤が」

頭が混乱している。

「わからない。ただ、これで安藤の身辺を調べやすくなった。家宅捜索令状を手に入れるより、追っていた事件の参考人が死亡したほうが、面倒な手続きが必要ないからな」

　本人は警察官という職務を冷めた目で見ているが、予期せぬ事態に直面しながらも論理的に考える栗原は、やはり警察官向きなのだと思う。何にせよ、と栗原は言葉を続けた。

「これで警察は公に動ける。何かわかったらすぐに連絡する。じゃあな」

「まって栗原くん。まだ訊きたいことが」

　呼び止める美帆の声が聞こえなかったのか、栗原は電話を一方的に切った。切れた携帯を持ったまま、美帆は栗原との会話を頭の中で反芻《はんすう》した。

　安藤が死んだ。自殺か、事故かわからない。今、追っている事件と何か関係があるのだろうか。

　急に息苦しくなる。重く暗い何かが迫ってくるような予感がする。彩の死、少女に対する強制猥褻行為、施設長の死。確証はないが、すべて目に見えない何かで繋がっているような気がする。美帆のなかの何かがそう訴えていた。

　立ったまま考え込んでいた美帆は、背中に視線を感じて我に返った。振り返ると店の出口で、バイトの青年がこちらを見ていた。店を閉めたそうに、シャッターに手をかけている。店内はいつのまにか、美帆以外の客はいなくなっていた。

　ビールを買わずにレジへ向かうと、会計を済ませて店を出た。美帆が店を出ると、すぐ後ろでシャッターが音を立てて閉まった。

安藤の死は、翌日の新聞の地域版に小さく取り上げられた。新聞は無名の一般人の死より、世界情勢や国民の生活を圧迫する年金問題、夏の高校野球の予選試合結果を大きく取り上げていた。

個人的な出来事よりも、世界の動きや国政、地元の地域情報のほうを、多くの人間が求めているのはわかる。しかし、今の美帆にとっては遠い国の内乱より、この国の行く末より、地元の高校球児の活躍より、安藤の死のほうが遥《はる》かに大きい問題だった。

安藤の死が大きく取り上げられたのは、安藤が死んで一週間が過ぎてからだった。新聞、テレビなど各メディアの見出し文字は『障害者施設で買春行為?』『重要参考人の施設長、謎の死。重要参考人として障害者就職援助センター人材派遣部長の身柄を確保』『センター人材派遣部長、施設長の死亡事件にも関与か』といったものだった。

安藤が遺体で発見された二日後、警察は安藤の自宅マンションおよび公誠学園を家宅捜索した。本来、事件性が考えられる死亡事件であっても、家宅捜索まで行なうケースはあまりない。せいぜい、綿密な現場検証までだ。今回、家宅捜索を行なったのは、岩井が動いたからだった。

内々で調べてほしいと言われていた参考人が、追っている最中に死亡した。このことは岩井のプライドをひどく傷つけた。岩井はすぐさま、裁判所に家宅捜索令状の発行を求めた。ある事件の重要参考人が死亡し、その事件の背景調査が必要との理由にした。

裁判所は岩井の申請を承諾し、安藤の自宅および施設の捜索令状を発行した。

警察は安藤の自宅マンションや施設を捜索し、安藤の私物を押収した。押収物は数百点におよび、その中には安藤のパソコンもあった。

調査官の三日間にわたる押収物の調査によって、安藤のパソコンから事件に関連があると思われる情報が発見された。安藤が西澤に宛てたメールだ。メールを削除しても、特殊なソフトを使わなければデータは完全に消去されない。ハードディスクに残っている。警察の専門的な手にかかれば復元は可能だった。

栗原が内々で見せてくれたメールには、西澤に対する安藤の怒りが記されていた。

『今日は感情的になり乱暴な真似をして申し訳なかった。しかし、私はどうしてもあなたがしていることが許せない。今一度、改めて言う。今すぐ、少女たちを辱めるような行為はやめなさい。

私があなたに施設の少女を提供しているのは、障害者のためであり個人的な利益のためではない。障害者にも性欲はある。その欲求をどうしても抑えられない少女だけをあなたに提供し、その代わりに施設の入所者を優先的に企業に紹介してもらっている。施設からの就職者数が多ければ、保護者や国からの寄付金や支援金が増える。その金で福祉設備を整えたり、入所者のケアの充実を図っている。私は施設のために、やむなくあなたに少女を提供しているのだ。

しかし、あなたは己の欲望のために少女たちを穢《けが》している。

再度、申しあげる。今すぐ、猥褻《わいせつ》サイトに投稿した入所者との性交場面を削除し、手元にあるDVDもすべて処分しなさい。それから、今後、二度とDVDを売ることも許さない。もし、それが出来ないというならば、私は警察に行く。警察に行ってすべてを話す。当然、私も逮捕されるだろう。それでも私はかまわない。入所者を守る覚悟は出来ている。

あなたの理解が得られることを、心から望む』

安藤は自分の施設の入所者を優先的に企業に斡旋《あっせん》してもらうために、施設の少女を西澤に提供していた。西澤はその見返りに、施設の入所者を東郷製作所に優先的に紹介していた。しかし、西澤はそれだけにとどまらず、自分と少女の性行為を映像に収め、猥褻サイトを通じてDVDを売りさばいていた。それを安藤に気づかれ、今すぐやめないと警察にすべてを話すと脅されていた。

メールを発見した警察は、ふたりの間で交渉は決裂し、ばらされることを恐れた西澤が安藤を殺害したとの見解を固め、西澤を未成年者買春容疑およびわいせつ物陳列容疑に加え、安藤殺害の容疑で身柄を拘束した。

西澤の自宅から押収したDVDを調査した結果、施設の入所者と思われる少女数人の猥褻映像が発見された。その時点で西澤は未成年者買春およびわいせつ物陳列罪の容疑者となった。

「というのが、安藤の死後十日経った、今の現状だ」

栗原はイカの塩辛をつまみながら、ビールを口にした。

美帆と栗原は千鳥の座敷にいた。平日の夜ということもあり、店の客は美帆たちのほかは誰もいない。頼んだ料理は待つことなくすぐに出てきた。しかし、美帆は料理に箸《はし》をつける気分になれなかった。

マスコミはここ連日、今回の事件を大々的に取り上げていた。福祉制度の見直しにとどまらず、ここぞとばかりに国の行政を叩《たた》きまくっている。テレビの画面では有名大学の教授や福祉関係の専門家に混じり、有名大学卒業の経歴を持つアイドルまでもが神妙な面持ちでコメントしていた。

内田も安藤の死にショックを受けているようだった。若い看護師を叱る声に、いつもの覇気がない。内田がショックを受けるのは当然だろう。身内の突然の死だけでも、十分、驚く出来事なのに、それがただの死に方ではないのだ。事故死か自殺、もしかしたら他殺の可能性もある。内田のショックはいかばかりだろうか。

「それで、西澤は何て言ってるの」

美帆は栗原にビールを差し出しながら訊《たず》ねた。

「おおかた容疑は認めている。自分の部屋から猥褻画像が入ったDVDが押収されてるんだ。言い逃れは出来ないさ。ただ、安藤の殺害だけは否認している。まあ、起訴されるのは時間の問題だと思うけどな」

コップに注がれたビールを、栗原は美味《うま》そうに口にした。

美帆は目を閉じた。

事件は終わった。

安藤がどんな正義を振りかざしても買春は行なわれ、彩というひとりの少女が死んだ。それはまぎれもない事実だ。どんな言い分があろうと許されるものではない。

ずっと背負っていた重い荷物が降りたような安堵《あんど》感《かん》と、事件の顚末《てんまつ》のやるせなさが、同時に込みあげてくる。美帆は気の抜けたビールに手を伸ばした。しかし、栗原が口にしたひと言にその手を止めた。

「彩さんが、いなかった？」

栗原の言葉を復唱する。栗原は焼きたてのほっけに箸をのばした。

「ああ、押収したDVDの中に、彩って子は映っていなかったんだよ」

ありえない。美帆は首を横に振った。

「彩さんも強制的に性交渉をもたされていたのは、間違いないわ」

栗原は何も言わない。黙って魚を口に運んでいる。その無言が気に入らず、美帆は栗原を睨《にら》んだ。

「いったい、何を考えてるの？」

「お前、本当にそう思ってるのか」

「どういうこと？」

栗原が言っている意味がわからない。逆に問い返す。栗原はビールをコップに注ぎながら答えた。

「お前は本当に、彩は売春させられてたと思っているのかってことだよ」

今までの考えを根底から覆すようなことを言う栗原に驚く。

「あたりまえじゃない。今さら何を言うの？　何もなければリストカットを繰り返したり、ピルを飲んでいたりするわけないじゃない」

「確かに彩はリストカットを繰り返し、ピルを飲んでいた。でも、それが買春と結びつくとは限らないだろう。彩が勝手にどっかの男と寝ていたのかもしれない」

「そんなことあるわけないわ」

美帆は食ってかかる。

「彩さんが司くん以外の人間に心を開くとは思えない。それに、彩さんは死を望んではいなかった。本当は生きたかったのよ。彼女には生を望みながら死を選ぶほどの苦しみがあった。それは性交渉の強制よ」

ビールが空になると栗原は、襖《ふすま》を開けて酒を注文した。間をおかず、女将《おかみ》が徳利《とっくり》を持ってきた。盆から徳利と猪口《ちょこ》を取ると、栗原は美帆に猪口を差し出した。

「西澤は、彩を知らないと言っている」

「西澤が嘘を言ってるのよ」

「どうしてそう言い切れるんだ」

「どうしてって……」

美帆は返す言葉に詰まった。

「西澤が嘘を言っているとは思えない。ほかの少女の買春を認めているんだ。どうして彩に関してだけ嘘をつく必要があるんだ」

確かに栗原の言うとおりだ。西澤が彩との関係だけを隠す必要はない。

栗原は猪口に手を伸ばさない美帆の前に猪口を置くと、酒を注いだ。

「司って奴が、嘘を言っている可能性もある」

美帆は思わず叫んだ。

「そんなことない。彼が嘘をついているなんてありえない」

声を荒らげる美帆を、栗原は強い視線で制するように見た。

「お前、おれが言ったことを忘れたのか。おれは端《はな》から奴の能力なんか信じちゃいない」

そうだった。栗原は一貫して、司の特異能力を認めない。そのことを美帆は思い出した。

栗原は言葉を続ける。

「お前はどうして彩が生きることを望んでいたと思うんだ」

「それは司くんが……」

そこまで言って美帆は口を噤《つぐ》んだ。司の言葉を信じている自分と、信じていない栗原とでは話にならない。平行線を辿《たど》るだけだ。しかし、司を信じて動いたことで、今回の事件が発覚しているのは事実だ。それは、司の能力が本物であるという証拠になるのではないか。

美帆がそう説明すると、栗原は首を横に振った。

「たしかに、司の言うとおりに動いて事件が発覚した。でもそれが、司が本当のことを言っている証拠にはならない」

目で、何故、と問いかける。その視線から美帆が言いたいことを察したのか、栗原は美帆の目をまっすぐに見返した。

「おれの推論はこうだ。司は彩の死の真相を知りたいけれど、自分は動けない。でも、ここに自分のことを信じそうな新米の臨床心理士がいる。こいつを上手《うま》く利用すれば、彩の死の真相を探ることが出来るかもしれない。こいつが信じそうな嘘をでっちあげて信じ込ませれば、自分のかわりとして動かすことが出来るかもしれない」

考えもしなかった推論に美帆の顔が強張《こわば》る。

「世の中、科学では理解できない特殊な能力を持っている人間がたしかにいるさ。だがな、そんな人間に出会う確率なんて無に等しい。少なくともおれは、奴が共感覚者ではなくて、頭の切れる知能犯だというほうに賭《か》けるね」

美帆は酒がなみなみと注がれたままになっている自分の猪口を見た。熱燗《あつかん》が冷《ひや》になっている。

胸に司に対する疑念が浮かんでくる。司は自分を騙《だま》しているのだろうか。

黙り込んだ美帆に、栗原は追いうちをかけた。

「奴が言っていることが嘘か本当かは別にして、彩が死んだのはまぎれもない事実だ。お前が個人的に彩の死の真相を探るというなら、おれは止めない。ただ、司の言うことを頭から信用して、今回の事件と彩の死を結びつけるのはやめろと言ってるんだ」

部屋に沈黙が広がる。猪口をひっきりなしに口に運んでいた栗原の手も、いつのまにか止まっている。

店の戸が開く音がして、板前の客を迎える威勢のいい声がした。それを合図のように、栗原は冷えた酒を一気に呷《あお》った。

「警察ってのは、人を疑うことからはじまるんだ。悪く思うなよ」


窓の鉄格子を通り抜け、バイオリンやコントラバスの音色が聞こえてくる。本番前のリハーサルだ。

司の病室がある三階からは、コンサートが行なわれるイベントルームがよく見えた。イベントルームの中は、演奏を待つ患者ですでに満員になっている。

今日は半年に一度、病院で開催されるミニコンサートの日だった。地域で活動している管弦楽団が病院を訪れ、曲を演奏する。すべてボランティアだ。

美帆が勤めている東高原病院は、患者の治療の一環としてヨガやアニマルセラピーなどさまざまな精神療法を取り入れている。音楽療法もそのうちのひとつだった。コンサートは午後三時からはじまる。まもなく開演だ。

美帆は視線を司に戻した。

司はベッドに横たわり、眠っていた。瞼《まぶた》が時折、痙攣《けいれん》するようにぴくぴくと動く。薬が切れかかっているのだ。

司は連絡通路で暴れた日から、毎日強い安定剤を投与されていた。日に三、四回ほど投与されて、ほぼ一日中眠っていた。目を覚ましても、焦点が合わない目で遠くをじっと見ている。しかし、薬の効き目が薄れてくると目つきが変わりはじめる。うつろだった目に狂気と強い怒りが浮かび、安藤と西澤を殺すと絶叫する。そのたびに屈強な看護師が病室に駆けつけ、力ずくで安定剤を注射していた。

しかし、ここ数日は落ち着きを取り戻し、安定剤の投与もかなり減っていた。日によっては一回で済むときもある。一見、気持ちが安定したように見える。しかし、そうではない。その落ち着きは精神の安定ではなく、あまりに深い悲しみと苦しみに心が疲れきってしまったからだった。思考が麻痺《まひ》しているだけだということを、美帆は知っていた。

安藤の死と西澤の逮捕は、司に伝えていなかった。伝えても今の司の精神状態では、状況をまともに受け止められない。錯乱するだけだ。時を選んだほうがいい、と判断した。

眠っている司の額に、汗が滲《にじ》んでいる。眠りの中でまで、苦しみと闘っているのだろうか。美帆は白衣のポケットからハンカチを取り出し、額の汗を拭《ふ》いた。

寝顔を見ている美帆の耳に、昨夜の栗原の言葉が蘇《よみがえ》ってくる。

『こいつが信じそうな嘘をでっちあげて信じ込ませれば、自分のかわりとして動かすことが出来るかもしれない』

もしかしたら、司は本当に自分を騙しているのだろうか。もし司が自分を騙しているとしたら、もう以前のように司と接することは出来ない。彼の担当を続けるのは無理だ。

外から聞こえてくるバイオリンの音が、ひときわ高く響いた。

その音に反応したのか、司が目を覚ました。焦点が定まらない目であたりを見渡す。

ベッドの側に美帆がいることに気づくと、重そうに口を開いた。

「先生」

美帆は腰をかがめて、司の顔を覗《のぞ》き込んだ。

「気分はどう？」

司は何も答えない。ただ、ぼんやりと美帆を見ている。まだ、安定剤が残っているのだ。

窓から差し込む午後の光が、司のこけた頬の影を濃くしている。また痩《や》せた、と美帆は思った。ろくに食事も摂《と》らず、栄養はすべて点滴で補っているのだから当然だ。手の甲に出来た注射の跡が痛々しい。

ふと、司は一生この病室から出られないのではないかという思いが頭をよぎる。彩の死を受け入れられず、彩が死んだ日から一歩も先に進めないまま孤独に押しつぶされ、死んでいくのではないだろうか。

　脳裏に独りで死んでいった達志の顔が浮かぶ。

　美帆は思わず目をきつく閉じた。どうすれば彼を救える。自分はどうすればいい。どうすれば。

　司が口を開いた。

「どうして……」

　美帆は目を開けた。司は辛《つら》さと悲しみが入り雑《ま》じった目で美帆を見た。

「どうして、こんな目にあわなくちゃいけないんだ。おれが何をした。彩が何をした。おれたちは何もしていない。何も悪いことなんかしていない。それなのに、どうしてこんな辛い目にあわなくちゃいけないんだ」

　美帆の胸が激しく痛む。司の声が次第に震えてくる。

「おれも彩も一緒にいたかっただけだ。美味《うま》いものが食えなくても、遠くに行けなくてもいい。ただ一緒に生きたかっただけだ。誰の世話にもならず、誰にも迷惑をかけないで、ふたりで支え合って生きたかっただけだ。それなのに、どうしてこんな目にあうんだ。彩が障害者だからか。おれが人と違う能力を持っているからか」

　司の目が潤みを帯びる。

「人と違う奴は、まともに生きちゃいけないのか」

思わず手で口を塞《ふさ》いだ。嗚咽《おえつ》が漏れそうだった。唇を噛《か》み、溢《あふ》れそうになる涙をこらえる。

美帆は自分で自分を叱咤《しった》した。自分は馬鹿だ。どうして司を疑ったりしたのだろう。苦しみを誰にもわかってもらえないままこの世を去った人間を知っているのに、どうして司を信じようとしなかったのだろう。彼を信じることが、彼を救うことになるとどうして気づかなかったのか。

美帆は深呼吸をすると、司の目をひたと見据えた。

「司くん、私がこれから話すことをよく聞いてちょうだい」

うつむいていた司は顔を上げた。

「いままで黙っていたけれど、安藤が死んだの。いまから十日ほど前にマンションの屋上から転落したの」

うつろだった司の目が、徐々に正気を取り戻してくる。司はいきなりベッドの上に跳ね起きた。

「安藤が死んだ？」

美帆はいままでの経緯をすべて話した。

安藤の死後、安藤の私物のパソコンのなかから、西澤に宛てたメールが発見されたこと。そこには安藤が施設の少女を西澤に提供していたことや、西澤が自分と少女との淫《みだ》らな行為をＤＶＤにして売りさばいていた事実が書かれていたこと。そして、現在、西澤は未成年者買春容疑と安藤死亡事件の重要参考人として警察に身柄を拘束されている、と司に伝えた。

「でもね。西澤はいま話した部分は認めているけれど、彩さんとの関係は否認しているの。彩さんのことを知らないって言ってる。話を聞いたときは西澤が嘘をついてるんだと思った。でもね、発見されたDVDから、彩さんの映像は出てきていないの。それに、他の少女との関係を認めているのに、彩さんとの関係だけを否認する意味がないようにも思うの」

美帆は真剣な目で司を見た。

「私はこの事件に、彩さんは絡んでいると思う。彩さんの死の真相は、この事件の奥に隠されているように思う。でも、証拠がないの。もしかしたら、この事件と彩さんは関係ないかもしれない。関係があると思っているのは私の勝手な想像で、本当は彩さんはまったく別な理由で死んだのかもしれない」

美帆は固く握り締められている司の手に、自分の手を重ねた。

「いい。ここから先は、司くんが決めることよ。これから先も彩さんの死の真相を追うか。それとも、やめるか」

美帆は辛そうに司を見た。

「真実を知ることが、すべていいことだとは思わないわ。知らなくていい真実もある」

司は美帆の目を、固い決意を含んだ目で見つめ返した。

「おれは、彩のすべてを知りたい。彩の苦しみも辛さもすべて受け止める」

予想していたとおりの返答に、美帆は目を閉じた。変わらず彩を思い続ける司のひたむきさに、胸を強く打たれる。しかし、それと同時に、これから先、今まで以上に司の苦しむ姿を見るかもしれないと思うと、司にここで彩の死の真相を追うことを諦《あきら》めて欲しかった、という矛盾した思いも込みあげてくる。司のパソコンがない今、残されているる方法は、限りなく無限に近い言葉をひとつひとつ打ち込み当てはめていくことしかなかった。だが、司が彩のすべてを受け止めるというならば、自分も司のすべてを受け止めよう。

「わかった。真相に辿《たど》り着くまで諦めない。司くんがそう決めたのなら、私も諦めない。協力する。それにはあなたの協力が必要よ」

司は大きくうなずく。

美帆はベッドの端に腰を下ろした。

「安藤が死に、西澤は彩さんとの関係を否定している。証拠が出ない以上、警察は彩さんの死について動かないでしょう。彩さんの死の真相に辿り着く手掛かりは、もうひとつしか残されていないわ」

司の目の強さが増す。

「その手掛かりって」

「彩さんが残したデータよ」

一度強さを帯びた司の眼差《まなざ》しが、再び弱まる。司は首を横に振った。

「無理だ。思いつく限りのキーワードは、全部、先生に渡したよ」

美帆は司から、パスワードを解く鍵《かぎ》になりそうな言葉や数字を教えてもらっていた。それをすべてパスワードに当てはめてみたが、どれも違っていた。栗原も思いつく限りの方法でパスワードの解読を試みたが、まったく開かなかった。

彩がデータを打ち込んだ司のパソコンを入手して、ハードディスクからデータの復元を試みようともした。しかし、司のパソコンは、事件のあと、置き場所に困った職員の手によりすでに処分されていた。もう、気の遠くなるような地道な作業での解読しか手は残されていない。

それがどれほど大変なことなのか、美帆も、そして司もわかっている。しかし、これしか彩の死の真相に近づく方法はないのだ。どんなことをしてでも、パスワードを解読しなければならない。

美帆は司に、常に持ち歩いているメモ用紙とペンを差し出した。

「パスワードが解けるのがいつなのかまったくわからない。一週間先かもしれないし、半年先かもしれない。もしかしたら、もっと先かもしれない。でも、やらなければいけない。そうしなければ、彩さんに辿り着けないのよ。お願い、もう一度考えて。彩さんが使いそうなキーワードを思い出して」

美帆の言葉に、司はペンに手を伸ばした。だが、辛そうに目を伏せると、顔を横に振り両手で頭を抱えた。

「わからない。考えられるだけのキーワードはすべて思い出した。やっぱりもう無理だ」

司が布団に顔をうずめる。

美帆は司を切なげに見た。司は彩をどこまでも追いかけたいのだ。しかし、司の精神は疲れきっている。やはりここが限界だろうか。

美帆は窓の外を見た。窓から風が入り込んでくる。その風に乗り、外から美しい旋律が聞こえてきた。コンサートがはじまったのだ。重苦しい空気が漂う室内にはそぐわない、穏やかで優しい曲に、美帆は耳を澄ました。

司を見ると、司も曲に聴き入っているようだった。見えない音の糸を辿るように窓の外を見ている。美帆は再び窓の外を見た。ひととき、疲れた気持ちに振り注ぐ雨のような音に身をゆだねる。

曲が中盤を過ぎ、楽器が一層強く旋律を奏ではじめた。目を閉じて曲を追う美帆の耳に、曲の主旋律を口ずさむ声が聞こえた。

目を開けると、曲を口ずさんでいる司がいた。古い思い出を懐かしむような目で、曲が流れてくる先を見ている。美帆は驚いて司に尋ねた。

「この曲、知ってるの？」

司は口ずさむのをやめてうなずいた。

「ドヴォルザークの弦楽セレナードホ長調。第一楽章、モデラートだ」

司が口にした作曲家の名前は美帆も知っていた。しかし、曲名まではわからない。美帆が持っている西洋クラシックの知識は、中学や高校の授業で学んだ程度しかない。旋律を聞いて曲名だけではなく楽章まで言える司の、思いがけない知識の深さに感心する。

「クラシック好きなの？」

司は空を仰ぐように目を閉じた。

「クラシックだけじゃない。曲なら何でも好きだ。歌は歌詞があるから好きじゃない。言葉があると色が見えてしまう。曲は言葉がないから色がついてない。苦しくないんだ」

暗い部屋の中にひとりでうずくまり、流れる旋律に耳を傾けている司の姿を想像する。その隣で、寄り添うように同じ曲を聞いている彩の姿が浮かぶ。

「彩さんも、曲は聴いた？」

美帆の問いに、司は軽く首を横に振った。

「自分から聴いていたことはない。でも、おれが曲をかけると、隣に来て一緒に聴いていた。曲を美しいと思って聴いていたのか、それとも、失語症の彩には雑音にしか聞こえていなかったのかはわからない。でも、おれが聴いているあいだは、ずっとおれの隣にいた」

曲の美しさがわかるわからないは、きっと彩には関係ないことだったと思う。ただ、司が好きなものを理解したいと願っていただけだ。自分が慕っている人間が好むものを理解したいと思う感情は、誰もが持つ自然なものだ。司が彩のすべてを知りたいと思うように、彩も司のすべてを知りたいと思っていたのだろう。

美帆は、はっとした。そうだ、どうしてそこに気がつかなかったのだろう。自分が慕う人間に関わるキーワードをパスワードに使うことも十分考えられる。彩が司に関わるものをパスワードに使う可能性は高い。

美帆は手にしていたメモ用紙とペンを、もう一度、司に差し出した。

「これに、自分に関わるキーワードを書いて」

司は驚いて美帆を見上げた。

「おれに関すること？」

美帆はうなずく。

「そう、誕生日、血液型、好きな食べ物、好きな曲、何でもいい。あなたのことで彩さんが知っていたことを全部書いて。いままで、パスワードは彩さん本人に関係する言葉だと思い込んでいた。でも、そうじゃない。大切な人、つまり、あなたに関する言葉をパスワードに使っていたことだって考えられる。ううん、そっちのほうが可能性が高いかもしれない。やってみる価値は十分あるわ」

うつろだった司の目に、光が戻ってくる。司は美帆の手からメモ用紙とペンをひったくるように奪い取ると、何かにとり憑《つ》かれたかのように、ペンを走らせた。

司からメモ用紙を受け取ったのは、夕方の五時を回る頃だった。

一日の勤務を終えた美帆は、再び司の病室を訪れた。病室のドアを開けると、司は待ちかねていたように美帆を見た。

「思いつく限りのキーワードを書いた」

司が差し出したメモ用紙には、数字や単語などの文字がびっしりと書き込まれていた。

美帆はメモ用紙を受け取ると、あとは任せて、と言い残し病室を後にした。

管理棟に戻り、医務課の自席に着いた。机の引き出しから彩のUSBメモリーを取り出す。何度も開くことを試みて、開けなかったデータ。美帆は司から受け取ったメモ用紙をパソコンの横に置くと、USBメモリーをパソコンに差し込んだ。

司が書いたキーワードは、ざっと数えても二百はくだらなかった。これをひとつひとつ打ち込んでいくのかと思うと気が遠くなる。しかし、やらなければならない。覚悟を決めて、パソコンに向かう。

どのくらい時間が経ったのだろう。霞《かす》んでくる目と肩の痛さに画面から顔を上げると、部屋には自分しか残っていなかった。

窓の外を見ると、あたりはすっかり暗くなっていた。壁にかかっている時計の針は、八時をとうに過ぎている。残業をしていた同僚たちは、みな帰ったのだろう。司が書いたキーワードはすべて打ち込んだ。しかし、データは開かなかった。

美帆は椅子の背もたれにぐったりと身を預けた。八時を過ぎているということは、三時間近く休まず、画面を睨《にら》み続けていたことになる。

もう、無理だ。心のなかで弱音を吐く。

最初からパスワードを解くのは無理だったのだ。文字と数字の組み合わせは無限だ。天文学的数字の文字の羅列からたったひとつを探り出すことなど不可能だったのだ。彩の自殺の真相は、誰ひとりわからないまま闇に消える。結局、自分は司に何もしてあげられない。彼を救えないのだ。

どうしようもない虚《むな》しさが、胸に込みあげてくる。

美帆は天井を仰いだまま、きつく目を閉じた。

いきなり、部屋のドアが開いた。反射的に身を起こす。

遥だった。遥は美帆を見つけると、笑顔で近づいてきた。

「残ってたの美帆さんだったんですか。ちょうどよかった。はい、これ」

遥は美帆の隣の席に腰掛けると、机の上に数種類のクッキーを置いた。

「今日、看護師をやめる子がいたんですが、その子の置き土産です。みんなに配ったんだけど余っちゃって、どうしようかなあって思ってたら医務課の灯《あか》りが点《つ》いてるじゃないですか。まだ誰か残業してるんだな、と思って差し入れに来たんです」

美帆は微笑むことで礼を言った。遥が心配そうに、美帆の顔を覗《のぞ》き込んだ。

「ずいぶん疲れてるようですね。何かあったんですか」

視線で画面を指す。

「このデータを開きたいんだけど、ロックがかかっていて開かないの」

遥が画面を覗き込んだ。

「これ、何のデータですか？」

美帆は詳しい話は避け、失語症を患っていた人間のものだとだけ伝えた。へえ、と遥が感心したように声をあげる。

「その人、文字の認識出来たんですか」

美帆はうなずく。

「ええ。失語症もだいぶ回復していて、打ち間違いはあるけれど、文章を打てるまでになっていたみたい」

「そのデータにロックがかかっていると」

遥は名探偵気取りで、納得したように首を縦に振っている。

「思いつく限りの言葉を入力したんだけど、まったくだめ。開かないの」

遥は、ふうん、と鼻を鳴らすと、司が書いたキーワードが記されているメモ用紙を手に取った。しばらく眺めて、ぽつりとつぶやく。

「この人のパスワード、すごく簡単なものだと思うな」

何の根拠もない考えをさらっと口にする遥を、美帆は不思議そうに見た。

「どうしてそう思うの」

遥は美帆に顔を向けて、にっこりと笑った。

「だって、めんどくさいんだもん。毎回、こむずかしいパスワード入れるの」

安直すぎる理由に面食らう。遥は目を丸くしている美帆にかまわず言葉を続けた。

「私も自分のパソコンにロックかけてるんですけど、毎回パスワード入れるの面倒くさいんですよね。健常者の私が面倒なんだから、失語症患者はもっと面倒だと思うんですよ。いくら回復してたっていっても、一文字打ち込むのだってきっと大変ですよ。そんな人がいろんな文字を組み合わせた長いパスワードなんて、考えられないでしょ？」

話すことといえば、いつも合コンのことばかりの遥の、鋭い指摘に言葉を失う。遥の言うことはもっともだ。

感心したようにうなずく美帆に気分を良くしたのか、遥は得意げに話を続ける。

「それに、パスワードは文字じゃなくて数字だと思うな」

「どうして？」

遥はキーボードを指で差した。

「失語症の患者さんがなかなかパソコンに挑戦しようとしない理由は、キーボードの扱い辛《づら》さにあるんですよ」

遥の説明によると、文字が羅列している多くのキーの中から、ひとつの文字を見つけ出す作業は、健常者が考える以上に失語症患者にとっては難しく、神経を使うものだという。しかし、キーボード上部に横一列に並んでいる数字は、比較的キーの位置を覚えやすい。しかも、ローマ字打ちと違いキーをひとつ叩《たた》くだけで字が打ち込める。そのうえ、覚えるキーが少なくて済む。だから、毎回入力するパスワードは位置さえ覚えていれば簡単に入力できる数字だと思う、と遥は言った。

出口のない闇に差し込んだ希望の光を、美帆は興奮しながら聞いていたが、あることに気づき顔から笑みを消した。

「だめよ。無駄だわ」

「どうしてですか？」

「この患者に関わる誕生日とか部屋の番号とか、思いつく数字はすべて入力したもの。それでも開かなかった」

遥は再び、ふうん、と鼻を鳴らして腕を組んだ。

「美帆さん、文字を数字に置きかえたりしませんか？」

美帆は首を捻《ひね》った。文字を数字に置きかえる、という意味がわからない。遥は、あのね、と言うと、言葉の説明をはじめた。

「まず、言葉をすべてひらがなに直すんです。そのひらがなを五十音順か、母音の何番目かに当てはめるんですよ」

例えば、と言って、遥はそばにあったメモ用紙にペンを走らせた。

「遥、だったら『は』は五十音だと二十六番目、『る』は四十一番目、『か』は六番目っていうふうに当てはめるんです。続けると、二六四一六。母音で考えると、もっと簡単ですよ。『は』の母音は『あ』だから一、『る』は『う』だから三、『か』も『は』と同じく『あ』だから一。一三一。ね」

ね。というところで、遥は美帆を見ながら小首を傾げた。

「これを、携帯のロックナンバーとか、キャッシュカードの暗証番号などに使うんですよ。自分の名前を数字に直したものだから、絶対忘れないでしょう」

「そのやり方って、みんな知っているの？」

美帆の問いに遥は、ううん、と唸《うな》り難しい顔をしたが、すぐににこやかに笑った。

「私の友達にも、自分の名前の数字を携帯番号に使ったり、彼の名前を車のナンバーに使ったりしてる子がけっこういますから、みんな知ってると思いますよ。おばさん世代はあまり知らないと思うけど」

数字に置きかえる方法を知らなかった美帆の前で、最後の一文をさらっと言えるところが遥らしい。

美帆が苦笑すると遥は、おばさんといえば、と言って顔の前で手を打った。

「私、一昨日《おととい》も遅番だったんですけど、夜、用事があってここに来たんです。そうしたら、内田主任が美帆さんの席に座ってたんですよ」

「内田主任が？」

遥がうなずく。

「美帆さんのパソコンを開いてて、私に気づくと慌ててパソコンを消したんです。恐い顔で、何の用事ですか、って訊《き》くから、頼まれた書類を取りにきたって言ったら、私がすぐに持って行くから病棟に戻りなさい、って言うんですよ。そうですか、って言ってそのまま部屋を出たんですけど、いったい何をしていたんでしょうね。何か思い当たることありますか？」

首を横に振る。訊かれても美帆にもわからない。どうして内田が自分のパソコンを見る必要があるのだろう。

理由を考える美帆の中に、内田に対する疑念が持ちあがってくる。

まさか、内田がこの一連の事件に関わっているのか。

突然、遥が勢いよく椅子から立ち上がった。

「まずい、交代の時間だ。現場を離れて油売ってることがばれたら怒られちゃう。じゃあ、美帆さん、クッキー食べながらがんばってくださいね」

礼を言う間もなく、遥は勢いよくドアを閉めて部屋を出ていった。廊下を駆けていく遥の足音が遠ざかっていく。

美帆は再びパソコンに向かった。

内田がこの事件と関係しているのかどうかはわからない。とにかく、今は、データを開くしかない。データが開けば、きっとそこに何かがある。

美帆は先ほど遥に教わった方法を試みた。手元のメモに、彩と司の名前を書く。ふたりの名前をひらがなに直し、五十音と母音に置きかえたもの両方の数字を出す。

遥が言うことには一理ある。確かに、彩が難しいキーワードや長い単語を毎回打ち込むとは思えない。今は万に一つでも可能性があるものを試してみるしかない。

パソコンの入力画面にカーソルを合わせて、ふたりのフルネームを数字に置きかえたものを打ち込む。最初は、みずのあや。五十音順の三十二、十三、二十五、一、三十六。そして母音の、二、三、五、一、一。次に、ふじきつかさ。同じく五十音順の、二十八、十二、七、十八、六、十一。母音の、三、二、二、三、一、一。合わない。こんどは苗《みょう》字《じ》だけを入れてみる。違う。

美帆の胸に、再び諦《あきら》めにも似た絶望感が込みあげてくる。やはり、無理なのか。彩の自殺の真相はわからないまま終わってしまうのか。

美帆は諦めの息を吐いた。次は下の名前を入力する番だ。でもどうせまた違う。そんな投げやりな気持ちで、司の名前を入力する。「つかさ」だから「3・1・1」。画面の中の『OK』を押す。

また『パスワードが違います。ファイルを開けません』という何百回も見たウィンドウが表示されると思っていた。

しかし、今回は違った。『OK』をクリックすると、目の前に見慣れない画面が現れた。

一瞬、何が起こったのかわからなかった。瞬《まば》きを二、三度する。画面に、ひらがなだけで書かれた文章が映しだされていた。パスワードが解けたのだ。胸に昂奮《こうふん》にも似た熱いものが込みあげてくる。

美帆は画面を食い入るように見た。

　文章は横書きで一文字の級数が大きかった。一行あたり、十四字から十五字といったところだろうか。一行目を目で追う。

『つかき。にとほうてに』

　意味がわからない。二行目に移る。

『つかきかここてろてりう。ねにしもいしよこ』

　二行目もまったく読めない。美帆は画面をスクロールしてすべてのページに目を通した。データは全部で十ページ。一ページ目は一行や二行だけの段落だったが、ページが進むに連れ、一段落ごとの行数が増えていた。最後のページに至っては、一ページすべてがひとつの文章になっている。やはり彩の失語症は、次第に良くなっていたのだ。

　美帆は最初から、もう一度目を通した。

『つかき。にとほうてに』

『つかきかここてろてりう。ねにしもいしよこ』

『ねにしのへやにおんとうせせりかきた。ほたつねてりかねた。とろのした。からほさたない。よてもそときにえなり。にすけしれなり』

『てをきた。たねかわかててくれろとあもた。てもしかさにいや。きらねる』

『わにしかりうにとをきくとみんなにすかろとおんとせんせせりかりう。おしにとにつほるていう。わたくはやくににていろという。てもねたしはりや。もりや。つかきたもりえない。とくたらいいねかねなり』

『まにてさた。さかつくときてろ。されはいやなところにりかなしていとあもう。てもまこいく。きつおれはよはねていし。おねらなり』

『つかきかここおてるりう。あかねかにまたからくやおかいるいう。わにしもいしよにつわていしとりう。ほとうにててりいけろのかむ。ほとうならうわくり』

『つかさかへやおかいた。ひこくする。きおうおんとうせせりにもはなくに。わたくもいくよにほなした。あとうせんせりひひくりしてぬに。てもわたしもつかきもてるりた。せたりここてるいた』

『おんとせんせりによはねた。ここてろならせんふつかきたはらすりた。りやとにた。てもここてるといいた。あんうせせいねたしをたたりた。ねたしなりた。てもなにかおててもてたり。つかさとりしよいたい』

『まにあんとうせんせりかへやにさた。とくてもてていくのかりた。てるいた。あとうせんりこまたかおくてに。すとへやにたてた。わたくさめた。あんとせんせりかつかきになにりててもいい。くかさおししる。くかさゆろくてくねるならなてもするる。くかさといくよにてたい。つかさりしよたりたたい。つかささここてろ。まういやなことなり。まうたかさせんせりにりやなこともきねなり。たかさせんせりたりきらり。はしぬてあたときからいやたた。ねたしなんともなりのにあかしいていてうそつりた。あなせんせいりここるのひうきなおせるわけなり。てもうあねなくてりり。りやなにとされなしてすむ。つかさといしよ。すとりしよ。つかきとこねからもすといしよ』

彩のデータはただ文字を連ねただけのもので、とても文章と呼べるものではない。まるで暗号だ。美帆はため息をついた。鍵《かぎ》を外して箱を開けたら、中に別な鍵がかかった箱が入っていた。そんな感じだ。

しかし、と萎《しお》れかかった気持ちを奮い立たせた。これを解読しなければパスワードを解いた意味がない。暗号を解く鍵が何かあるはずだ。それを見つけなければならない。

気合いを入れ直して、再び美帆が暗号に向かったとき、部屋のドアが開いた。また遥が油を売りに来たのかと思いドアを振り返ると、そこには高城がいた。遅くまで残っている美帆に驚いたのだろう。高城は意外そうな顔をした。美帆は、今日、高城が遅番だったことを思い出した。

「遅番ですか。お疲れさまです」

高城に声をかける。高城は窓際の自席につくと、疲れたように目頭を指で押さえた。

「こんな時間まで残業か。めずらしいな」

「解けたんです」

美帆は高城に報告した。

「何がだ」

美帆は昂揚《こうよう》する気持ちを抑えながら、ひと言ひと言、区切るように言った。

「彩さんが残したデータのパスワードが、解けたんです」

高城は目を見開くと、背もたれから身を起こした。

「藤木司と同じ施設にいた少女が残したデータのことか？」

美帆は、はい、と答えた。

「施設で手首を切り死亡した、水野彩が残したデータです」

高城の目が大きく見開かれる。

美帆は声を弾ませた。

「これで、彩さんの死の真相がわかります。やっとわかるんです」

美帆は握った拳《こぶし》に思わず力を込めた。

高城は美帆を黙って見ている。無表情で無口。それはいつもと変わらない。しかし、今日は何かが違っていた。物静かでいながら、緊迫した気を高城から感じる。高城も思いがけない事件の進展に、驚いているのだろう。

黙っていた高城がおもむろに口を開いた。

「それが彩という子のものだという証拠はあるのか」

予期せぬ質問に戸惑う。美帆は司が彩のものだと確認したと伝えた。

「間違いありません。これは彩さんのものです」

きっぱりと言い切る美帆を高城はじっと見つめていたが、ゆっくり立ち上がると美帆の席に近づいてきた。

「その文章を見せてくれるかな。失語症患者が打ち込んだ文章に興味がある」

高城は美帆の背後に立った。

美帆はマウスを動かし、画面をスクロールさせた。

「これです。とても読めないでしょう」

高城は真剣な表情で画面に見入っている。すべての文章に目を通すと、ふっと息を吐いてかがめていた腰を伸ばした。

「まるで暗号だな。とても文章と呼べるものじゃない」

美帆は高城に言い返した。

「これは文章です。彩さんが必死に打ち込んだ大切な日記です。この中に、彩さんの死の真実が隠されているかもしれません。私は、絶対この暗号を解読してみせます」

美帆はパソコンの画面を見つめた。

「打ち間違いや誤字をひとつひとつ直していけば、きっと意味の通じる文章になるはずです。いえ、必ずなります」

確信というより、決意に近い言葉だった。力を込めて訴える美帆を、高城はしばらく見つめていたが、何も言わず自席に戻るとパソコンを立ち上げた。

「お帰りにならないんですか？」

美帆は尋ねた。高城が残業をするなんてめずらしい。高城はパソコンの画面を見ながら答えた。

「来週、福岡で精神神経学のブロック会議があるんだ。それに出席することになっている。その席で報告する資料を作らなければいけない」

高城クラスの医師になると通常の勤務に加え、学会関係の会議や自治体、大学からの講演依頼が後を絶たない。高城を見ていると、医師は体力勝負だとつくづく思う。

腕時計を見る。九時を回っている。最終の電車は十時過ぎだ。

部屋に戻っても昂奮してどうせ眠れない。今夜は病院に泊まり作業を続けようと決意する。

美帆は後ろでひとつに束ねている髪を、きつく結び直した。彩のオリジナルデータをコピーして、作業用のデータを作る。

一ページ目の文章を追う。何度も読み返しているうちに、この文章にはいくつかの特徴があることに気がついた。

ひとつは「ぎ」「ぱ」「きゃ」といった、濁音や半濁音、拗音《ようおん》がないこと。ひとつの文章の中で、濁音や半濁音が使われないとは考え辛《づら》い。彩は濁音や半濁音が打てなかったのだ。もうひとつは、小さな「つ」である促音がないこと。彩は「っ」も打てなかったらしい。最後は読点がないことだった。これでは、どこで文章が区切られているのかわからない。それに加えて、彩は似たような文字を打ち間違えていたと司は言っていた。それも直さなければいけない。

美帆は思わずため息をついた。これは、思っていた以上に苦戦しそうだ。しかし、考えていてもはじまらない。とにかくやるしかない。

美帆はまず、文章の中によく出てくる文字を探すことからはじめた。最初に目についたのは、「つかき」という字だった。この言葉は文章の前半ではよく出てくるが、後半は出てこない。その代わり、似たような言葉で「つかさ」という言葉が出てくる。これは彩が「つかさ」を「つかき」と打ち間違えていたと推測できる。

今のやり方を、冒頭の文章に当てはめてみる。

『**つかき。にとほうてに**』

「つかき」は「つかさ」。しかし、以下の文章はまったくわからない。打ち間違えそうな字を考える。例えば「ほ」。「ほ」と似ている文字のひとつには「は」がある。「に」なら「た」、もしくは「こ」。思いつく限りの文字を当てはめて組み合わせてみる。すると、なんとか意味が通じそうな文が完成した。

『**つかさ。ことはうてた**』

おそらくこの文章は、ソフトを使いはじめてまもない時期に打ち込んだ文章だろう。だとしたらこの一文は『司。言葉、打てた』が一番ふさわしい。

読める。直感だった。

後は必死だった。解読できる文字を抜き出し、勘と推測で文章を組み立てていく。

いままで追ってきた答えが、目の前にある。あと一歩で彩の死の真相に辿《たど》り着ける。司を救える。そう思うと作業をする手が止まらなかった。

一刻も早く司に真相を知らせたい。

美帆は何かに取りつかれたように、キーボードを叩《たた》いた。

患者を運ぶためのストレッチャーが移動する音も聞こえてくる。看護師が廊下を走る足音が聞こえる。救急外来に患者が運び込まれたのだろうか。それ以外は、自分の心臓の音しか聞こえない。鼓動は離れて座っている高城にまで聞こえるのではないかと思うくらい、激しく打ち付けている。

美帆は解読を終えた文章が映し出されている画面を、食い入るように見つめた。額に汗が滲《にじ》んでくる。暑さのせいではない。読み間違いではないかと、幾度も読み返す。しかし、そこに書かれている文章は、何回読んでも同じ内容だった。


『つかさ。ことばうてた』

（司。言葉打てた）

『つかきかここてろてりう。ねにしもいしよこ』

（司がここ出るって言う。私も一緒に）

『わたしのへやにあんどうせんせいがきた。またつれていかれた。どうろのした。からっぽできたない。よんでもそとにきこえない。たすけてくれない』

（私の部屋に安藤先生が来た。また連れていかれた。道路の下。からっぽで汚い。呼ん

でも外に聞こえない。助けてくれない）

『てをきった。だれかわかってくれるとおもった。でもつかさにはいや。きらわれる』

（手を切った。誰かわかってくれると思った。でも司にはいや。嫌われる）

『わたしがいうことをきくと、みんながたすかるとあんどうせんせいがいう。おしごとにつけるという。わたしはやくにたっているという。でもわたしはいや。もういや。つかさにもいえない。どうしたらいいのかわからない』

（私がいうことをきくと、みんなが助かると安藤先生が言う。お仕事につけると言う。私は役に立っていると言う。でも私はいや。もういや。司にも言えない。どうしたらいいのかわからない）

『またてをきった。きがつくときっている。きればいやなところにいかなくてもいいとおもう。でもまたいく。きずがなおればよばれていく。おわらない』

（また手を切った。気がつくと切っている。切れば嫌な所に行かなくてもいいと思う。でもまた行く。傷が治れば呼ばれていく。終わらない）

『つかさがここをでるという。おかねがたまったからへやをかりるという。わたしもいっしょにつれていくという。ほんとうにでていけるのかな。ほんとうならうれしい』

（司がここを出るという。お金がたまったから部屋を借りるという。私も一緒に連れて行くという。本当に出て行けるのかな。本当なら嬉《うれ》しい）

『つかさがへやをかりた。ひっこしをする。きょうあんどうせんせいにもはなした。わたしもいっしょにはなした。あんどうせんせいびっくりしてた。でもわたしもつかさもでるといった。ぜったいここをでるといった』

(司が部屋を借りた。引っ越しをする。今日安藤先生にも話した。私も一緒に話した。安藤先生びっくりしてた。でも私も司も出ると言った。絶対ここを出ると言った)

『あんどうせんせいによばれた。でもここをでるといった。ここをでるならぜんぶつかさにばらすといった。いやといった。でもここをでるといった。あんどうせんせいがわたしをたたいた。わたしはないた。でもなにがあってもでたい。つかさといっしょにいたい』

(安藤先生に呼ばれた。ここを出るならぜんぶ司にばらすと言った。いやと言った。でもここを出ると言った。安藤先生が私を叩いた。私は泣いた。でも何があっても出たい。司と一緒にいたい)

やはり彩は安藤から、男と肉体関係を持つことを強制されていたのだ。しかも一度や二度ではない。おそらく頻繁に肉体関係を持たされていたのだろう。『また連れていかれた』という一文がそれを裏付けている。

文中の『嫌な所』とは、彩が連れ込まれていた場所だろう。『道路の下。からっぽで汚い。呼んでも外に聞こえない』という文章からすると、地下室のようなところだろうか。西澤が使っていたようなホテルではなさそうだ。

『安藤先生に呼ばれた』ではじまる文章の中にある、『ここを出るなら』という『ここ』は、たぶん施設のことだ。施設を出るという彩を安藤は止めた。彩が抵抗すると安藤は、出て行くならすべてを司にばらすと彩を脅した。

しかし、美帆が先ほどからずっと見ている言葉は別なものだった。データの最後、『またあんどうせんせいがへやにきた』からはじまる段落。そこにひとりの男性の名前が書かれていた。美帆は何度も自分の目を疑った。何かの間違いだと思いたかった。美帆は最後の文章を、冒頭からもう一度読み返した。

『またあんどうせんせいがへやにきた。どうしてもでていくのかといった。でるといった。あんどうせんせいこまったかおしてた。ずっとへやにたっていた。わたしはきめた。あんどうせんせいがつかさになにをいってもいい。つかさをしんじる。つかさがゆるしてくれるならなんでもする。つかさといっしょにでたい。つかさといっしょにいたい。つかさとここでる。もういやなことない。もうたかぎせんせいにいやなこともされない。たかぎせんせいだいきらい。はじめてあったときからいやだった。わたしなんともないのに、おかしいっていってうそついた。あんなせんせいにこころのびょうきなおせるわけない。でももうあわなくていい。いやなことされなくてすむ。つかさといっしょ。ずっといっしょ。つかさとこれからもずっといっしょ。』

（また、安藤先生が部屋にきた。どうしても出て行くのかと言った。出ると言った。安藤先生困った顔してた。ずっと部屋に立っていた。私は決めた。安藤先生が司に何を言ってもいい。司を信じる。司が許してくれるなら何でもする。司と一緒に出たい。司と一緒にいたい。司とここ出る。もう嫌なことない。もうタカギ先生に嫌なこともされない。タカギ先生大嫌い。初めて会ったときから嫌だった。私なんともないのに、おかしいって言って嘘ついた。あんな先生に心の病気治せるわけない。でももう会わなくていい。嫌なことされなくてすむ。司と一緒。ずっと一緒。司とこれからもずっと一緒)

タカギ。

美帆は心の中で文章の中に出てくる名前を何度も繰り返した。タカギという苗字《みょうじ》の医師はいくらでもいる。しかし「心の病気を治す医師」、しかも、正常な彩に精神遅滞という診断を下せる分野の精神科医となると範囲は一気に狭くなる。

高城はいままでにいくつもの病院に勤務してきた。たしかここに来る前は県立病院に勤めていたはずだ。県立病院は司と彩が入所していた公誠学園の提携病院だ。県立病院の精神科医である高城と、公誠学園の入所者である彩が出会うことは十分ありうる。そして、彩の病名を偽ることも。

やはり、高城先生が。

美帆は目の端だけで高城を見た。高城はマウスを操作しながら、パソコンの画面を見ている。高城の普段は物静かな切れ長の目が、異様な暗さを帯びているように見える。

高城がこちらを見た。

心臓が大きく跳ねる。

部屋の中には高城と自分しかいない。探るような目で自分を見ている高城の視線から、美帆は自分の視線を剝《は》ぎ取るように外した。

仕草がぎこちなくなかったか、頭をめぐらす。高城に気取られなかったか不安になる。もし、高城が美帆がデータを解読したと知ったらどうするだろう。高城が犯していた罪に気づきかけていると知ったら、高城はどういう行動に出るのだろうか。

全身に汗が噴き出てくる。室内の空調は利いているはずなのに、汗が引かない。喉《のど》の奥が渇いてくる。壁掛け時計の秒針の音が、やけに大きく聞こえる。

とにかく部屋を出よう。パソコンの電源を落としかけたとき、高城が声をかけた。

「どうした。顔色が悪いな。具合でも悪いのか」

高城が立ち上がり、美帆に近づいてくる。美帆は急いでパソコンの電源を落とした。高城が美帆の隣に立つと同時に、パソコンの電源は切れた。

美帆は大げさに疲れた顔をした。

「思っていた以上に解くのは難しいです。今日はもう疲れました。続きは明日《あした》します」

気づかれないようにUSBメモリーをパソコンから抜き取り、スカートのポケットにそっとしまう。

「あれだけ自信満々だったじゃないか。少しは解けたんだろう。開いて見せてくれないか」

高城は美帆のパソコンの電源を入れようとした。

美帆はノートパソコンの画面を閉じると、そばにあった書類をパソコンの上に置いた。

「まったく無理でした。これは長期戦ですね。また明日からがんばります」

高城はしばらく探るような目で美帆を見ていたが「そうか」とつぶやくと、自席に戻りパソコンに向かった。

机の下で脚が震える。

一刻も早く、この部屋を出なければ。

美帆は平静を装いゆっくりと立ち上がった。こちらの動揺を悟られてはいけない。いつもと変わりなく、この場を後にするのだ。

努めて明るく挨拶《あいさつ》をする。

「お先に失礼します」

足元においていたバッグを手に取り出口へ向かう。もつれそうになる足に力を込める。ドアの取っ手に手をかける。部屋を出られる。そう思ったとき、背後から高城の声がした。

「ちょっと、待ってくれ」

あと少しというところで、襟ぐりを摑《つか》まれて引き戻された感じだった。美帆は顔だけ高城に向けた。

「何でしょうか」

「このあいだ入院してきた、三〇二号室の患者だが、チームとしての治療方針はどのように決まったのかな」

「三〇二号室の患者、ですか」

美帆は眉《まゆ》をひそめた。三〇二号室の患者というのは先週入院してきた女性で、極度の不安神経症と強迫性障害を患っていた。チームで医療体制を組むことに決まり、今週の頭にはじめての会議を開いたのだが、その報告書は来週頭までの提出になっている。提出期日まで、まだ日にちがある。こんな夜遅くに引き止めて尋ねるほど、急を要することではない。

沈黙から美帆の戸惑いを察したのか、高城は尋ねた理由を説明した。

「いま作成している会議資料に、神経系疾患治療の実例を入れようと思ってね。もし、方向性が決まっているなら、患者の症状とそれに対する治療方針を参考資料として記載しようと思ったんだ。だから、もし報告書が出来上がっているなら、置いていってほしいんだ」

高城はじっとパソコンの画面を見ている。余裕のある口ぶりとは逆に、マウスを持つ右手はせわしなく動いている。一見、いつもと変わらず冷静に見えるが、マウスを動かす慌ただしい手つきからは、妙な焦りと苛立《いらだ》ちを感じた。美帆は右手でドアノブを握ったまま答えた。

「大枠としての治療方針は決まりましたが、細かい部分での擦り合わせがまだ出来ていません。報告書は完成していません。後日、早めに作成して提出します」

思わず早口になる。早くこの部屋を出たかった。犯罪者かもしれない男から、一刻も早く離れたかった。

しかし、高城は美帆の願いに反し、新たな質問を繰り返す。終わる気配のない会話にもどかしさが込みあげてくる。思いきってこちらから話を切り上げようとしたとき、パソコンの画面を見ていた高城が顔を上げた。

高城と目が合う。

全身の皮膚が粟立《あわだ》つ。

高城の目には憎しみが籠《こ》もっていた。人はこれを憎悪と呼ぶのかもしれない。なぜ高城が自分をそのような目つきで見るのかわからない。しかし、いつもの高城ではないということだけはわかる。

高城は美帆を見据えたまま静かに言った。

「わかった。もういい。お疲れさま」

美帆は身体を縛り付けていた呪縛《じゅばく》が解けたかのように、部屋を飛び出した。

深夜の管理棟は、照明が半分以上落とされていて薄暗かった。非常灯の明かりが浮かぶ廊下を走り、突き当たりにある手洗いに駆け込んだ。

中には誰もいない。一番手前の個室に入り、蓋《ふた》が閉まっている便器の上にバッグを置く。

バッグから携帯を取り出し、栗原の番号を呼び出す。しかし、思うように指が動かない。見ると手が震えていた。思い通りに動かない指に、動け、と念じながら、必死にボタンを押す。

わずかな無音のあと、通話口から呼び出し音が聞こえた。

ワンコールが異様に長く感じる。コールが三回鳴っても栗原は出ない。腕時計の針は十一時を回っている。もう寝ているのだろうか。お願い、出て。心で祈る。

八回目のコールで呼び出し音が止まった。栗原だ。まだ起きていたのだ。

「栗原くん、私！」

縋《すが》るような思いで名前を呼ぶ。しかし、その声に応《こた》えたのは機械的に録音された女性の声だった。

『ただいま電話に出ることが出来ません。ピーという発信音のあとにメッセージを……』

全身の血が一気に引く。

栗原と連絡が取れない。これからどうしたらいいのだろう。

頭が混乱する。

落ち着けと自分に言い聞かせるが、意に反して思考はまったく定まらない。

栗原くん。

心で叫んだとき、通話口から聞こえていた女性の声が途切れた。携帯から栗原の声がする。

「おう、おれだ。悪い、風呂《ふろ》に入ってた」

出てくれた。

崩れ落ちそうになる膝《ひざ》に力を込めながら美帆は言った。

「高城よ。高城先生だったのよ」

「誰だ、そいつ」

美帆は携帯を握り締めた。

「私の上司よ。この病院の精神科医をしているの。今日、同僚の子がくれたヒントでパスワードが解けたんだけど、開いたデータに、彩さんが高城先生に無理やり肉体関係を持たされていた事実が書いてあったの。高城先生が彩さんを死に追い詰めた犯人だったのよ」

携帯の向こうで息をのむ気配がした。

「間違いないのか」

美帆は確信を込めて答えた。

「ええ、間違いないわ」

栗原が慌ただしく動く様子がする。

「高城は今どこにいる。自宅か」

「まだ病院にいる。残業しているの。さっきまで同じ部屋にいたわ」

一瞬、黙った後、栗原は訊《き》き返した。

「高城はお前が突き止めたことに、気づいていないだろうな」

先ほど自分を見た高城の目を思い出す。何かを探るような目つきをしていた。自分がデータを解読したことに気づいたのだろうか。

しかし、それはあり得ないとすぐに思い直した。高城は自分のパソコンを見ていない。気づくはずがない。

美帆は、はっきりと否定した。

「ええ、気づいてないわ」

「今、データはどこにある」

スカートのポケットに手を当てる。

「オリジナルはここにある。でも、解読したデータはパソコンの中に残してきた。急いで部屋を出てきたから消す余裕がなかったのよ」

「高城が見る心配はないな」

一瞬考える。自分のパソコンにはロックがかかっている。もし高城が自分に不審を抱き開こうと思っても、簡単には開けない。

「うん、心配ない」

携帯の向こうの空気が、再び慌ただしく動きはじめる。

「お前、今、どこにいるんだ」

「まだ病院よ。部屋を出て手洗いに駆け込み、そこからかけてるの」

「今すぐそこを出ろ。万が一、お前がふたりの関係に気づいたと高城が知ったら、何をするかわからない。病院を出たらどこにいるか連絡しろ。迎えにいく」

万が一。その言葉に息が苦しくなる。と同時に、耳の奥で金属音のような音が鳴りはじめた。極度の緊張からくる耳鳴りだ。

美帆は、わかった、と返事をして携帯を切ると、両手で自分の頬を叩《たた》いた。しっかりしろ。心の中で自分を叱咤《しった》する。

個室から出て、手洗いのドアを開けた。わずかな隙間から外の様子を見る。あたりに人の気配はない。ほっと安堵《あんど》の息が漏れる。

とにかく早く病院を出よう。栗原に連絡をするのだ。

美帆は手洗いを出ると、病院関係者用の出入り口へ向かった。内履きから靴に履き替え、外に出ようとした。そのとき、あることを思い出した。今日、帰る前に司の病室に寄って、パスワードの件について報告をすると約束していたのだ。司はきっと、美帆が来るのを待っている。

司に会いに戻ろうか。

しかし、美帆はその迷いを振り切った。今は司への報告より、栗原に会うほうが重要だ。美帆は止めていた足を踏み出し、病院の外に出た。

外に出ると、あたりは静まり返っていた。郊外に位置するこのあたりは、深夜になると人はおろか車もほとんど通らない。

美帆がいま出てきた病院関係者用の出入り口も、表玄関や救急入り口の裏側にあるため、普段から人通りは少なかった。街路灯の数も、表玄関付近より少ない。

美帆は門へ続く駐車場を歩きながら、携帯を開いた。栗原に病院の北側にいると伝えるためだ。

栗原の番号を探す。携帯画面に栗原の名前が表示された。発信ボタンに指を載せる。押そうとしたとたん。背後に人の気配を感じた。反射的に後ろを振り返る。振り向きざま、腹を鈍器のようなもので殴られた。

腹に激痛が走る。身体がふたつに折れ曲がる。膝が落ち、地面に四つんばいになる。腹ばいになった背を強い力で押された。誰かが背中に馬乗りになったのだ。

何が起こったのかわからない。胸が圧迫されて息が苦しい。

誰か、助けて。

叫ぼうと口を開く。声が喉《のど》まで出かかる。

その声を何かで塞《ふさ》がれた。タオルのようなものだ。振りほどこうと首を激しく振る。しかし、外れない。背中に乗った人物は、ものすごい力で口を塞いでくる。

息を止めていたが、我慢できず深く息を吸い込んだ。苦味のある甘い匂いがした。気管が刺激されて咳《せき》が出る。

いったい誰が。

自分を襲った人物の顔を見ようと、首を巡らす。頭を少し動かしただけなのに、ぐらりと目眩《めまい》がする。視界が揺れ、意識が朦朧《もうろう》としてくる。

急に腕に鋭い痛みを感じた。注射だ。腕に何かを注入された。次第に全身が熱くなり、思考が鈍ってくる。精神安定剤だ。効きの強さからかなり高濃度のものだとわかる。

背中の圧迫がなくなる。上に乗っていた人物が背中から降りたようだ。

口からタオルが外される。悲鳴をあげようとした。しかし、声が出なかった。出るのは低い呻《うめ》き声だけだった。

仰向《あおむ》けにされて、背後から両脇に手を差し込まれる。そのままずるずると引きずられる。

襲った相手の顔を見ようとあたりに目を凝らすが、何も見えない。目は開いているはずなのに、あたりが暗い。視覚が麻痺《まひ》しているのだ。

急に身体から手が離れ、どこかに押し込まれた。車のエンジンがかかる音がした。車中のようだ。口も利けず、手も動かない。すべて失われた身体の機能の中で、唯一、生きているのは聴覚だった。

いったい誰が襲ったのか。

何か手掛かりになる音や声が聞こえないかと耳に神経を集中させる。

しかし、もう意識を保っていることさえ限界だった。恐怖さえも麻痺しはじめている。

何も考えられない。

朦朧としていく美帆の耳に、ある人物の声が聞こえた。
「ゆっくり寝ていなさい。そのあいだに目的地に着く」
聞き覚えのある声だった。普段から聞いている声。
美帆は心の中で、声の持ち主の名前をつぶやいた。
——高城先生
身体が大きく揺れた。
車が発進したようだ。
強い目眩を覚え、美帆はそのまま意識を失った。

司はベッドサイドに置いてある時計を見た。

十一時を回っている。消灯時間はとっくに過ぎた。

先生は今日の夕方、帰る前に病室に立ち寄る、と言っていた。しかし、この時間になってもまだ来ない。

黙って帰ったのだろうか。そう思ったが、すぐにその考えを打ち消した。先生は約束をやぶるような人間ではない。きっと、まだパスワードの解読をしているのだ。しかし。遅すぎる。時間を忘れるくらい熱中して解読しているとしても、あまりに遅い。

司はもう一度、時計を見た。

司はベッドから起き上がり、病室を出た。美帆がまだいるか確かめるために、医務課に向かう。

病棟と管理棟を繋《つな》ぐ連絡通路にさしかかる。通路の中ほどにある警備室を通り過ぎようとしたとき、ガラス張りのドアが開いて夜勤の警備員が顔を出した。

「きみ、どこにいくんだね」

正社員としての年齢はとうに過ぎている。シルバー人材会社から、派遣されてきたのだろう。司は足を止めずに答えた。

「佐久間先生に用事があるんだ」

警備員は手をひらひらと振った。

「佐久間先生なら、もう帰ったよ」

「帰った？」

司は足を止めた。

「いつ」

警備員は壁にかかっている時計を振り返った。

「二十分くらい前かな。管理棟の定時の見回りに行ったとき、病院関係者用の出入り口から外に出て行く佐久間先生を見たよ」

「嘘だ」

司が叫ぶ。警備員はあからさまに不機嫌な顔をした。

「どうして私が嘘をつかなければいけないんだね。佐久間先生は手にバッグを持っていた。もう帰ったんだよ」

声に嘘の色はない。警備員は本当のことを言っている。それでも司は、警備員に食ってかかった。

「何かの見間違いだ」

頭の中で、嘘だ、と何度も繰り返す。先生がおれに黙って帰るはずがない。おれに嘘をつくはずがない。司の脳裏に、自分に話しかける美帆の真剣な眼差《まなざ》しが浮かぶ。

「先生がおれに黙って帰るはずがない！」

司は管理棟に向かって走り出した。

「おい、待て！」

警備員が追いかけてくる。それでも司は止まらない。全速力で走る。

司の腕を、追いついた警備員が後ろから摑《つか》んだ。

「許可なく病棟を出るんじゃない！」

警備会社から派遣されてくる人間だ。歳の割に力が強い。痩《や》せている司は、簡単に引き戻された。

「離せ！」

警備員の腕から逃れようと、身をよじる。

そのとき、警備室のブザーが鳴った。病院関係者用の出入り口に取り付けられている、呼び出しボタンと直結しているものだ。その出入り口は、救急患者以外で時間外に病院を訪れる人間の、時間外用出入り口にもなっている。誰かが急用で訪れたのだ。

来訪者と司のどちらを優先すべきか、警備員は一瞬迷ったようだったが、司の腕を離すと、とにかく病室に戻りなさい。言うことを聞かないと、力ずくで押し込むからな、と言い残し、病院関係者用の出入り口へ走っていった。

警備員の姿が見えなくなると、司は警備員の言いつけを無視して医務課へ向かった。

管理棟は薄暗かった。この時間に院内で、照明が煌々《こうこう》とついているのは救急外来くらいだ。

通路を右に曲がり、医務課へ向かう。廊下を進むと少し先に、天井からぶら下がっている医務課のプレートが見えた。壁の上部にとりつけられている磨《す》りガラスから、中の明かりが漏れている。

誰かいる。

嬉《うれ》しさが胸に込みあげてくる。やはり先生はまだ帰っていなかったのだ。

司は医務課のドアを勢いよく開けた。室内を見回した司の顔が曇る。

中には誰もいなかった。

やはり帰ったのだろうか。そう思いかけたが、考え直した。明かりがついているということは、用事で少しのあいだ、席を外しているだけなのかもしれない。それならば、作業中のパソコンの電源が入ったままになっているのではないだろうか。

司は部屋の中に置かれているパソコンを、すべて見てまわった。しかし、電源が入っているパソコンは一台もなかった。すべて電源が落とされている。作業の途中で席を立った形跡はない。

司の耳に先ほどの警備員が口にした、佐久間先生なら、もう帰ったよ、という言葉が蘇《よみがえ》る。嘘だ、と心が言っている。しかし、頭はその思いを否定していた。

司は部屋を出た。

ドアを後ろ手に閉めてその場に立ち尽くす。

辛《つら》い。

司はそう思った。それは、彩を亡くしてから、はじめて感じる別な辛さだった。

強く引きつけておきながら、いきなり突き放されたような感覚。いままで必死に摑んでいた綱が突然切れて、握り締めるものを失ったような心細さ。その両方が司の胸に広がっていた。

司はどこに向かうでもなく歩きはじめた。その耳に、誰かの話し声が聞こえた。声は病院関係者用の出入り口から聞こえてくる。警備員が先ほど病院を訪れた来訪者の応対をしているのだろう。昼間ならまわりの喧騒《けんそう》でかき消される声が、深夜の静かな廊下では反響してここまで聞こえてくる。

自分には関係ない。

一度止めた足を踏み出した司は、耳に飛び込んできたある名前にその足を止めた。

「だから、佐久間先生は帰ったと何度も言っているでしょう」

「でも、病院を出たら連絡するって言ったのに、いつまで待っても連絡がないんですよ。だから、まだ病院の中にいるのかもしれないから捜してくれとお願いしてるんじゃないですか」

耳に聞こえた美帆の名前に、司は病院関係者用の出入り口に向かって駆け出した。

病院関係者用の出入り口に、さきほどの警備員とひとりの男が立っていた。歳は美帆と同じくらいだろうか。ジーンズにブルーのシャツを着ている。削《そ》げたような頰と切れ長の目に、冷たい印象を受ける。

「先生に、何かあったのか」

司はふたりの会話に割って入った。ふたりが司を振り返る。警備員は司を見ると、血相を変えた。

「藤木、病室に戻れと言っただろう」

警備員が司に向かってくる。それを、男が声で制した。

「おまえ、藤木司か。佐久間の担当患者の」

なぜこの男が自分の名前を知っているのか。

怪訝《けげん》に思いながらも、司はうなずいた。男は警備員を押しのけると、司の目の前に立った。

「おれは佐久間の同級生で栗原というものだ。今しがた佐久間から、これから病院を出ると電話があった。病院を出たら連絡をよこすはずになっているのに、いまだにない。

お前、何か心当たりはないか」

栗原という名前に聞き覚えがあった。たしか先生が、警察に勤めている友人だと言っていたような気がする。

司は栗原の口元を見た。声が強い焦りと動揺の色をしている。事態は深刻なようだ。

司はいま自分がここにいる理由を、栗原に説明した。

「帰りに病室に立ち寄るって言った先生が、おれに黙って帰るはずがない。先生がおれに嘘をつくなんて絶対ありえない。先生に何かあったんだ」

司の言い分に、栗原は一瞬、不機嫌そうな顔をした。なぜ、そんな顔をしたのか、司にはわからない。理由を尋ねようとしたが、栗原はすぐに深刻な表情に戻ると、何かを考え込むように黙り込んだ。

厳しい表情に、声をかけることを躊躇《ためら》う。しかし、焦る司は耐えきれずに、声をかけようとした。口を開いたと同時に、うつむいていた栗原が顔を上げた。栗原は恐いくらい真剣な眼差しで司を見た。

「佐久間からお前のことは聞いている。彩って子のことも、お前の特異能力のことも」

司は息をのんだ。自分のことを知っているという栗原に警戒心が湧く。栗原は特異能力を持っている自分をどう見ているのだろうか。

しかし、栗原は司のことなどどうでもいいとでもいうように、美帆に話を戻した。

「佐久間は電話で、彩って子が残したデータが解読出来たと言っていた。そのデータの中に、この病院に勤めている高城という精神科医が、彩に性的暴行を加えていた事実が書かれていたらしい」

高城が。

自分の耳を疑う。しかし、栗原の声に嘘の色は欠片《かけら》もなかった。栗原は冷ややかに言った。

「おれはお前の特異能力ってやつを信用していない。だが、お前が知っている情報は信じる。おれは警官として、事件に関わるすべての真相を追究する義務がある。個人的には、声が色に見えるなんてふざけたことをぬかすお前にこんなことを頼むのは不本意だが、仕方がない。警官として、この一連の事件の有力な情報を持っているお前に捜査の協力を求める」

言い方はともかくとして、栗原が本気で自分に協力を求めているということだけは司にもわかった。

司は栗原の目を見てうなずいた。

栗原は警備員を振り返り、ジーンズの後ろポケットから、ある手帳を取り出した。手帳はジーンズのベルトを通す紐《ひも》にチェーンで繋《つな》がれている。栗原はチェーンから手帳を外すと、警備員にかざした。警察手帳だった。

「この病院に勤務している精神科医、高城の自宅、携帯、実家、どこでもいい。かたっぱしから電話をかけて彼を捜してください。それから、おそらく高城は車を所有しているはずです。その車のナンバーが知りたい。あと、医務課のパソコンを管理している人間を、今すぐここに呼んでください」

何が起こっているのかまったくわからない警備員は、うろたえながら尋ねた。

「いったい何があったんですか」

栗原は手帳をしまいながら答えた。

「高城はある事件の重要参考人です。事態は一刻を争う。急いでください」

警備員は信じられないという顔をしながら、廊下を駆け出した。

栗原は司の腕を取ると、足早に歩き出した。半ば引きずられるように後をついていく司は、栗原に尋ねた。

「どこに行くんだ」

「佐久間の机に連れてってくれ。あいつのパソコンを開いて、彩のデータを探す」

司は苛立《いらだ》たしげに叫んだ。

「今は彩のデータより、先生を捜すのが先だろう」

栗原は歩きながら答える。

「お前、夜中の路上であたりかまわず佐久間の名前を叫べば、あいつが見つかると思ってるのか。感情で動いたって、見つからない。あいつの危険が増すだけだ」

司は、危険、という言葉に足を止めた。つられて足を止めた栗原に摑《つか》みかかる。

「危険って何だよ。先生があぶないのか。いったい先生に何が起こってるんだ」

栗原は胸元を摑んでいる司の手を、乱暴に振り払った。

「佐久間は高城の秘密を知った。おそらく高城は、あいつが自分の秘密を知ったことを悟った。そして、口を封じるためにあいつを連れ去った。おれはそう睨《にら》んでいる」

司は目を見張った。栗原の声は、昂奮《こうふん》と恐れが混じり合った色をしていた。極度の緊迫した感情だ。

栗原は司の腕を引いて、また歩き出した。

「今は高城が、事件の重要参考人だという証拠を手に入れるのが先決だ。それがないと警察は動けない。証拠さえあれば、警察を動かすことが出来る」

司は考えた。

「いったい、どうやって先生を連れていったんだ」

「車だ」

栗原はきっぱりと言った。

「高城はおそらく自分の車で佐久間を拉致《らち》したはずだ。連れ去るのにタクシーなんか使えないからな」

「共犯者がいるってことも考えられる。そいつの車を使ったとか」

栗原は首を横に振った。

「共犯者はいない。いたとしても、今回は高城の単独行動だ。佐久間は短時間に連れ去られている。高城がほかの奴を呼んでる時間はない」

医務課の前に来ると、司は立ち止まった。

「ここが先生の机がある部屋だ」

栗原はいきおいよくドアを開けた。中に入りあたりを見渡す。

「佐久間の机はどこだ」

司は首を横に振った。

「知らない」

司の答えを聞くと栗原は、部屋の端に置かれている机に駆け寄ると、ひとつひとつ順番に机の上を見はじめた。そして、ある机の前で立ち止まると、ドアから二列目にある席を指差した。

「そこが佐久間の席だ。パソコンの電源を入れろ」

どうしてそこが先生の机だとわかるのだろう。面持ちから内心を悟ったのか、栗原は立ち止まった机の天板を指でこつこつと叩《たた》いた。

「職場にはだいたい座席表があるんだ。席の所有者の名前や内線番号が書かれている。すぐに見られるように、デスクマットに挟んでいる奴が多いんだ」

栗原の理にかなった説明に、この男を信用してもいいのではないか、という思いが頭をよぎる。

「ぼさっとするな。早く佐久間のパソコンの電源を入れろ」

司は慌てて美帆のパソコンを開くと、電源を入れた。

パソコンが立ち上がり、パスワードの入力画面が表示された。

司は栗原を見た。

「パスワードがかかってる」

栗原は、当然だ、というような顔で司の隣に立った。

「あたりまえだ。組織の中で他人のパソコンの中身を誰彼かまわず見ることが出来たら問題だろう。そんなことは想定済みだ。だからさっき警備員に、ここのパソコンを管理している人間を連れて来いって言ったんだ。そいつならセキュリティを解くことが出来るはずだからな」

いきなり、医務課のドアが開いた。

弾《はじ》かれたようにドアを見る。視線の先にはふたりの男性が立っていた。ひとりは先ほどの警備員、もうひとりは角刈りの男性だった。年齢は五十代半ばくらいだろうか。警備員は男性を紹介した。

「こちらが医務課のネットを管理している方です」

角刈りの男性は、落ち着かない様子で頭を下げた。

男は中村《なかむら》と名乗った。栗原は中村に向かって、美帆のパソコンのパスワードを解くように指示した。

「事は急を要します。なるべく急いでください」

中村は、わかりました、と返事をすると、美帆の席に着きキーボードを叩いた。画面に表示されているID欄とパスワード欄に、アルファベットと数字が混在した文字が打ち込まれる。中村がOKをクリックする。

開かない。

中村は唸《うな》った。

「病院側から与えられたパスワードを変えていますね」

横から司が口を挟む。

「それをどうにかするのが、あんたの仕事だろう」

中村は、お前に指図される筋合いはない、とでも言いたげに司を一瞥《いちべつ》して席を立った。

「私のパソコンを使いましょう」

そう言うと中村は、部屋を出て行った。ほどなく、中村が部屋に戻ってきた。手に一台のノートパソコンを持っている。中村は美帆の席に着くと、持ってきたパソコンの電源を入れた。

「これは私のパソコンです。管理者のパソコンからは共有ファイルで、他のパソコンの中を見ることが出来るんです」

パソコンが立ち上がると中村は、手早くパスワードを入力して画面を開いた。マイコンピュータを開き、その中の共有ファイルと記されたアイコンをクリックする。

「ここから各パソコンに繋がっているんです」

中村は数あるフォルダの中から「佐久間美帆」という名前のフォルダを選びクリック

した。フォルダが開く。中村は隣に立っている栗原を見た。

「これが佐久間さんのパソコンの中にあるデータです」

栗原はうなずくと、中村と席を交代した。パソコンの中には、多くのフォルダがあった。栗原がどこかの場所をクリックすると、フォルダの並び順が変わった。

「何をしたんだ」

司が訊《き》く。

栗原はぶっきらぼうに答えた。

「更新日時順に並び替えた」

フォルダの横に表示されている更新日時を見る。最新のものが上から順に並んでいた。一番上にあるフォルダを見る。美帆が最後に使用したフォルダだ。更新日時は今日の二十三時五分。フォルダ名は「A」。彩のA。司は息をのんだ。

栗原は「A」のフォルダを開いた。フォルダの中には、ふたつの文書データが入っていた。ひとつは「原本」、もうひとつは「作業中」という名前が付けられている。栗原は「原本」と名づけられたデータをクリックした。パスワードの入力を求められる。栗原は原本を閉じた。次に栗原は「作業中」のデータをクリックした。開いた。こちらはロックがかかっていなかった。

画面を見つめる栗原がつぶやいた。

「これだ」

司は栗原を押しのけると、画面に顔を近づけた。目に飛び込んできたのは、横書きの文章だった。

「これが、彩の日記……」

一行目から追っていく。

『つかさ。ことばうてた』

(司。言葉打てた)

「おれの名前だ」

声が震えた。

栗原は画面をスクロールさせた。

画面を文章が上に流れていく。司は必死に目で追った。日記が進むにつれ、司の顔が次第に険しくなってきた。身体が震えて、止めようとしても止まらない。これ以上、読みたくない、という思いと、すべてを知りたいという想いが交差する。司の目は本人の意思にかかわらず、文章を追っていく。日記をすべて読み終わったときには、全身に汗をびっしょりかいていた。

目眩《めまい》がした。

司はとっさに机で身体を支えた。

やはり彩は、安藤から売春を強制されていたのだ。しかも、相手の男は自分の担当医である高城だった。信じられない事実に頭が混乱している。

机に片肘《かたひじ》をついて画面を見つめている栗原が、司に尋ねた。

「おまえ、この場所がどこかわからないか」

司はうつむいていた顔を上げた。

「この場所？」

「ここだ」

栗原が画面を指差す。司は指の先を見た。

——私の部屋に安藤先生が来た。また連れていかれた。道路の下。からっぽで汚い。呼んでも外に聞こえない。助けてくれない
道路の下。からっぽで汚い。呼んでも外に聞こえない。

司は首を横に振った。

「たったこれだけで、ここがどこかなんて、わかる訳がないだろう」

栗原は背もたれに身を預けて、腕を組んだ。

「裏通りにある雑居ビルの地下。今はもう使われていないか、もしくは、使われていたとしてもかなり古い。高城はそこを住居にはしていない。彩を連れ込むために借りた場所だ」

まるで知っているかのような物言いに、少しむっとする。

「どうしてそんなことわかるんだよ」

栗原は淡々と答えた。

「文面の『また』というところから、彩がこの場所になんども連れて行かれていたことがわかる。一度や二度ならまだしも、頻繁に出入りするなら人目につくような場所を選ぶわけがない。ということは、人通りが少ない裏道にある、使われていないビル、もしくは廃墟《はいきょ》同然のビルだ。高城が住んでいないということは『からっぽ』という言葉からわかる。冷蔵庫やテレビといった生活用具が置かれてないんだろう。高城はそこでは暮らしていない。目的のためだけに用意した場所だ。佐久間はここに連れて行かれた」

理屈の通った説明に、返す言葉もない。しかし、司は引かなかった。

「ここに、先生が連れ込まれたとは限らないじゃないか。別な場所かもしれない」

「ありえないね」

栗原が言い切る。

「人目につかず、誰にも知られていない場所があるのに、どうして犯行に使う場所を変える必要があるんだ。連続殺人事件の多くは同じ場所で犯行におよんでいる。小動物が敵に見つからないために、自分の臭いがつく排泄《はいせつ》行為を決まった場所でするのと同じ原理だ。高城だって同じだ。自分に都合のいい場所があるのに、場所を変えて足がつくようなことはしない。必ず佐久間はここにいる」

もう、返す言葉はなかった。

栗原は司に向き直った。

「本当にこの場所に心当たりはないか。特定できなくてもいい。せめてどこの町なのかだけでも知りたい。手掛かりを思い出せるのは、彩の一番近くにいたお前しかいない。彩の様子を思い出せ。怯《おび》えていたもの、嫌がっていたもの、恐れていたもの、なんでもいい。場所に繋《つな》がる何かを必死に考えろ」

栗原は冷静だった。だが、その冷静さが逆に事の深刻さを物語っていた。

彩が怯えていたもの、嫌がっていたもの、恐れていたもの。司は記憶の底から懸命に探した。自分が知っている彩のすべてを思い出す。

司は閉じていた目を、いきなり開いた。

「三谷内町《みやうち》」

栗原が、同じ言葉を繰り返す。司は栗原をまっすぐに見た。

「おれは時々、彩と一緒に外出していた。出先で彩は、ある場所に近づくと必ず気分が悪くなった。それが三谷内町だ。三谷内町には大きな公園があって、そこの遊歩道がすごくきれいなんだ。彩をそこに連れて行きたくて、何どか誘ったことがある。でも、彩はひどく嫌がって行こうとはしないんだ。はじめは三谷内町の公園が嫌いなのかと思ったけれど、次第にそうじゃないことに気がついた。彩は公園だけじゃなく、三谷内町のすべてを嫌っていた。外出したついでに三谷内町に立ち寄ろうとしても、彩は首を縦に振らなかった。どんなに誘っても、目に涙を浮かべて嫌がった。口から漏れる嗚咽《おえつ》も、怯えと恐怖が入り雑《ま》じった色をしていた」

栗原は机の上に置いてあるペン立てからカッターナイフを取り出すと、椅子から勢いよく立ち上がった。

「おれについて来い」

いきなり命令されて面食らう。栗原は司の返事を待たず部屋を出ていった。司は慌てて栗原の後を追った。

病院関係者用の出入り口から外に出ると、栗原は駐車場の真ん中で立ち止まった。カッターを右手に持ち、押し出した刃を自分の左親指にあてる。そして思いきり引いた。

「何するんだ」

司は思わず叫んだ。

大きく割れた傷口から、赤い血が盛り上がってくる。栗原は自ら切った左手の親指を右手でしごいた。傷口から地面に、血が滴り落ちる。肉眼でわかるくらいの量の血液を地面に落とすと、栗原はシャツの裾《すそ》で傷ついた指先を押さえた。そして呆然《ぼうぜん》としている司を横目に、シャツの胸ポケットから携帯を取り出すと、電話をかけた。しばらくすると、携帯の向こうで誰かが出る気配がした。

「もしもし、岩井さんですか。栗原です。もう、寝てましたか。すみません。はい、緊急です」

栗原の声が橙色《だいだいいろ》だ。冷静を装っているが、かなり昂奮《こうふん》しているのがわかる。栗原は見えない相手に直立不動で話を続ける。

「略取事件です。被害者は佐久間美帆。国立病院に勤務している臨床心理士で、今回の障害者施設入所者買春事件の鍵《かぎ》を握っている人間です。略取したと思われる男は、同病院に勤める精神科医の高城諒一《りょういち》。高城は同事件にも深く関わっていると思われます。証拠も挙がっています。佐久間美帆は怪我を負っている模様。略取されたと思われる場所に、血痕《けっこん》が残っています。はい、目撃者もいます」

司は驚いて栗原を見た。血痕は先生のものではなく栗原のものだ。目撃者もいない。

栗原はかまわず話し続ける。

「高城は猥褻《わいせつ》目的で、ある少女を特定の場所に連れ込んでいました。場所は三谷内町周辺の裏通りにある古い雑居ビル、もしくは、あまり使われていない建物の地下の一室と思われます。佐久間美帆もそこに連れ込まれている可能性が極めて高く、高城は佐久間を連れ去る際、自分の車を使用しています」

栗原は、警備員から聞いた高城の車の車種とナンバーを伝えた。栗原は夜の闇を睨《にら》んだ。

「岩井さん、頼みます。緊急配備を敷いてください。敷けるだけの現場状況は揃っているはずです」

司はこのときはじめて、栗原が指を切った理由がわかった。

美帆が高城に連れ去られたというのは、憶測に過ぎない。いくら確証はあっても証拠がなければ警察は動けない。栗原は自分の血で状況証拠をでっち上げたのだ。

偽証という罪がどれほど重いものなのか、司にはわからない。もし、美帆が高城とは無関係で、単に自分の都合で栗原に連絡を入れていないだけだとしたら、栗原は間違いなく処分を受ける。栗原は職を賭《と》して嘘の証言をしたのだ。

栗原は黙って返事を待っている。ふと、緊張していた栗原の顔が弛《ゆる》んだ。

「ありがとうございます」

声が安堵《あんど》の色をしている。許可がおりたようだ。

栗原は見えるはずのない電話の相手に深く頭を下げると、早口でこの病院の住所と現場となっている駐車場の詳しい場所を伝えた。

「わかりました。現場で待機します」

栗原はそう言うと、もう一度、ありがとうございます、と繰り返し、電話を切った。

携帯を胸にしまうと、栗原は司を見た。司も栗原を見た。

栗原は司に無表情に言った。

「今からここに警察がくる。佐久間が拉致《らち》された状況をうまく説明しろよ。目撃者」

司も栗原に無表情に言った。

「あんたも、地面の血が自分の血だってばれないようにしろよ。嘘つき警官」

まもなく、二台のパトカーが現場に到着した。

パトカーから数人の警官が降りてくる。栗原のところにひとりが駆け寄り敬礼した。

栗原は警官に警察手帳を見せると、手短に現場の状況を説明した。

「そして、彼が事件の目撃者だ」

いきなり紹介された司は、戸惑いながらも必死に偽りの証言をした。

目が覚めて手洗いに行こうとしたとき、なにげなく見た窓の外に美帆と高城がいた。ふたりは何か言い争いをしているようで、高城が美帆にいきなり刃物のようなものを突きつけて、無理やり車に乗せると走り去って行った、と説明した。

深夜の駐車場に、次第に人が集まってきた。近所の住人に混じり、病院関係者の姿もある。

警官が司の事情聴取を終えると栗原は、待機しているパトカーに乗り込んだ。三谷内町に向かうのだ。司も慌《あわ》てて後を追い、後部座席に乗り込む。栗原は助手席から後ろを振り向くと、目を吊り上げた。

「おまえ、何やってるんだ。善良な一般市民の協力はここまでだ。ここから先は警察の仕事だ。民間人が出る幕じゃない。いますぐ降りろ」

栗原の口から、普段、見たこともないくらい濃い橙色が吐き出された。かなり気が昂《たか》ぶっている。感情の強さに圧倒されそうになる。司は激しく首を横に振った。

「これはおれの事件だ。先生が危険な目に遭っているのはおれのせいだ。おれはこの事件を最後まで見届ける権利と義務がある」

栗原の目を、まっすぐに見つめる。司の目をじっと見ていた栗原は身体の向きをもとに戻すと、運転席に座っている若い警官に指示を出した。

「三谷内町に応援に向かう。車を出せ」

警官は驚いた顔で、栗原を見た。病院の入院患者をこのまま連れ出していいのか、と目で訴えている。栗原は指示どおりに動かない警官を、目の端で見据えた。

「上の指示には迅速に従う。そう、自分の上司に教わらなかったか」

若い警官は身を硬くして、ギアを入れた。

「出動します」

警官の声とともに、車は三谷内町に向かって走り出した。

車が走り出すと同時に、栗原が前方を見たままつぶやいた。

「ついてくる以上は、足手まといになるなよ。それから、あいつのすべてを自分が知っているような言い方はやめろ」

栗原が言う。あいつ、が誰のことを指しているのかわからなかった。あいつが誰なのか尋ねると栗原は、察しが悪いとでも言いたげに軽く舌打ちをした。

「佐久間のことだよ。お前はあいつが自分には絶対に嘘をつかない、なんて自信満々に言ってるが、そんなことはわからないだろう。あいつのことを一番知っているのは自分だ、なんて我が物顔はするな。あいつはお前のものじゃない」

病院関係者用の出入り口で、栗原が一瞬、不機嫌そうな顔をした理由を、司は今やっと理解した。

わかった、と言いかけてやめた。うなずくのが、なんとなく癪《しゃく》だった。

五

美帆は全身の激しい痛みで、意識を取り戻した。

頭が痛い。全身がだるく目が開かない。

瞼《まぶた》に力を込める。ようやく開いた瞼の隙間から、ぼんやりと灰色の壁が見えた。

ここはどこだろう。いったい何が起こったのか。意識が混濁している。

また頭が痛んだ。反射的にきつく目を閉じる。再び目を開けると、先ほどより少しだけ焦点が合った。

目だけであたりを見る。

美帆がいる場所は、打ちっぱなしのコンクリートに囲まれた部屋だった。学校の教室ほどの広さで、視界に映る範囲には何も置かれていない。あるのは床に転がっている空のペットボトルだけだ。

「目が覚めたか」

突然、背後から声がした。聞き覚えのある声だった。

記憶が一気に蘇《よみがえ》る。

そうだ。自分は栗原に連絡するために病院を出たあと、高城に襲われ連れ去られたのだ。

身を起こそうと、身体に力を込める。しかし、動かない。身体を見ると手足をビニール製の紐《ひも》で縛られていた。

恐怖と混乱で身体が震えてくる。

美帆は渾身《こんしん》の力を込めて、体勢をかえた。自分の後ろを見た美帆の目に、ひとりの男が映った。

男はソファに腰掛けていた。赤いソファは、背もたれを倒すとベッドになり、起こすとソファになるソファベッドだった。足を大きく開き背もたれに身を預け、じっとこちらを見ている。顔を歪《ゆが》ませ、口角を奇妙に捻《ね》じ曲げて笑う姿は、美帆が知っている男ではなかった。

「高城先生」

美帆は男の名前をつぶやいた。やっと絞り出した声は掠《かす》れていた。ろれつもよく回らない。それが腕に打たれた高濃度の精神安定剤によるものなのか、これから起きることへの恐怖によるものなのかはわからない。

「気がついたかね」

声だけはいつもの高城だ。

美帆は悲痛な面持ちで高城を見た。

「どうして、こんなことを」

高城は喉《のど》の奥で笑った。

「自分が犯した罪を知っている人間を、放っておく奴がどこにいる」

その言葉に顔が強張《こわば》る。美帆が、高城が犯した罪に気づいたと知っているのだ。

美帆はとっさにシラを切った。

「何を言っているのかわかりません。どうしてこんなことをするんですか。私が何をしたというんですか」

高城は悲しげな顔で、首を横に振った。

「芝居は不要だ。君が彩のデータを解読したことはわかっている。無駄だよ」

全身の血の気が引いていく。高城はどうして自分がデータを解読できたことを知っているのか。同じ部屋で作業はしていたが、自分のパソコンを見られた覚えはない。

美帆の疑問を悟ったのか、高城は得意げに笑った。

「部下のパソコンの中身は、すべて共有フォルダに入っていることは、君も知っているだろう。彩のデータを解読して君が帰ろうとしたとき、私が君を呼び止めたことを覚えているかね。私は君に質問をした。君はどうでもいい質問に律儀に答えてくれた。その間に、共有フォルダの中にある君のパソコンの中身はすべて覗《のぞ》かせてもらったよ。あの文章をよく解読出来たな。褒めてあげよう」

たしかに高城は、自分が質問に答えている間、ずっとパソコンの画面を見ていた。どうしてあのとき、自分のパソコンの中身が、共有フォルダに入っていることを思い出さなかったのだろう。しかし、今さら悔いても遅い。今は、ここをどうすれば切り抜けられるか考えるのだ。後悔するのはそのあとだ。

美帆は、自分が今すべきことを考えた。まず、自分が置かれている状況を把握するのが先決だ。

今、何時なのだろう。自分の腕時計を見ようとするが、後ろ手に縛られていて見えない。室内を見回すが、時計と思《おぼ》しきものは見当たらなかった。

しかし、朝でないことはわかった。朝ならば時間的に尿意を感じるはずだ。尿意を感じないということは、連れ去られてからまださほど時間は経っていないということだ。それに、いくら高濃度のものであっても精神安定剤である以上、睡眠薬ほど効果は持続しない。せいぜいもって一、二時間くらいだろう。

栗原の顔が頭に浮かんだ。栗原は今頃どうしているだろう。連絡がないことをどう思っているのか。急に気が変わってアパートに帰ったとでも思っただろうか。

美帆は自分の頭をよぎる考えを心で否定した。

いや、違う。栗原はきっと自分を捜してくれている。これから会うと言っている友人が急に連絡を絶ったことを、そのまま放置する男ではない。

美帆は奥歯をきつく嚙《か》んだ。栗原が助けに来るまで時間を稼ごう。栗原が必ず見つけてくれる。

青虫のように身をくねらせて床に横たわっている美帆を、高城は楽しそうに見下ろしている。美帆はなぶるような視線を、真っ向から見据えた。

「ここは、どこですか」

「私の部屋だ」

改めて室内を見渡す。入り口と思われる頑丈そうな鉄製のドアと、手洗いと書かれたプレートが貼られているドアがある他は、高城が座っている赤いソファがあるだけだ。他にはなにもない。窓すらなかった。殺風景な部屋に生活感はない。

美帆は彩が残したデータにあった、ある一文を思い出した。

――私の部屋に安藤先生が来た。また連れていかれた。道路の下。からっぽで汚い。呼んでも外に聞こえない。助けてくれない

ここだ。美帆は思った。なにもない空っぽの部屋。助けを求めても、窓がないから声は外に聞こえない。ここは、高城が彩を辱めるために用意した場所だ。

胸が強く痛む。

こんな薄汚れた部屋で、彩はどんな思いで抱かれたのだろう。どんな気持ちで助けを求め抵抗したのだろう。それを、高城はどんな顔で見ていたのだろう。泣き叫ぶ彩をどのように辱めたのだろう。

悲しみに変わり、激しい怒りが腹の底から込みあげてくる。

美帆は床に横たわったまま、高城を睨《にら》みつけた。

「ここに、彩さんを連れ込んでいたんですね」

高城は嗤《わら》った。

「連れ込むなんて言い方はやめてくれないか。彩との関係は成るべくして成った関係だ」

「嘘！」

高城に食らいつく。

「彩さんは何ども手首を切っている。限界まで追い込まれていたのよ。それは高城先生、あなたのせいです。あなたが無理やり彩さんを犯していたからです。それを、成るべくして成った関係だなんてよく言えますね。しかも、相手は障害を抱えている少女ですよ。その子を力ずくで犯すなんて考えられません」

高城は美帆を上から見下ろした。

「障害を抱えているから何だというんだね。彼女たちにも性欲はある。健常者と同じようにね」

栗原と同じことを言う高城に、一瞬言葉に詰まる。しかし、美帆は首を横に振った。

「でも、彩さんは違う。彩さんは先生に抱かれることを望んでなどいなかった」

「たしかに、彩は望んでいなかったかもしれない。でも、それは結果的に施設の、ひいては入所者のためになったんだからいいじゃないか。彼女の手柄だよ」

「手柄？」

美帆が訊《き》き返す。高城は相手を見下すような笑みを浮かべた。

「君は私が彩を抱くようになった経緯を知らないだろう。私は決して自分だけが満足するような取り引きはしていない。安藤も了解済みのことだ」

高城の目が、遠くで焦点を結んだ。

「彩は、私の理想だった」

高城は夢を見ているような面持ちで、記憶を語る。

高城が彩に出会ったのは、いまから三年前、高城が県立病院の精神科に勤務していたときだった。障害者指定医の資格を持っていた高城は、一般患者のほかに障害者更生施設や障害者施設に入所している患者の等級付けもしていた。そこに、入所したばかりの彩を安藤が連れてきた。

「はじめて彩を見たとき、あまりの美しさに目を奪われた。彩は美しかった。感情のない瞳《ひとみ》にわずかに上を向いた形のいい鼻、固く結ばれた薄い唇。診察のために、彩の肌に触れたときは、昂奮《こうふん》で手が震えないように気をつかったくらいだった」

高城は言葉を続ける。

「彩は失語症と軽度の精神遅滞を患っていたが、精神障害は見受けられなかった。失語症や精神遅滞は精神科の分野ではない。このままでは、彩は私のもとを訪れなくなる。私はカルテに『極度のストレスによる摂食障害、動悸《どうき》、鬱《うつ》症状あり』と記入した。病名は精神疾患の一種である『適応障害』にした。これで彩は精神科を受診することになる。私の診断に疑問を抱く者はいなかった。どんなことをしてでも、私は彩に会いたかった」「病名を偽るなんて……」

美帆は、信じられない、というように、弱々しく首を横に振った。

「彩は定期的に私のもとに通うようになった。彩を抱きたかった。すぐにでも自分のものにしたかった。だが、その欲望を叶《かな》えられるわけもなく、私は黙々と彩の検診を続けた。しかし、彩と会って半年が経ったある夜、転機が訪れた」

高城は懐かしむような目で、可奈と初めて会った夜のことを語る。

その日、高城が深夜勤務のため当直室にいた。静かな夜で、このまま朝を迎えるのではないかと思いはじめたとき、ひとりの少女が救急外来に運ばれてきた。少女の名前は井上《いのうえ》可奈。彩と同じ施設に入所している少女だった。彼女は極度の過呼吸を起こしていた。興奮による呼吸異常だった。

可奈の気持ちを落ち着かせるために、高城は軽い精神安定剤を打った。可奈の呼吸は次第に楽になり、気持ちも落ち着きを取り戻しはじめた。

高城は可奈に付き添ってきた安藤に、可奈が過呼吸に陥った経緯を尋ねた。どのような状況でこの症状を引き起こしたのか、カルテに記入しなければならなかった。しかし、安藤は言葉を濁し、はっきりとは答えない。

要領を得ない返答に苛立《いらだ》ちを感じていると、可奈の着替えを取るために、一度、施設に戻りたい、と安藤は高城に言った。可奈は全身に汗をかいていた。病院の入院着を貸し出すと言ったが安藤は、可奈は同じ洋服しか着ないから、と言い残し逃げるように部屋を出ていった。

診察室はふたりだけになった。診察のときに立ち会っていた看護師は、急に容態が変わった入院患者の対応で病棟に行っていた。

高城はベッドで眠る可奈を見た。半分だけ開いた唇の隙間から、桃色の舌が見えた。ふたりだけの室内に、可奈の吐息だけが聞こえる。高城の中を、ぞくりとする昂奮が駆け巡った。

高城は再び、何かを辿《たど》るような遠い目をした。

「可奈の洋服を脱がせたのは、無意識と呼べるくらい衝動的な行為だった。かけてある布団を剝《は》がすと、寝ている可奈のTシャツをたくし上げた。気づいた可奈はうつろな目で私を見た。診察をするためだ、と嘘をついた。裸の胸を触った。未成熟の胸は硬く、膨らみかけた乳房には青い筋が張っていた。昂奮に身体が震えた。欲望に耐え切れず、可奈のスカートの中に手を入れた。太腿《ふともも》は汗でじっとりと湿っていた。腿をさすり、突き当たりまで手を伸ばした。柔らかな綿の下着が手に触れた。下着の隙間から中に指を差し込んだ。そのとき、可奈が小さくつぶやいた。『さっきのおじさんみたいに、痛いことしないで』と」

美帆は息をのんだ。

高城は言葉を続けた。

布団を剝ぎ取りスカートを捲《めく》ると、太腿に紐《ひも》のようなもので縛られた跡があった。螺《ら》旋《せん》状についている跡は、鬱血《うっけつ》して青黒くなっていた。よほどきつく縛られたのだろう。高城は可奈の下着を下ろすと局部を観察した。まだ若い性器は強い摩擦により赤く腫《は》れあがっていた。

可奈は下着を脱がされても抵抗しなかった。されるがまま、じっとしている。局部に触れられることに免疫が出来ているのだ。それは、可奈が処女ではないことを物語っていた。

相手は誰だ。高城は想像を巡らした。可奈が口にした『さっきのおじさん』が特定の人物なのか、それとも不特定の相手のことを指しているのかわからない。しかし、安藤がその人物を知っていることは確かだった。

もし今回の可奈の過呼吸の原因が強姦《ごうかん》ならば、安藤は隠す必要はない。高城に正直に伝え、可奈に適切な処置を施させるはずだ。過呼吸を起こした経緯を説明出来なかったのは、自分に非があったからだ。

安藤の非とは何か。

高城の背中に汗が滲《にじ》んできた。高城は可奈を見た。目が合うと、可奈はにこりと笑った。可奈の笑顔が彩の顔と重なった。

高城は強い目眩《めまい》を覚えた。

少女の薄い胸と湿った太腿、赤みを帯びた局部に、診察するときに触れたことのある彩の身体を思い出した。口腔《こうこう》に溜《た》まった唾《つば》を飲み込んだとき、ドアをノックする音がして扉が開いた。

慌てて布団を可奈の身体にかけた。

安藤だった。手に紙袋を持っている。可奈の着替えだ。

戻ってきた安藤は、可奈を着替えさせるから部屋を出ていてくれ、と言った。高城は首を横に振った。安藤は怪訝《けげん》そうな顔をした。高城は安藤に言った。いまさら可奈の裸を隠す必要はない、お前が可奈に何をしているか私は知っている、と。安藤の非。それは、安藤が可奈を男に提供していることだった。

安藤は青ざめて、高城の言葉を否定した。しかし、高城が布団を剝ぎとり、可奈の太腿に残っている痣《あざ》を見せると観念したように頭《こうべ》を垂れた。

入所者すべての少女に、猥褻《わいせつ》行為をさせているわけではない、と安藤は言った。障害者にも性欲がある。健常者と何も変わりはない。入所者の女性の中には、その性欲を抑え切れず、自ら男性に身体を開く者もいる。彼女たちは身体の快楽を得るとともに、その快楽を通して人から優しくされる喜びを感じている。この子もそのような少女のひとりだ、と言って、ベッドに横になっている可奈を見た。

相手は誰か尋ねると、それは言えないと安藤は激しく首を横に振った。しかし、闇雲に誰かれかまわず提供しているわけではない。安心出来る相手にしか少女たちは会わせない、と言った。

安心出来る相手が少女に傷を負わせるのか、と言いながら、高城は一度かけた布団をめくり、可奈のスカートを捲った。可奈の腿に残る痣を見て、安藤は悲痛な顔をした。

普段はそんなことをしない相手なのだが、今日はほんの少し遊び心がエスカレートしたようだ。可哀相なことをした、と言って安藤は捲れているスカートを下ろし布団をかけた。

高城は安藤に、彩にも男をあてがっているのかと訊いた。高城にとってはそれが真に知りたいことだった。安藤は激しく首を横に振った。男をあてがっているのは、目を離すと見境なく男を誘う少女だけだ、彼女は違う、と否定した。

しかし、もう自分の欲望を抑えられなかった。彩を抱きたい。彩を自分のものにしたい。その欲望の前には、理性も道徳も粉々に砕け散った。

安藤に、可奈のことを黙っている代わりに彩を抱かせろ、と取り引きを迫った。安藤の血の気が引いた。安藤は高城を睨《にら》み付けると、あの子はそんな子じゃない、と声を震わせた。

しかし、高城は諦《あきら》めなかった。さらに交換条件として、公誠学園の障害者のランクを操作してやる、と持ちかけた。軽度の者を重度にすれば、国からの援助が多くもらえる。施設にとって悪い話じゃない。

しかし安藤は、それは犯罪だ。そんな条件はのめないと首を横に振る。

高城は安藤を説得した。これは、何も悪いことではない。世間や国は福祉制度の改革などと騒いでいるが、現実は障害者に対して冷たい。世間や国が弱者である障害者を守らないのならば、こちらがその制度を利用すればいい。制度を利用し、いい環境を手に入れることの何がいけないのか。障害者のランクを上げれば、国からの補助金が増え施設の環境が整う。それに、重度と認定されている障害者が実際は軽度のランクだとなれば、企業はその入所者を優先して雇用するだろう。大手の企業は、国から一定数の障害者雇用が義務付けられている。ひとり分のカウント数しか持たない軽度障害者を、ふたり分のカウント数を持つ重度障害者として雇用できる話は、企業としてもありがたい話なのだ。お前がこの条件をのめば、すべてがうまくいく。誰もが喜ぶのだ。これは犯罪ではない。社会の弱者と呼ばれる者の社会に対するせめてもの反抗だ、と言った。

それが詭弁《きべん》であることは、高城も安藤もわかっていた。しかし、この場においては、これは犯罪ではないとお互いが思える大義名分が必要だった。うなだれたまま、安藤はうなずいた——もはや安藤に選択の余地はなかった。

「どうして、高城先生が……」

目から涙が零《こぼ》れそうだった。尊敬していた高城が一連の事件の首謀者だったなんて、信じたくなかった。高城は美帆が口にした、どうして、という言葉を繰り返した。

「どうして。そうだな、私もどうしてこのようなことになったのか、考えたことはある。恥じ、悩み、考え抜き、すべては私の性癖にあるのだと悟った」

高城は空に泳がせていた視線を美帆に移した。

「私は社会的弱者と呼ばれる立場の人間にしか欲情しない」

「社会的弱者」

美帆が繰り返す。

高城は美帆に向けた視線を、再び遠くで結んだ。

高城は、自分自身、なぜこのような性癖を持ったのかわからない、と言った。そして、もし理由があるとすれば小学生の頃に見た光景かもしれない、と付け加えた。

ある日、高城は公園を横切った。普段はあまり通らない公園だった。なぜその日に限って通ったのかは覚えていない。夕暮れどきだったことを思うと、塾の帰り道だったのかもしれない。

公園の敷地を歩いていると、水飲場が目についた。喉《のど》が渇いていることに気づき、水飲場に近づいた。蛇口をひねり水に口を近づける。腰をかがめた目に植え込みが映った。青々と茂る木々の奥で何かが蠢《うごめ》いていた。

高城は植え込みの奥に目を凝らした。

脚だった。

夕陽に染まる長い脚が二本、薄暗い草木の中で揺れていた。まるで海の中で揺らめく海草のようだ、と高城は思った。

揺れる脚に誘われるように、植え込みに近づいた。葉の隙間から中を覗《のぞ》く。女がいた。女は白いスカートを腰まで捲りあげ、芝生に仰向《あおむ》けに横たわっている。

女が開いた脚の間に、男が挟まっていた。男は浅黒い尻《しり》を出し、女の腰に自分の腰を打ち付けていた。男が腰を動かすたびに女の身体は激しく揺れ、口からは長く尾を引く声があがった。

女がこちらを見た。見たことのある女だった。下校のときに道ですれ違ったことがある。女は晴れの日でも雨の日でも傘を持ち歩いていた。開いたり閉じたりしながら独り言を言っていた。

ある日、母親と一緒に道を歩いているときに、女に出くわしたことがある。いつものように女をじっと見ていると母親は、見るな、とでもいうように我が子の手を引いた。母親は、あの女はおかしいから相手にするな、と言った。

芝生に横たわる女は、植え込みから覗いている少年をじっと見ていた。逃げなければ、と思った。しかし、意に反して身体は動かない。動かないのは身体だけではなく、目も同じだった。見てはいけないと思うのに、目に見えない磁力にでも引きつけられるかのように、女から離れなかった。

女が笑った。陶酔したようなうつろな目で微笑んだ。半分だけ開いた赤い唇から、唾《だ》液《えき》が漏れた。茂みの中で悦《よろこ》びの声をあげる女の顔は満ち足りていた。絶えず押し寄せる快楽を全身で受け止め、今を愉しもうとしていた。

股間《こかん》が熱くなり、思わず手を当てた。今まで感じたことのない甘美な快感と怖さが入り雑《ま》じり、不思議な気持ちになった。

女の腰に自分の腰を激しくぶつけていた男が、女の腰に深く尻を沈めて、くぐもった声をあげた。と同時に、女は大きく背を反らし長く尾を引く声をあげた。男はその体勢のまましばらく震えていたが、大きく息を吐くと女の上に倒れた。呪文《じゅもん》が解けたように、いま来た道を駆け出した。股間が生暖かかった。顔がほてり心臓が破裂しそうなほど早く打ちつけていた。はじめての射精だった。

「それからだ。私がまともな女に、性的興奮を覚えなくなったのは。社会から疎外された社会的弱者にしか、欲情しなくなった」

高城は遠くを見ていた視線を美帆に戻した。

「臨床心理士の君は、このような性癖を持つ私をどう分析するのだろうね。異常性癖を持つ危険人物か、それとも、フリークスに分類される奇人か」

高城は削《そ》げた頰に手を当てて、自嘲《じちょう》気味に笑った。

「私だって最初は戸惑ったんだよ。まともな女を抱こうとしたこともある。だが、駄目だった。まともな女には欲情しないんだ。そんな自分を、自ら分析しようとしたこともある。さまざまな文献や実例を読み漁《あさ》り、この性癖から逃れようと試みた。しかし、それは何の意味もなさなかった。研究論文や文献などはどれも臨床上の定義で、それがすべての人間に当てはまるなんてことはあり得なかった。特に、人間の無意識層におけるエスの機能分野である感情、欲求、衝動においては、理由や結果など簡単に定義づけられるものではない」

高城の顔から笑みが消える。

「いくら優秀と呼ばれている精神科医でも、自分自身を分析し恥ずべき性癖から逃れることは出来なかった。結局、分析を試みて失敗した自分に残ったものは、私は死ぬまでこの性癖と向き合っていかなければならないという事実だけだった」

高城は美帆を、ひたと見据えた。

「無理なんだよ。人の性行為を覗くことに昂奮《こうふん》を覚える窃視症も、死体を愛するネクロフィリアも、幼児にしか欲情しないペドフィリアも、治すことは出来ない。そして、社会的弱者にしか欲情しないこの嗜好《しこう》も」

そして、と言葉を区切り、高城は優越を思わせる色を目に浮かべた。

「果てしなく長いあいだ悩み抜いた私は、この性癖を治す必要もない、という結論に達した。考えてもみたまえ。性癖など嗜好と同じではないか。嗜好など分析して結論が出るものではない。そして、個人の嗜好を、誰かが変えろという権限もない。そんなことをしたら人権侵害だ」

高城の言い分を複雑な思いで聞いていた美帆は、あることに気づきはっとした。

「ピル」

高城の指が、ぴくりと跳ねる。

「彩さんにピルを与えていたのは、高城先生だったんですね」

高城は身体を揺らして笑った。

「妊娠の心配をしながら犯したい男などいるわけがないだろう」

美帆は憎しみを込めて高城を見た。高城は美帆の視線を無視して、途切れた話を再開した。

安藤との交渉がうまくいくと、高城は半月に一度の割合で、彩を抱くようになった。最初はホテルの一室だったが、人目を気にしてその度に別なホテルを探すのが面倒になり、どこかに部屋を借りようと決めた。

物件はすぐに見つかった。以前、収録スタジオとして使われていた地下の部屋だった。防音になっている壁も、人通りのすくない裏路地という立地条件も、いまは他に借り手がなく廃墟《はいきょ》ビル同然だという環境も、すべて自分には都合が良かった。高城はその日のうちに、その部屋を借りることに決めた。ふたりだけの秘密の部屋を手に入れてから、ますます彩にのめり込んだ。

「彩は最高だった」

高城は何かに酔っているような眼差《まなざ》しをした。

「嫌がる仕草も軋《きし》むようにしなる未開発の身体も、すべてが理想だった。あの白い肌が私の腕の中で色づいていく様は、欲情を限りなく掻《か》きたてた。私は時間の許す限り、彩を辱め貪《むさぼ》った」

写真の中の彩を思い出す。痩《や》せた身体、誰かを威嚇しているような目。彩は無表情だった顔を歪《ゆが》ませ、泣き声をあげながら高城に抵抗しただろう。しかし、高城は彩を放そうとはしなかった。見えない紐《ひも》でがんじがらめに縛り上げ、自由を奪った。そして、彩は手首を切った。

美帆が考えていることを察したのか、高城は大げさなほど辛《つら》そうな顔をした。

「彩がときどきリストカットしていたことは、私も知っていた。だが、見て見ぬ振りをした。私は、もう、彩なしではいられなかった」

「どうして」

美帆は声を震わせた。

「先生は本来、患者を治療する立場の人間です。患者の病を治して立ち直らせるべき人間です。それなのに、先生は患者を追い詰めた。彩さんが自殺したのは先生の所為《せい》です」

「自殺？」

高城は目を大きく見開いた。

「そうか。君は彩が自殺だと思っているのか」

美帆は眉《まゆ》をひそめた。どういう意味だろう。彩は自殺ではなかったというのか。

高城は可笑《おか》しそうに喉《のど》の奥で笑うと、表情を一転させ、悲痛な顔をした。

「あれは、辛かった。でも、あれより他に方法がなかった」

高城の話によると、司が施設を出ると言い出したのは、高城が彩と関係を持ってから二年が過ぎたときだった。

その頃、少しずつだが、彩の失語症は確実に良くなってきていた。いずれ完治するかもしれない彩を施設から出し、自分の目の届かないところに行かせることは、いつ爆発するかもしれない爆弾にいつも怯《おび》えるようなものだった。彩はいずれ警察に自分が受けた屈辱を話すかもしれない。そうなったら、すべてが終わりだ。

どうすべきか相談に来た安藤に高城は、施設を出て行くなら男と関係を持っていることを司にばらすと言え、と指示した。安藤は指示に従い彩を脅した。しかし、彩は言うことを聞かなかった。司と一緒に施設を出るという、彩の決意は固かった。

彩に脅しは効かないと悟った高城は、こんどは司に忠告しろと安藤に指示を出した。彩はまだ未成年だ。保護者である自分の許可なくここを出て行くことは許さない、と引き止めろと言った。しかし、司の意志も固く、法的に連れ出すのが無理なら逆にその法を利用する。ここを連れ出すためなら戸籍上で彩と婚姻関係を結んでもいい、とまで言い切った。

これ以上ふたりを引き止める方法がわからない、どうしたらいいのか、と電話の向こうでうろたえる安藤に、今夜、彩の診察のために施設へ赴くと伝えた。残業があるから遅くなるが、彩の様子を見に行くと伝えた。突然の往診の理由がわからず、安藤は返答に困った。しかし、すぐに承知して電話を切った。

仕事を終えた高城は、施設に向かった。

夕方から降りはじめた雨は、凍《い》てつくように冷たくなっていた。師走《しわす》の週末は、道路が車で混雑する。それも計算に入れて、高城は病院を出た。

施設に着いたのは、九時十五分だった。予定どおりの来訪時間だった。

建物の中はすでに照明が落とされ薄暗くなっていた。靴をスリッパに履き替えて、施設の奥へ向かう。安藤がいる施設長室のドアをノックしようとしたとき、ちょうどドアが開いて安藤が顔を出した。安藤は、そろそろ高城が着く頃だと思い、迎えに出るところだった、と答えた。

高城は彩はどこにいるのか尋ねた。彩はもう部屋で休んでいると、安藤は言った。

診察鞄《かばん》を手に、彩の部屋へ向かう。

部屋につくと後ろをついてきた安藤に、部屋に戻っていてくれ、と言った。ふたりで顔を出すと彩が昂奮して暴れる可能性がある。自分ひとりのほうが都合がいい、という理由にした。

安藤の顔色が変わる。このとき、すでに安藤は高城がしようとしていることをわかっていたのかもしれない。しかし、聞いてしまったら自分も共犯者になってしまう。自分は達観を決め込み、何も知らなかったことにしたほうがいい、とでも思ったのだろう。

安藤は何か言いかけたが何も言わずに、いま来た廊下を戻っていった。

安藤が部屋に戻った頃を見計らって、高城は彩の部屋のドアを開けた。

彩はベッドの上で眠っていた。就寝前に常用している睡眠導入剤が効いているのだろう。穏やかな寝息をたてている。

彩の顔を見つめる高城の胸に、深い悲しみが込みあげてきた。

もう、この身体を抱けない。そう思うと、これ以外、彩を手元に置いておく方法はないのか、という迷いが出た。

しかし、高城はその迷いを吹っ切った。いくら考えても、自分の身を護《まも》る術《すべ》はこれしか思い浮かばなかった。どんなに彩が惜しくても、自分の身の破滅には代えられない。計画を実行する道しかない、と高城は思った。

彩を殺す方法は、すでに考えていた。彩がリストカット経験者であることや、睡眠導入剤を服用していることから、自殺に見せかけるのが一番いいと判断した。

そっと布団をめくり、パジャマの袖《そで》を捲《まく》った。駆血帯で上腕を縛る。白い腕に青い血管が浮かんでくる。高城は手にしていた注射の針を腕に当てた。

そのとき、彩が目を覚ました。ここにいるはずのない人間がいることに驚き、目を大きく見開いた。

彩の口が開いた。悲鳴をあげるつもりだ。その口を高城は左手で塞《ふさ》いだ。腕に当てていた注射の針を、即座に静脈に突き刺す。注射の中身は強い精神安定剤だった。彩はしばらくベッドの上でもがいていたが、数秒後にはぐったりとして意識を失った。

彩が静かになると、こんどは効き目の長い安定剤を筋肉に注射した。これで当分のあいだは目覚めない。

彩が深い眠りに入ると、腕に抱いて部屋を出た。施設内は静まり返っていた。施設が入所者に、規則を厳しく守らせているのは知っていた。消灯時間を過ぎてから、部屋を出てくる者はいない。もし、誰かと出くわしたとしても心配はなかった。もっともらしい理由をあらかじめ用意していた。高城は誰もいない廊下を、浴室へ向かって歩きはじめた。

浴室につくと、風呂場《ふろば》に向かった。

浴槽にはまだ残り湯がはられていた。彩をタイル張りの床に寝かせて、ズボンの後ろポケットからカッターナイフを取り出した。施設に来る途中、コンビニで購入したものだ。

刃を本体から押し出し、白い手首に当てる。

手首を切れば簡単に死ねると思っている人間がいるようだが、本当に死ぬためには刃を入れる深さや角度を考えなければならない。正確に動脈を切らなければ、出血が足りず死には至らないのだ。

しかし、医師である高城にとっては、何もむずかしいことではなかった。

高城は彩の手首を、浴槽の残り湯に近づけた。細い手首にカッターの刃を当てる。上手に肉を断つためには、刃を押し付けてはいけない。刃の根元から切っ先まで、一気に強く引くのだ。真新しいカッターは、メスほどの切れ味はないがほどほどに切れる。細い手首の中に埋もれている動脈を切るには十分だった。

食肉の塊を切るように、カッターを引く。残り湯の水面に、勢いよく血しぶきが飛んだ。刃が動脈に達した証拠だ。

すぐさま、手首を湯の中に沈めた。

彩は動かない。

彩の手を残り湯の中に放し、ズボンのポケットから取り出したハンカチでカッターの柄を拭《ふ》いた。万が一、鑑識が入り指紋を採取した場合を考え、自分の指紋を拭き取った。そのカッターを、彩の右手に持たせた。

目を閉じている彩の顔をじっと見た。高城はもう一度自分に、これしか方法はないのだ、と言い聞かせて風呂場を出た。

彩の部屋に戻り、自分の荷物を手に持つと出口へ向かった。途中、施設長室へ立ち寄った。ソファにも座らず、高城が戻るのを待っていたのだろう。高城がドアをあけると、安藤は高城に駆け寄り彩の様子を尋ねた。

高城は、何も心配はない、強い睡眠薬を注射しておいたから朝までぐっすり眠るだろう、と言った。

安藤は、ほっとしたようだった。うつむいていた顔を上げると、今日はなんとか凌《しの》いだが、これから先、ふたりをどう説得すればいいのか、と高城に尋ねた。

高城は安藤の目を見て、ひと言だけ言った。もう何も心配することはない。もう二度と彩は施設を出て行くとは言わない、と。

安藤の顔色が変わった。何か言いたげに口を開く。しかし、聞きかけた口をすぐに閉じた。しばらくのあいだ、怒りとも悲しみともつかない目で高城を見ていたが、目を赤くして高城から乱暴に視線を外した。

その場に安藤を残し、高城は出口へ向かった。

あとは帰るだけでよかった。朝になればすべてが終わっていると思った。もう心配はない、と心でつぶやき施設をあとにした。

美帆は作り話でも聞いているかのような面持ちで、高城の話を聞いていた。

これが本当に高城なのだろうか。自分に協力すると言ってくれて、看護師主任の内田からかばってくれていた高城なのだろうか。

美帆は混乱する頭を横に振った。

「先生は、私に協力してくれると言ったじゃないですか」

「協力？」

高城が不思議そうに訊《き》く。美帆は高城を見た。

「内田主任が私を責めたとき、かばってくれたじゃないですか。あれは嘘だったんですか」

高城は声を出して笑った。

「君は何か勘違いをしているんじゃないか。私が君に協力していたんじゃない。君が私に協力してくれていたんだよ。警察がどう動いているか報告してくれと言った私に、君は律儀に警察の動きを包み隠さず教えてくれた。そのおかげで安藤の一件も先に手を打てた。礼を言うよ」

美帆は、はっとして高城を見た。

「先に手を打ったって、高城先生、まさか安藤も」

あたりまえじゃないか、と高城は言った。

「危険を感じたら自分の身を守る。それは当然だろう」

高城は警察が動いていると知ったあと、すぐに安藤に連絡を取った。電話に出た安藤に、お前は警察に見張られている、と伝えると、安藤はひどく狼狽《ろうばい》し、どうしたらいいのか、と高城に尋ねた。動揺している安藤に高城は、自分にいい考えがある、いまから指定する場所に来い、と言った。来るときは警察につけられるな、撒《ま》いて来い、と付け加えた。

指定した場所は、以前、高城が住んでいたマンションだった。高城が住んでいた頃は、新築ということもあり入居者がたくさんいた。しかし、二十年近く経った今では老朽化が激しいうえに、街の中心が郊外に移り暮らしていくには不便になったこともあり、入居している人間はほとんどいなかった。

人目がないことを理由に、高城は安藤を屋上へ誘った。安藤は何の疑いもなく屋上までついてきた。

屋上に着くと、隙をみて背後から襲った。彩のときと同じように多量の安定剤を腕に注射した。安藤は、信じられない、という顔をしてしばらくコンクリートの上で暴れていたが、次第に静かになった。安定剤が効いてきたのだ。

た。安藤がおとなしくなると、用意してきた多量のアルコールと睡眠薬を、血管に注入した。安藤は極度の酩酊《めいてい》状態になった。あとは、屋上のフェンスから落とすだけでよかった。

「奴を落とすのはひと苦労だったよ。あいつの贅肉《ぜいにく》ときたらはんぱじゃないんだ。おそらく内臓にも脂肪がたっぷりついていただろう。私が殺さなくても、どうせ彼は早死にしていたよ」

高城は楽しそうに笑っている。しかし、目は氷のように冷たい。

「異常だわ」

美帆は震える声で言った。

高城は、哄笑《こうしょう》した。

「異常か否かの判断を、君が出来るのかね。たかが臨床心理士の君が。判断を下せるのは、精神科医という資格を持つ人間だけだ。私は精神科医だ。判断する資格がある。その私が自分を異常だとは思わない。だから、私は正常だ」

高城が美帆に身を乗り出す。

「実際、私のおかげで施設の人間がどれだけ助かっていると思う。障害者が企業に雇用されることがどれだけ難しいか、君は知っているのか？　私のおかげで公誠学園の入所者がどれだけ東郷製作所に雇用されたか、知っているか？　この世には、ひとりの犠牲の上に成り立つ幸福もある」

「違う！」

美帆は叫んだ。

「やっぱりあなたは狂ってる。精神が病んでいるのは彼らじゃない。あなたよ！」

高城の顔から笑みが消える。美帆は高城を真っ向から見据えた。

「たしかに、自己犠牲的な正義は存在すると思う。でも、それは、他人が強制するものじゃない。世の中には、犠牲になるひとりが自分にとっては唯一の人間だという人もいるわ」

彩は自分のすべてだ、と言い切った司の目が浮かぶ。

「あなたがしたことは精神科医という資格の凶器で、抵抗できない人間を殺しただけよ！」

高城は黙って美帆の言葉を聞いている。その静けさが、逆に高城の怒りの深さを表していた。しかし、美帆はもう、何も怖くなかった。恐れよりも怒りのほうが勝っていた。

美帆は高城に向かって叫ぶ。

「あなたの卑劣な嘘でどれだけ彩さんが苦しんだか。あなたたち精神科医の診断がどれだけ患者にとって重いものなのか。あなたはわかっているの？　医師の独断でつけられた病名を一生抱えて生きていかなければいけない人間の気持ちを、あなたは知っているの？」

美帆はきつく目を閉じると、激しく首を横に振った。

「あなたは何もわかっていない。あなたたち医師の言葉が人間の一生をどれだけ左右するか、まったくわかっていない」

ここにいる高城は、すでに自分が知っている高城ではない。患者ひとりひとりと真正面から向き合い、真剣に医療に携わっていた高城は、もういない。自分に協力すると言ってくれた高城ではないのだ。そうわかっていても、悔しさに涙が滲《にじ》んでくる。

美帆は込みあげてくる涙と、かつての高城の幻影を振り切るように、勢いよく顔を上げた。

自分を見下ろしている男を、美帆はまっすぐに見据えた。

「患者の心を思わないあなたは、もう医師じゃない。ただの人殺しよ!」

高城はいきなり席を立った。

はっとして高城を見る。ゆっくりと美帆に近づいてくる。忘れていた恐怖が、美帆の胸に一気に押し寄せてくる。

高城は胸ポケットからハンカチを取り出した。丁寧にたたまれている。ハンカチを開くと、中からあるものが出てきた。医療用のメスだった。

美帆は息をのんだ。手足を縛っている紐《ひも》をほどこうと、身体をくねらせる。しかし、紐はきつく結ばれていて弛《ゆる》みもしない。

胎児のように身を丸める。本能的に身を守る姿勢をとる。

高城は美帆の前に来ると床にしゃがみ、美帆の髪をわしづかみにした。顔を床から引き剝《は》がされ、声があがる。目を開けると、正気を失った目が美帆を見下ろしていた。

「こうしていると、はじめてこの部屋に彩を連れてきたときのことを思い出す。ここならどんなに叫んでも外に聞こえない。嫌がる彩を縛り、無理やり犯した。あの快感は今でも忘れられない」

高城の目には、先ほどまで含んでいた憎しみや蔑《さげす》みといった感情のほかに、欲情の色が加わっていた。

高城は床から立ち上がると、ズボンのベルトを外し、下半身につけているものをすべて下ろした。高城の欲望はすでに屹立《きつりつ》していた。

美帆は高城から目を背けた。しかし、高城は許さない。美帆の髪を引っ張ると、床から顔を上げた美帆の口元に、固くなった自分自身を当てた。

「咥《くわ》えろ」

目をきつく閉じ、目の前のものから顔を背ける。直後、首筋に熱さを感じた。目を開けると、目の前に血のついたメスがあった。

「君に拒絶する権利はないんだよ」

高城の狂気を含んだ笑みに、美帆は暴露願望という言葉を思い出した。誰にも知られてはいけない己の罪を誰かに吐き出してしまいたい、と思う願望のことだ。誰かに罪を告白することで、自分の罪の意識を軽くしようとするのだ、と何かで読んだことがある。高城が自分の罪を美帆に語ったのは、この暴露願望によるものだろう。しかし、美帆が読んだ本には続きがあった。そこには、暴露願望を満たした人間が次にとる行動は、自分の罪を知った人間の存在を消し去ることである。相手と連絡を取らなくなる、もしくは、自分が遠くに引っ越すなど方法はさまざまだが、自分の罪を知っている人間、イコール、自分の罪から目を背けようとするのだ、とその本には書いてあった。

――自分の罪を知った人間の存在を消し去ること

身体が震えた。

殺される。

確信だった。

その確信を打ち消すように、美帆は首を横に振った。

今頃、きっと栗原が捜している。急に連絡が途絶えた友人を捜し回っているはずだ。

美帆は目を開けた。目の前に高城の欲望があった。

高城の要求を拒否すれば、この場で殺される。栗原が見つけだしてくれるまで、時間を稼ごう。少しでも助かる望みがあるならば、それがたとえ吐き気を覚えるような屈辱だったとしても、それを実行するしかない。

美帆は覚悟を決めて、恐怖に固く結ばれている唇を必死にこじ開けた。ようやく開いた唇のわずかな隙間に、高城は自分自身をこじ入れた。喉《のど》の奥に先端が突き刺さった。思わず咽《むせ》る。

高城は快楽の声を漏らした。

「さあ、彩。いつものとおりにするんだ」

美帆を彩と呼ぶ高城に震えが走る。正常ではない。高城は首筋にメスをひたひたと当てる。熱い傷口に金属の冷たい感触が当たる。

「何をしている。舌を使え」

美帆は高城に言われるまま、高城自身を根元から先端に向かって舌で舐《な》めた。高城の息が荒くなる。

先端を舌で刺激する。ふたたび先端から根元に向かって舌を這《は》わせ、欲望の付け根を唇できつく締めた。欲望全体を唇でしごくと、高城の吐息はさらに荒くなった。

高城を刺激し続けていると、口の中に唾液《だえき》とは違うぬめりが溢《あふ》れてきた。高城自身から滲み出てくる快楽の液だ。口の中に広がる欲望の味と、鼻をつく欲望の臭いに吐き気がしてくる。

目じりに雫《しずく》が溜《た》まってきた。こぼれないようにきつく目を閉じる。

冷静になれ、と自分に言い聞かせる。高城が絶頂を迎えてしまったら、自分はその場で殺される。欲望を放出させてはならない。

美帆はぎこちない動作で、高城に刺激を与える。高城のものが熱く昂《たか》ぶってくると、わざと唇の力を抜き刺激を弱くする。逆に昂ぶりが弱まってくると、高城が敏感に反応する部分をわざとせめた。

一秒でも長く時間を稼がなければ命はない。それしか美帆の頭の中にはなかった。

一線を越えそうで越えない刺激に焦《じ》れたのか、高城はいきなり美帆の口から自分を引き抜くと、美帆の後ろに立ち、手を縛っている紐をメスで切った。

「手を使え。いいか、変なことは考えるな。おかしな真似をしたら、すぐ殺す」

高城が手の紐をほどいたのは予想外だった。両手さえ自由になれば、この部屋から出られる可能性はある。

「何をしている。早くしろ」

高城が美帆の頬にメスを当てた。

美帆は自由になった両手で高城を包んだ。高城の性器のすべてを手で刺激する。同時に口で、固くなっている部分に湿り気を与える。高城の快楽の声が高まるにつれ、メスを持つ手の力が弱まってくるのがわかる。

逃げるチャンスは一度きり。高城が絶頂を迎えたときだ。その瞬間だけは、誰もがわずかだが放心状態になる。その一瞬の隙が逃げ出すチャンスだ。失敗したときは、その場で命はない。

美帆は大きく息を吐くと、高城を深く口に含んだ。高城のいきり立っているものが、喉の奥を刺激する。咽そうになるが必死に耐える。

舌を螺旋《らせん》状に動かした。高城のくぐもった声が大きくなる。高城の局部が固さを増した。欲望の塊が口に含めないくらい膨張する。

いきなり、高城が激しく腰を律動させはじめた。一線を越えるつもりだ。苦しさに思わず呻《うめ》く。それでも高城はやめない。自分自身を激しく美帆の口の中に押し込んでくる。苦痛に叫びだしそうになる。

突然、高城の動きが止まった。と同時に、口の中に生暖かい液体がほとばしる。高城が絶頂を迎えたのだ。

今だ。

美帆はすかさず、口から高城を引き抜いた。メスを持っている手に摑《つか》みかかり、身体ごと高城にぶつかる。虚を衝《つ》かれた高城は、受けた衝撃のまま背後の壁にぶつかり頭を打った。

高城の手からメスが離れた。床を這いメスを摑むと、急いで足の紐を切った。縛られていた跡から血が出ていた。

逃げよう。

美帆は床から立ち上がった。と思った足は膝《ひざ》から落ちた。激しい目眩《めまい》がした。思っている以上に薬が体内に残っているようだった。

高城を見ると、高城はまだ床にうつぶせになったまま、呻き声をあげていた。美帆はこんどこそ立ち上がると、ドアに向かって駆け出した。しかし、駆け出したはずの足はもつれ、実際はよろよろと出口に向かっているだけだった。

出口までの短い距離が、果てしなく長く感じる。ようやくドアに辿《たど》り着き、かかっている錠を開けた。

外はコンクリートの通路だった。通路の左側は行き止まりで、右側は階段になっていた。美帆はよろめく身体を壁で支えながら、右に向かって歩きはじめた。足が重い。一歩足を踏み出すのも辛《つら》い。

やっとの思いで階段まで来ると、上を見上げた。階段は踊り場で折れ曲がり、さらに上に続いていた。先が明るかった。そこが出口だ。

あがらない足に、動け、と心で叫ぶ。一段上がる。息を吐く。反対の足を二段目にかける。上るために膝に力を入れたとき、いきなり背中をつかまれた。ものすごい力で後ろに引き倒される。勢いのまま、コンクリートの床に激しく背中を打ちつけた。強い衝撃に息があがる。

仰向《あおむ》けになった目の先に、高城の顔があった。怒りに頬は痙攣《けいれん》し、目は血走っている。高城の頭から流れでた血が、美帆の頬に落ちた。

抵抗しようと、手をあげかけたとき、頬にいきなり激痛が走った。あまりの強さに首がもっていかれる。間を置かず、逆の頬も激痛が襲う。殴られたのだ。

口の中に血の味が広がる。先ほどの高城の味と混ざり合い、不快さが込みあげてくる。耐え切れず、美帆は嘔吐《おうと》した。

高城の手が首にかかった。反射的に息を吸い込む。血走った目が美帆を見下ろしている。

美帆は首を絞め付ける手をほどこうと、高城の手首を摑んだ。しかし、高城の手はびくともしない。喉が潰《つぶ》れそうなくらい強い力で、絞め付けてくる。美帆は必死に声を絞り出した。

「無駄よ。捕まるわ。私の友人が、いま必死になって、捜している」

高城は奇妙な笑い声を発した。

「この場所がわかるわけがない。私が君を殺す理由すら思いつかないだろう。警察は馬鹿だからな」

美帆は、違う、と言おうとした。しかし、声が出ない。高城の顔がぼやけてくる。

「しかし、いくら馬鹿な警察でも、身近な人間がひと月のあいだにふたりも死亡したとなれば事件性を疑うだろう。だから、君は殺さない。行方不明になってもらうよ」

高城が笑う気配がした。

「一生」

首を絞める高城の手の力が、強さを増す。

「それには、死体が残っては困る。君は知っているかな。私が精神科を選択するまえに、解剖学を学んでいることを。人間の体の作りはよく知っている。どこにメスを入れれば、楽に骨を断てるかも知っている。なるべく綺麗《きれい》に切り刻んであげるから安心しなさい」

先ほどのメスが脳裏をよぎる。あのメスで自分が切り刻まれるというのか。

「行方不明になった君について警察が何か尋ねてきたら、担当患者のことで精神的に追い詰められていた、と言っておくよ。鬱《うつ》状態による失踪《しっそう》だろうとね」

そんな嘘、通用するはずがない。栗原は今回の事件の裏側をすべて知っている。美帆の考えを察したのか、高城は笑いながら言った。

「君が警察の友人にどこまで話しているのかは知らないが、証拠が出ない限り、君の友人は何も出来ない。唯一の証拠となる彩のデータは、あとで私がゆっくり処分しておこう。君に勝ち目はない」

手足が痙攣している。全身が酸素を求めて苦しがっている。高城の声が次第に遠のいていく。目の前が暗くなる。瞼《まぶた》を開けているのか、閉じているのかすらわからない。

闇の中に達志が現れた。立ったまま、じっとこちらを見ている。

達志が司に変わる。司も美帆をじっと見ている。今にも泣きそうな顔をしている。

「悪あがきはやめて、楽になったほうがいい」

遠くで高城の声がする。

達志と司の姿が薄れていく。また自分は救えなかった。大事な人間を、誰一人救えなかった。

一切の音が消えた。限界だ。

達志、司。

――ごめん
急に喉《のど》の圧迫がとれた。

反射的に息を吸い込む。ひゅうという音とともに、一気に空気が肺に入り込み、苦しくて咳《せ》き込む。

横になって背を丸めた。口から唾液《だえき》が漏れる。

何が起こったのかわからない。目の前はまだ闇だ。身体も動かない。身体の器官で生きているのは聴覚だけだった。

「佐久間！」

耳元で栗原の声がした。幻聴だろうか。続いて司の声がした。

「先生、大丈夫か！」

ふたりの名前を呼ぼうとするが、声が出ない。口から息が漏れるだけだ。

まわりで何かが激しく暴れる気配がした。高城の絶叫があたりに響く。

「なぜだ、なぜここがわかったんだ」

高城の声に続き、栗原の声がした。

「あんたが佐久間を連れ去ったあと、病院に行って佐久間のパソコンを開いたんだよ。そこに、彩が残したデータがあった。その中の一文から、ここを割り出した」

「馬鹿な。たったあれだけの文章から、ここがわかるわけがない」

高城の声は悲鳴に近かった。逆に、栗原の声は驚くほど冷静だ。

「こいつが、ヒントをくれた。水野彩はこの三谷内町をひどく嫌っていた。その嫌がり方ははんぱじゃなく、声は見ているほうが辛くなるくらい悲痛な色をしていたってな」

こいつとは司のことだろう。

高城の息が激しく乱れている。

「こいつ……、そうだ。以前、この女から聞いたことがある。こいつは声が色に見える能力を持っていると言っていた」

高城の哄笑がした。

「やっぱり警察は馬鹿だ！　警察はそんな非科学的な話を信用するのか。馬鹿げている。ありえない！」

高城は笑い続ける。その声を栗原の冷ややかな声がさえぎった。

「あんたは、そのレントゲンや触診では見えない精神というものを相手に仕事をしてるんだろう。だったら、目に見えないこいつの能力を受け入れることが出来るんじゃないか」

高城の笑い声が止まる。栗原の声が続く。

「おれだって、こいつの言うことなんか信じてないさ。でも、実際おれたちはこの場所を突き止め、あんたはこうして警察に捕まっている。それ以上、何が必要なんだ。それだけで十分だろう」

わずかな静寂が広がった。その静けさは、高城の負けを表していた。

高城の半狂乱になって喚《わめ》く声が通路に響いた。

「嘘だ。何かの間違いだ。私は何もしていない。私が悪いわけではない。そうだ。彩が悪いんだ。いや、安藤もそうだ。あいつらがおとなしく言うことを聞いていれば、すべてがうまくいっていたんだ。こんなことになっているのは、あいつらの所為《せい》だ。私は悪くない。悪くないんだ！」

あたりが急に騒がしくなる。高城が再び暴れる気配がして怒声が飛び交う。

「離せ、おれに触るな。離せと言ってるんだ！」

高城の抵抗する声が遠のいていく。急に身体を抱き上げられる感覚がして、耳の側で声がした。

「佐久間、いますぐ救急車が来るからな」

栗原だ。続いて司の声もする。

「先生、高城は警察に連行された。もう大丈夫だから」

助かったのだ。再び、意識が遠のいていく。それは、喉を絞められたときとは違う、穏やかな遠のきだった。

「佐久間！」

「先生！」

意識が途切れる瞬間、闇の中で達志が笑った。

エピローグ

診察の順番を待っている患者のあいだを駆け抜け、美帆は入退院出入り口に向かった。自動ドアが開くのももどかしく外に出ると、そこにはすでに私服に着替えた司と、夜勤明けで駆けつけた栗原の姿があった。司の隣には、内田主任もいる。

「遅れてすみません」

息を切らしている美帆を、内田は目の端で見た。

「こんな大切な日まで遅刻ですか」

内田の言葉に美帆は肩をすくめた。

「担当患者の面接が長引いてしまって」

「それは言い訳です」

内田はぴしゃりと言った。

「面接を予定どおりに終わらせるのも、大切なことです」

厳しい言葉だが、以前のような抵抗は感じない。美帆は素直にうなずいた。内田は目を細めて司を見た。

「医療に携わるものが一番喜びを感じる日に遅刻なんて、患者に対する誠実さがまだまだ足りません」

ふたりのやり取りを聞いていた司が、見かねて横から口を挟んだ。

「先生が今日の日をどれだけ喜んでいるか、おれはよくわかってるよ。だから、あんまり責めるなよ」

待たされた本人が言うのだから、自分がなんだかんだ言う必要はない。そう言いたげに、内田は口を閉じた。

美帆は改めて司を見た。司が着ている服は、以前、司を外出させる際に、家から持ってきた達志の服だった。相変わらずサイズが合っていない。

今日は、司の退院の日だった。

美帆が高城に連れ去られた夜から、今日でひと月が経つ。美帆は地下室から救出されたあと救急車で近くの病院に搬送され、そのまま入院した。

内田が美帆の入院先に見舞いに来たのは、美帆が入院した二日後のことだった。病室に入ってきた内田は、首に包帯を巻いている美帆を見たとたん目に涙を浮かべた。

ベッドの横に置いてある見舞い者用の椅子に座ると、内田は、私にはひとり息子がいるの、と話を切り出した。

内田の息子は、現在二十代後半。先天性の知的障害を抱えていて、遠縁にあたる安藤の施設に入所していた。ときどき施設に行っていたのは、息子の様子を見に行くためだった、と内田は言った。

「藤木くんとは、はじめて会ったときから、彼は精神病患者ではないんじゃないか、と感じていたわ。あの感じを言葉にするとしたら、何と言うのかしら。精神を侵された人間を身近で見てきた者だけが持っている直感とでも言うのかしらね。なぜ彼が精神病患者の振りをしているのか不思議だったわ。だから、彼と再会したとき、その理由を探ろうと思ったの。でも」

そこで言葉を区切り、内田は美帆を見た。

「その直感を、あなたも持っていたのね」

内田は美帆に精神病を患っていた弟がいたことを知っていた。内田は主任として、自分の管理下に新しく入ることになる美帆の経歴を、美帆の就職面接を担当した人間から聞いていたのだ。

「自分の担当患者が、自分の身内と同じ病を抱えている場合があるわ。その病を理解しているという点では良いのだけれど、それが逆に裏目に出る場合があるの。身内と患者を重ねてしまって感情移入をしすぎてしまうの。そうなってしまったら、お互いいいことはないわ。冷静な判断が出来なくなり、出口を求めて彷徨《さまよ》っている患者を、ますます迷わせることになりかねない。出口まで誘導しなければいけない立場の人間と患者とのあいだには、適度な距離感が必要なの。私は長い看護師生活でその大切さを、身をもって知ったわ。だから、藤木くんに踏み込みすぎているあなたが心配で、厳しく指導していたの」

なぜ司と面識があったことを黙っていたのか、と尋ねると内田は、新人の美帆にとって、はじめて受け持つ担当患者の前任者が同じ職場にいる環境は、あまりいいことではない、と答えた。

新人の場合、患者との向き合いかたに迷ったとき、自分で解決法を考えず前任者に依存するか、もしくは、前任者に負けられないというプレッシャーから相談すべきところをせずに、問題をこじらせてしまう恐れがある。だから、司と面識があることを伏せて様子を見ていた、と内田は言った。

「あなたと彼がどのように接しているのか知りたくて、あなたのパソコンを見ようとしたこともあったわ。あなたの彼に対する私見が書かれたデータや、あなたたちの距離を測る手掛りがあるのではないかと思ったの。あまりに私情を挟みすぎているようなら、あなたを彼の担当から外さなければいけないと思った。それがふたりのためだと思ったから」

内田はそう言うといつもの厳しい、しかし、今となっては深い慈愛を感じる眼差《まなざ》しで美帆を見た。

「いまでも患者と担当者のあいだには、一定の距離が必要だと思っています。でも、今回の事件は、あなたの藤木くんを救いたいと思う強い気持ちがなければ解決できなかったでしょう」

内田は布団の上に置かれている美帆の手をとった。

「そこは素直に認めます。あなたも辛《つら》かったでしょう。よくがんばりましたね」

美帆は目頭が熱くなった。内田は自分が憎くて辛くあたっていたのではない。司と美帆を救いたいがために厳しく接していたのだ。美帆は内田の手を精一杯の力で握り返した。

美帆が退院したのは、入院してから十日目のことだった。高城につけられた傷の予後もよく、検査結果も異常なしとのことで、退院の運びとなった。

退院した翌日、美帆は司の病室を訪れた。部屋に入ってきた美帆を見ると、司は驚き美帆に駆けよった。

司は憔悴《しょうすい》しきっていた。顔は青白く頬はいっそう削《そ》げ落ちていた。病室を訪れる前に、美帆がいない間の司の健康記録を見てきたが、食事は摂《と》らず部屋から一歩も出ていなかった。一日中、ベッドの中で布団に包《くる》まっている。医師の診察にも応じようとはせず、話すことといえば美帆の容態を尋ねることだけだった。

言葉が出てこないのか、司は美帆の前に立ち、ただうつむいている。美帆は司の手を握った。司の手が震えている。その震えが、自分の所為《せい》で危険な目にあった美帆への詫《わ》びからくるものなのか、安堵《あんど》で零《こぼ》れ落ちそうになる涙をこらえているためなのかはわからない。しかし、うつむいたまま美帆の手をいつまでも握っている司を見ていると、胸に熱いものが込みあげてきた。

美帆がビルの地下から救出されたあと、高城は現場に駆けつけた警官から略取および監禁傷害の現行犯で逮捕された。彩の自殺及び安藤の死亡事件は、彩が残したデータや美帆の証言から新たに捜査班が設置され、一から捜査のやり直しとなった。美帆が連れ去られた日から約ひと月が経った現在、美帆の殺人未遂罪および安藤の殺害容疑で起訴された高城は、拘置所に身柄を拘束されていた。高城は美帆の事件以外はすべて否認しているという。

これから裁判がはじまる。判決に至るまでには相当な時間がかかるだろう。しかし、どんなに長い時間が費やされても、絶対に高城を裁く。高城を裁くためなら自分はなんでもする。証言台に立つことを求められるならば、何百回でも立ち証言する、と美帆は思った。

それは司も同じで美帆がその決意を話すと、自分も同じ気持ちだ、とうなずいた。それが彩のために出来る唯一のことだ、と言って祈るように目を閉じた。

「それにしても、お前、よく研究所に協力する気になったな。あれほど自分の能力を人に知られるのを嫌がってたのに」

美帆の横にいた栗原が、身を乗り出して司を見た。

司はばつが悪そうに、栗原から顔を背けた。

「仕方ないだろう、そうしなきゃ、ここから出られないんだから」

警察は今回の一連の事件を解決へと導いた司の特異能力に着目し、司の能力の解明に乗り出した。うまくいけば、警察の新たな力になるとでも考えたのだろう。

司が起こした救急車内での暴行事件も、彩が自殺ではなく殺害されたのだとしたら、彩が死に際にもらした「死にたい」という言葉は失語症特有の症状である、言葉を言い間違える語性錯誤の可能性が高く、司が安藤に対して敵意を抱くのは然《しか》るべき感情だったとして、地裁は病院側から申請された退院許可申し立てを受理した。司はこれから、保護観察所の社会復帰調整官が作成した処遇の実施計画に基づき社会復帰を目指すとともに、その傍ら、警察から司の特異能力の解明研究の依頼を受けた国立大学研究所に全面協力していくことになる。

「それにさ」

そう言って司は、栗原から背けた視線を地面に落とした。

「そうすることが、おれが傷つけた人たちへの詫びにもなるのかなと思って」

司が言う、自分が傷つけた人たち、というのが、司が起こした事故の所為で負傷した救急隊員たちのことを指していることはすぐにわかった。自分のことしか考えられなかった司の精神的な成長に、美帆は驚くとともに嬉《うれ》しさを感じた。

「そろそろ時間ね」

内田が腕時計を見た。

病院入り口に横付けしていたタクシーの窓が開く。後部座席にスーツ姿の女性が座っていた。司を担当する社会復帰調整官だ。女性は美帆に向かって軽く会釈をした。美帆も会釈を返す。

美帆は司に歩み寄ると、白衣のポケットに手を入れたまま声をかけた。

「元気でね」

司は自分の荷物が入ったスポーツリュックを地面から持ち上げると、肩に担いで美帆をじっと見つめた。

「おれと別れるの、淋《さび》しいだろう」

思ってもいなかった切り返しに驚く。しかし、すぐに首を横にふって笑った。

「とんでもない。もうあんな目にあうのはこりごり。ほっとするわ」

美帆の口元を見ていた司はかすかに微笑むと、何も言わずにタクシーに乗り込んだ。

司が隣に座ると社会復帰調整官は、タクシーの運転手に行き先を告げた。運転手はうなずくと、車のエンジンをかけた。

車がゆっくりと動き出す。美帆はタクシーから離れた。これから司の、社会復帰にむけての日々がはじまる。

見送る三人の前を車が通り過ぎ去る直前、司が美帆を見た。美帆と司の視線が交差する。一瞬、司の姿に達志が重なった。驚いて瞬《まばた》きをする。再び目を開けると、タクシーはロータリーを回り病院の門に差しかかるところだった。

車が門を出ていく。車が見えなくなると、内田は現場に戻っていった。ふたりだけになると、栗原がぽつりとつぶやいた。

「行っちまったな」

「うん」

佇《たたず》む美帆は、司が別れ際にした質問を思い出し、その問いに返した自分の答えを反芻《はんすう》していた。

――とんでもない。もうあんな目にあうのはこりごり。ほっとするわ
司はあの言葉が嘘だとわかっていた。司には見えていたはずだ。その声が赤だったことが。

「まったく、人の心がわかるなんて生き辛いよな。あいつ大丈夫かな。また、おかしくならなきゃいいけど」

「大丈夫よ」

美帆は即答した。

司の退院が決まった日、美帆は司にあるものを渡した。彩のデータが入ったＵＳＢメモリーだった。警察には事情を説明し、コピーを渡した。オリジナルが必要なときは、すぐに持参する。オリジナルを所有する者にとっても、このＵＳＢメモリーは大切なものだから決して紛失するようなことはない。自分が責任を持つ、と言って警察から了承を得た。

これはあなたが持っているべきものよ、と言って司に渡すと、司は手の中の思い出を潤んだ瞳《ひとみ》で見つめていたが、大切そうに両手で包み込むと顔を上げて美帆を見た。

「彩は最後までおれを求めていた。ひとりで悩み死を選んだんじゃない。おれはずっと、死ぬまで彩と一緒だと思ってた。そして、彩もそう思っていた。彩とおれは今でも一緒だ。それだけでいい」

彩は自分の中にいる、というように、司はUSBメモリーを自分の胸に押し当てた。

美帆は顔を上げた。

司は変わった。はじめて会った頃は、自分の殻に閉じこもりすべてを拒絶していた。人を信じることも頼ることもなく、絶望的な孤独の中にいた。しかし、彩の死の真相を追う中で、司は美帆を信じ栗原に頼った。そして、いままで彼を苦しめていた能力がはじめて人を救った。それは、これから彼が生きていくうえでかけがえのない大切なものになる。

——彼は、生きていける

風が吹いた。照りつける太陽の陽をふくんだ軽やかな風だ。間もなく梅雨が明ける。

美帆は風で顔に絡みつく長い髪を、片手で背中にはらった。

「うん、大丈夫」

もう一度そう繰り返し、美帆は空を見上げた。

そこには晴れ渡った夏空があった。

〈参考資料〉

『司法精神医学5　司法精神医療』総編集　松下正明　専門編集　山内俊雄　中山書店
二〇〇六年
『解決のための面接技法』ピーター・ディヤング／インスー・キム・バーグ　玉真慎
子／住谷祐子／桐田弘江訳　金剛出版　二〇〇四年
『非行と犯罪の精神科臨床――矯正施設の実践から――』編集　野村俊明／奥村雄介
星和書店　二〇〇七年
「精神看護」医学書院

解説

吉《よし》野《の》仁《じん》

柚月裕子《ゆづきゆうこ》の快進撃はとどまるところをしらない。映画化され話題を呼んだ、二〇一五年発表の『孤狼の血』は、第六十九回日本推理作家協会賞を受賞した。二〇一六年に刊行された『慈雨』は、二〇一九年春に文庫化されるとたちまち二十万部をこえるベストセラーとなった。二〇一七年刊行の『盤上の向日葵』は、本屋大賞二位の結果を残した。これらの作品は、惜しくも受賞を逃したものの、直木《なおき》賞、山田《やまだ》風太郎《ふうたろう》賞など錚々《そうそう》たる文学賞候補にノミネートされた。作品ごとに評価が高まり、年々、人気が上昇しているのだ。デビューから早くも十年がすぎ、いまや日本ミステリー界の最前線を走る作家のひとりに数えられるだろう。

『臨床真理』は、そんな柚月裕子の記念すべきデビュー長編作なのだ。

二〇〇八年に宝島社が主催する『このミステリーがすごい！』大賞の大賞を受賞し、二〇〇九年に単行本として刊行された作品である。

物語は、ひとりの少女の死をめぐるプロローグのあと、病院内で、女性臨床心理士が青年にカウンセリングを行っている場面へと続く。青年の名は藤木司《ふじきつかさ》。彼は公誠学園という知的障害者入所更生施設に入所していた。あるとき、施設で水野彩《みずのあや》という十六歳の少女が手首を切り、救急車で病院に搬送されることになった。ところが同乗した司が、彩の発した言葉をきっかけに暴れだし、隣にいた施設長を医療用のハサミで切りつける騒ぎを起こした。車内で救急救命士らともみあいになり、結果、車は反対車線に飛び出し、対向車と衝突した。司は、警察に身柄を拘束された。やがて鑑定医から統合失調症との診断がくだり、東高原《ひがしたかはら》病院に入院したのだ。

本作で主人公をつとめるのは、臨床心理士の佐久間美帆《さくまみほ》。臨床心理士は、精神科医とは違って医師免許を持たず、病名の診断や投薬といった医療行為はできないが、心理試験やカウンセリングを行い、患者自身の力で精神状態を回復させることを支援していく職業である。その役割は、本人の力で心の病を治すための手助けなのだ。佐久間美帆は、単に謎を解くための探偵役ではなく、自身も危機に直面しつつ、人を助けるために心の裏側を探っていく。そのあたり、『臨床真理』という題名にも注目だ。「心理」と「真理」をかけた言葉遊びのようなタイトルだが、ここに本作のテーマがこめられている。

もうひとつ、本作のひとつの大きな特色は、まれに存在する特殊な能力が題材であるところだ。一方の主役といえる青年、藤木司は、「共感覚」の持ち主なのである。ふつう、ある刺激に対する感覚は決まっている。文字の連なりを見たら、その読み方や意味を思い浮かべるだろう。ところが共感覚者は、そこに色を感じたり、音を聞いたり、味を覚えたりするのだ。つまり別の異なる感覚をも知覚してしまう。司の場合は、相手が真実を話していると白、嘘をついていると赤を声に感じる能力を持っていた。いわば人間嘘発見器である。

共感覚を持つ青年のカウンセリングを担当したことから、佐久間美帆は、どうにか彼の閉じた心をひらき、真実を聞き出そうと面接を重ねていく。同時に、美帆は高校の同級生だった警察官、栗原《くりはら》に協力を求めた。やがて、少女の死の謎をはじめ、知的障害者施設をめぐる醜悪な事件の核心へと迫る。

殺人事件をきっかけに、探偵役の主人公が、犯人探しにとりくみ、ある組織の暗部を暴くストーリーは、ある種のサスペンスの王道的な展開だ。また、共感覚を扱ったミステリー作品も刊行当時にはすでに多く書かれており、これがパイオニアというわけではなかった。だが、本作はけっしてそれだけの小説に終わってはいない。しばしばデビュー作には、その後の作者のすべてが詰まっていると言われる。その後の柚月裕子作品をすべて読んだうえでいまいちど本作を振り返ると、特徴となる要素がいくつも見えてくる。

筆者は以前、『ウツボカズラの甘い息』の刊行時に作者へインタビューしたことがある。そこで彼女が強調していたのは、「動機」にこだわっているということだった。

〈小説を書いているなかで、いちばん心を砕いているのは動機の部分。人の行動の裏にある感情を書きたいんですね。どうしてこの犯罪が起きたのか。その理由を丁寧に描いていきたい。これからもずっとそうしたいと思っています。〉

重視しているのは、人がどう悩み、どういう選択をし、どう決断したのかという心の動きなのだ。動機とは、すなわち表から見えない、隠された心理にほかならない。のちの作品、たとえば「佐方貞人《さかたさだと》」シリーズに関するインタビューでも、〈派手なドラマよりも、罪を犯した人間の周囲にいる者たちの心模様や、組織の事情、事件の動機の部分などを丁寧に描くようにしています。〉と述べていた。

これらのことから、なぜ作者はデビュー作で臨床心理士を主人公とし、共感覚を題材にとりいれたのか、見えてくるような気がする。佐久間美帆は、人間心理を専門に扱う人だ。また藤木司という青年は、他人の嘘を見抜く能力を備えていた。すなわちどちらも隠された心理を暴く人なのだ。どうしてこのような犯罪が起きたのか、その動機の部分に強い関心を抱く作者が、臨床心理士や共感覚の人を題材に選んだのは、とうぜんのことである。

さらに、この『臨床真理』を読んで感じるのは、とにかく大胆であることだ。いっさい容赦せず、物語世界を描いていく。とりわけ、障害者の性や性犯罪を扱っている部分にそれを強く感じた。またクライマックスにおいて、佐久間美帆自身に襲いかかる危機の描き方など、かなり過激な筆致である。

作者は、のちに柚月版「仁義なき戦い」「県警対組織暴力」といえる『孤狼の血』を発表し、その思いきった挑戦ぶりと見事な出来映えに驚かされたものだ。暴力に明け暮れ、血で血を洗う男たちを描ききった。これまで名作といわれる小説や映画に刺激を受け、膨大な資料をもとにオマージュとなる新作を発表する例はいくらでもあっただろう。だが、たいてい原典が持つ魅力にはかなわないものだ。ところが柚月裕子は違う。新たなオリジナルをうみだしたのだ。それは『盤上の向日葵』でも同じである。大崎善生『聖《さとし》の青春』、団鬼六『真剣師 小池重明』など将棋ノンフィクションの名作群を読み込んだうえで、柚月版『砂の器』といえる犯罪サスペンスをつくりあげた。題材に選んだ対象を徹底取材し、現実味のある世界をつくりあげるだけでなく、タブーに思える危ない部分にまで踏み込んで描いていく。この『臨床真理』から、その姿勢は一貫しているのだ。

なにより、『孤狼の血』や『盤上の向日葵』で作者が描いたのは、組織のはみだしもの、社会の枠の外で生きるギャンブラーなど、世の中の裏側で生きのびようとする無法者たちだった。それで言うと、ネット上にあがっている作者のインタビュー（WEB本の雑誌「作家の読書道」）のなかで、〈『臨床真理』を書いている時も確かに「犯人は誰」というところにも心を砕きましたが、それ以上に出てくる青年の心の暗い部分や、「まともじゃない人間は生きてはいけないのか」という台詞にこめた思いがあります。〉と語っていた。デビュー時から、人の隠された心理、動機にこだわるとともに、「まともじゃない人間」の居場所やその存在感といった面に関心があったわけである。そうした思いが、アウトローたちの死闘を追った、近年の傑作群へと昇華されていったのかもしれない。

それにしても、デビューからわずか十年で、ここまでの進化と変貌をとげるとは思いもしなかった。それも主人公、題材、ジャンルなどさまざまな挑戦を重ねている。

第一作『臨床真理』の主人公は、女性臨床心理士だったが、第二作『最後の証人』の主人公は男性弁護士の佐方貞人だ。すなわち本格的なリーガル・サスペンスである。つづく第三作『検事の本懐』で第二十五回山本周五郎《やまもとしゅうごろう》賞候補となり、二〇一三年、同作で第十五回大藪春彦《おおやぶはるひこ》賞を受賞した。この佐方貞人を主人公とした作品は、『検事の死命』、『検事の信義』と続き、いまや作者を代表する看板シリーズとなった。事件の裏に潜む謎を解き明かすだけの法廷ドラマではなく、隠し続けた情愛、譲れない信念、長く抱えた悔恨の思いなど、心の琴線に触れるストーリーが多くの読者に支持されたのだ。口悪く言えば、昭和の人情ドラマ、下手をすると演歌の世界になりかねない要素を見事に読みごたえある現代ミステリーとして仕立て上げた。

その後、ヒロインの活躍を描いたサスペンスを何作か発表したのち、『孤狼の血』で大ブレイクし、『慈雨』『盤上の向日葵』と書き上げ、評価および人気を不動のものとしたわけである。おそらくデビュー以降、柚月裕子がたどりついた最大の武器は、「昭和のおやじ臭い」人物造形を自分のものにしたところにあるのではないか。とくに、生臭さを感じさせる下品で態度のわるい中年男を描かせると唸《うな》るほど上手い。その一方で、退職した刑事の四国遍路を中心に、過去と現在におきた少女誘拐事件をめぐる物語『慈雨』は、警察ものにとどまらず、さまざまな人生模様を盛り込んだ長編だった。柚月裕子は、もはやひとつのジャンルでくくれない作品をつくりあげるようになったのだ。

あくまで王道を描きながら、単なるパターンに流し込まず、たえず趣向をこらし、魅力ある人物の登場と心理の奥をとらえ、読者の心をつかむ。こうなるともはや無敵だ。

二〇二〇年には『孤狼の血』『凶犬の眼』に続く第三弾、『暴虎の牙』の刊行が予定されているという。柚月裕子の活躍が今後ますます愉《たの》しみである。

本書は、二〇一〇年三月に宝島社文庫より上下巻で刊行された
作品を一冊にまとめたものです。

この物語はフィクションです。実在の個人・団体とはいっさい
関係ありません。

臨《りん》床《しょう》真《しん》理《り》

柚《ゆ》月《づき》裕《ゆう》子《こ》

令和元年 9月25日　初版発行

発行者●郡司 聡

発行●株式会社KADOKAWA
〒102-8177　東京都千代田区富士見2-13-3
電話　0570-002-301（ナビダイヤル）

角川文庫 21804

印刷所●株式会社暁印刷
製本所●株式会社ビルディング・ブックセンター

表紙画●和田三造

●お問い合わせ
https://www.kadokawa.co.jp/（「お問い合わせ」へお進みください）
※内容によっては、お答えできない場合があります。
※サポートは日本国内のみとさせていただきます。
※Japanese text only

ISBN 978-4-04-108311-6　C0193

角川文庫発刊に際して

角　川　源　義

第二次世界大戦の敗北は、軍事力の敗北であった以上に、私たちの若い文化力の敗退であった。私たちの文化が戦争に対して如何に無力であり、単なるあだ花に過ぎなかったかを、私たちは身を以て体験し痛感した。西洋近代文化の摂取にとって、明治以後八十年の歳月は決して短かすぎたとは言えない。にもかかわらず、近代文化の伝統を確立し、自由な批判と柔軟な良識に富む文化層として自らを形成することに私たちは失敗して来た。そしてこれは、各層への文化の普及滲透を任務とする出版人の責任でもあった。

一九四五年以来、私たちは再び振出しに戻り、第一歩から踏み出すことを余儀なくされた。これは大きな不幸ではあるが、反面、これまでの混沌・未熟・歪曲の中にあった我が国の文化に秩序と確たる基礎を齎らすためには絶好の機会でもある。角川書店は、このような祖国の文化的危機にあたり、微力をも顧みず再建の礎石たるべき抱負と決意とをもって出発したが、ここに創立以来の念願を果すべく角川文庫を発刊する。これまで刊行されたあらゆる全集叢書文庫類の長所と短所とを検討し、古今東西の不朽の典籍を、良心的編集のもとに、廉価に、そして書架にふさわしい美本として、多くのひとびとに提供しようとする。しかし私たちは徒らに百科全書的な知識のジレッタントを作ることを目的とせず、あくまで祖国の文化に秩序と再建への道を示し、この文庫を角川書店の栄ある事業として、今後永久に継続発展せしめ、学芸と教養との殿堂として大成せんことを期したい。多くの読書子の愛情ある忠言と支持とによって、この希望と抱負とを完遂せしめられんことを願う。

一九四九年五月三日

角川文庫ベストセラー

誇りをとりもどせ　アルバイト・アイ　大沢在昌

莫大な価値を持つ「あるもの」を巡り、右翼の大物、ネオナチ、モサドの奪い合いが勃発。争いに巻き込まれた隆は拷問に屈し、仲間を危険にさらしてしまう。死の恐怖を越え、自分を取り戻すことはできるのか？

最終兵器を追え　アルバイト・アイ　大沢在昌

伝説の武器商人モーリスの最後の商品、小型核兵器が行方不明に。都心に隠されたという核爆弾を探すために駆り出された冴木探偵事務所の隆と涼介は、東京に裁きの火を下そうとするテロリストと対決する！

生贄のマチ　特殊捜査班カルテット　大沢在昌

家族を何者かに惨殺された過去を持つタケルは、クチナワと名乗る車椅子の警視正からある極秘のチームに誘われ、組織の謀略渦巻くイベントに潜入する。孤独な潜入捜査班の葛藤と成長を描く、エンタメ巨編！

解放者　特殊捜査班カルテット2　大沢在昌

特殊捜査班が訪れた薬物依存症患者更生施設が、何者かに襲撃された。一方、警視正クチナワは若者を集めたゲリライベント「解放区」と、破壊工作を繰り返す一団に目をつける。捜査のうちに見えてきた黒幕とは？

十字架の王女　特殊捜査班カルテット3　大沢在昌

国際的組織を率いる藤堂と、暴力組織〝本社〟の銃撃戦に巻きこまれ、消息を絶ったカスミ。助からなかったのか、父の下で犯罪者として生きると決めたのか。行方を追う捜査班は、ある議定書の存在に行き着く。

角川文庫ベストセラー

角川文庫ベストセラー

犯罪者（下）　太田愛修司と相馬、鑓水の3人は、通り魔事件の真の目的が、ある巨大企業グループの残忍な罪業の隠蔽であることを掴む。3人は、犠牲者を救済するためにメディアと警察を利用した一発逆転の賭けに挑むが……。

ドミノ　恩田陸一億の契約書を待つ生保会社のオフィス。下剤を盛られた子役の麻里花。推理力を競い合う大学生。別れを画策する青年実業家。昼下がりの東京駅、見知らぬ者同士がすれ違うその一瞬、運命のドミノが倒れてゆく！

ユージニア　恩田陸あの夏、白い百日紅の記憶。死の使いは、静かに街を滅ぼした。旧家で起きた、大量毒殺事件。未解決となったあの事件、真相はいったいどこにあったのだろうか。数々の証言で浮かび上がる、犯人の像は――。

チョコレートコスモス　恩田陸無名劇団に現れた一人の少女。天性の勘で役を演じる飛鳥の才能は周囲を圧倒する。いっぽう若き女優響子は、とある舞台への出演を切望していた。開催された奇妙なオーディション、二つの才能がぶつかりあう！

メガロマニア　恩田陸いない。誰もいない。ここにはもう誰もいない。みんなどこかへ行ってしまった――。眼前の古代遺跡に失われた物語を見る作家。メキシコ、ペルー、遺跡を辿りながら、物語を夢想する、小説家の遺跡紀行。

角川文庫ベストセラー

夢違　恩田　陸

「何かが教室に侵入してきた」。小学校で頻発する、集団白昼夢。夢が記録されデータ化される時代、「夢判断」を手がける浩章のもとに、夢の解析依頼が入る。子供たちの悪夢は現実化するのか?

雪月花黙示録　恩田　陸

私たちの住む悠久のミヤコを何者かが狙っている……! 謎×学園×ハイパーアクション。恩田陸の魅力全開、ゴシック・ジャパンで展開する『夢違』『夜のピクニック』以上の玉手箱!!

私の家では何も起こらない　恩田　陸

小さな丘の上に建つ二階建ての古い家。家に刻印された人々の記憶が奏でる不穏な物語の数々。キッチンで殺し合った姉妹、少女の傍らで自殺した殺人鬼の美少年……そして驚愕のラスト!

緑の家の女　逢　坂　剛

ある女の調査を頼まれた岡坂神策。周辺を探っている最中、女の部屋で不可解な転落事故が! 逢坂剛の大人のサスペンス。「岡坂神策」シリーズ短編集(『ハポン追跡』)が改題され、装い新たに登場!

宝を探す女　逢　坂　剛

岡坂神策は、ある晩ひったくりにあった女を助けるが、なぜかその女から幕末埋蔵金探しを持ちかけられる(表題作)。「岡坂神策」シリーズから、5編のサスペンス!『カプグラの悪夢』改題。

角川文庫ベストセラー

狐火の家　貴志祐介

築百年は経つ古い日本家屋で発生した殺人事件。現場は完全な密室状態。防犯コンサルタント・榎本と弁護士・純子のコンビは、この密室トリックを解くことができるか!? 計4編を収録した密室ミステリの傑作。

鍵のかかった部屋　貴志祐介

防犯コンサルタント（本職は泥棒?）・榎本と弁護士・純子のコンビが、4つの超絶密室トリックに挑む。表題作ほか「佇む男」「歪んだ箱」「密室劇場」を収録。防犯探偵・榎本シリーズ、第3弾。

悪果　黒川博行

大阪府警今里署のマル暴担当刑事・堀内は、相棒の伊達とともに賭博の現場に突入。逮捕者の取調べから明らかになった金の流れをネタに客を強請り始める。かつてなくリアルに描かれる、警察小説の最高傑作！

てとろどときしん
大阪府警・捜査一課事件報告書　黒川博行

フグの毒で客が死んだ事件をきっかけに意外な展開をみせる表題作「てとろどときしん」をはじめ、大阪府警の刑事たちが大阪弁の掛け合いで6つの事件を解決に導く、直木賞作家の初期の短編集。

疫病神　黒川博行

建設コンサルタントの二宮は産業廃棄物処理場をめぐるトラブルに巻き込まれる。巨額の利権が絡んだ局面で共闘することになったのは、桑原というヤクザだった。金に群がる悪党たちとの駆け引きの行方は——。

角川文庫ベストセラー

聖母《マドンナ》の深き淵　柴田よしき

一児の母となり、下町の所轄署で穏やかに過ごす緑子の前に現れた親友の捜索を頼む男の体と女の心を持つ美女。保母失踪、乳児誘拐、主婦惨殺。関連の見えない事件に隠された一つの真実。シリーズ第2弾。

少女達がいた街　柴田よしき

政治の季節の終焉を示す火花とロックの熱狂が交錯する一九七五年、16歳のノンノにとって、渋谷は青春の街だった。しかしそこに不可解な事件が起こり、2つの焼死体と記憶をなくした少女が発見される……。

月神《ダイアナ》の浅き夢　柴田よしき

若い男性刑事だけを狙った連続猟奇事件が発生。手足、性器を切り取られ木に吊された刑事たち。残虐な処刑を行ったのは誰なのか？　女と刑事の狭間を緑子はひたむきに生きる。シリーズ第3弾。

GEQ《大地震》　柴田哲孝

1995年1月17日、兵庫県一帯を襲った阪神淡路大震災。死者6347名を出したこの未曾有の大地震には、数々の不審な点があった……『下山事件』『TENGU』の著者が大震災の謎に挑む長編ミステリー。

国境の雪　柴田哲孝

北朝鮮の国家機密と共に脱北した女・崔純子。彼女を国境へと導く日本人工作員・蛟竜。中国全土を逃亡する2人の行方を各国の諜報機関が追う。日本を目指す壮絶な逃亡劇の果てに2人を待ち受けるものは……。

角川文庫ベストセラー

WOLF ウルフ　柴田哲孝

狼伝説の残る奥秩父・両神山で次々と起こる不可解な事件。ノンフィクション作家の有賀雄二郎は息子の雄輝と共に奥山に分け入るが、そこには驚愕の真相が待ち受けていた……興奮のネイチャー・ミステリ！

逸脱　捜査一課・澤村慶司　堂場瞬一

10年前の連続殺人事件を模倣した、新たな殺人事件。県警を嘲笑うかのような犯人の予想外の一手。県警捜査一課の澤村は、上司と激しく対立し孤立を深める中、単身犯人像に迫っていくが……。

天国の罠　堂場瞬一

ジャーナリストの広瀬隆二は、代議士の今井から娘の香奈の行方を捜してほしいと依頼される。彼女の足跡を追ううちに明らかになる男たちの影と、隠された真実とは。警察小説の旗手が描く、社会派サスペンス！

歪　捜査一課・澤村慶司　堂場瞬一

長浦市で発生した2つの殺人事件。無関係かと思われた事件に意外な接点が見つかる。容疑者の男女は高校の同級生で、事件直後に故郷で密会していたのだ。県警捜査一課の澤村は、雪深き東北へ向かうが……。

執着　捜査一課・澤村慶司　堂場瞬一

県警捜査一課から長浦南署への異動が決まった澤村。その赴任署にストーカー被害を訴えていた竹山理彩が、出身地の新潟で焼死体で発見された。澤村は突き動かされるようにひとり新潟へ向かったが……。